Cyrille Thiers

ON A TOUTE LA VIE POUR MOURIR

Nouvelles noires

Illustration de couverture : André TAYMANS

Table des matières

AVANT-PROPOS

Comme toutes les nouvelles, ces récits peuvent bien sûr se lire indépendamment. Néanmoins, je ne saurais trop vous recommander de les apprécier dans l'ordre qui vous est proposé dans ce recueil. De cette façon, vous pourrez parfois retrouver avec plaisir un personnage, ou constater que certaines situations, certains lieux se font écho et permettent d'aborder l'intrigue sous un regard différent de ceux qui n'auront pas suivi mon conseil.

Avec, en point d'orgue, la dernière histoire qui… mais chut, vous verrez bien !

Marche funèbre

Première place au concours de nouvelles organisé en 2017 pour les dix ans de la médiathèque du pays viganais (Gard).

« Jamais je n'aurais cru que dix ans plus tard, je serais obligé de pénétrer à nouveau dans cette maison. »

Justin se fit cette réflexion au moment où il franchissait le seuil du domicile de ses parents. Mais il n'eut pas le temps de s'appesantir sur les terribles souvenirs qu'il associait à la vieille demeure. Il y avait bien une cinquantaine de personnes qui étaient venues s'entasser dans le salon après l'enterrement.

— Oh bonjour Justin, toutes mes condoléances… Elle va tant nous manquer.

— Merci monsieur Rolland.

— Justin, ça faisait si longtemps, tu te souviens de moi ?

— Bonjour, madame Chauvet, oui bien sûr que je me souviens de vous…

— Justin, mon petit !

— Bonjour Simone. Ça me fait plaisir de te voir !

Il parvint tant bien que mal à traverser le salon jusqu'à son père.

— Papa, je suis désolé d'être arrivé en retard. Il y a eu un accident et je me suis retrouvé bloqué sur l'autoroute.

— Tu sais, au bout de dix ans, je me suis fait une raison. Et puis, de toute façon, je ne compte pas utiliser le peu de force qui me reste à t'adresser des reproches. Tu n'es sans doute pas le premier à rater l'enterrement de sa mère.

— Papa…

D'un mouvement imperceptible du doigt, son père mit en marche son fauteuil électrique et alla se perdre au milieu des invités.

Ébranlé par cette réaction, Justin retourna au milieu des convives sans prêter la moindre attention aux paroles de soutien qui lui étaient adressées. Il se retrouva finalement en bas de l'escalier en bois. Personne n'avait grimpé ces marches depuis l'accident. Le souvenir de cet événement était resté trop présent. D'ailleurs, ses parents avaient fait réaménager le rez-de-chaussée pour que son père puisse s'y déplacer sans contrainte : nul besoin d'aller à l'étage. Il savait que la femme de ménage n'avait même pas le droit d'y poser un pied. Néanmoins, l'escalier était nickel : elle ne pouvait s'empêcher de le dépoussiérer, probablement en cachette...

— Bonjour, vous devez être Justin ? Je suis Noémie l'aide à domicile de votre père.

— Bonjour, je savais que mes parents avaient une femme de ménage mais je n'étais pas au courant qu'ils avaient également une aide à domicile.

— En fait, depuis quelques mois, je m'occupe aussi du ménage.

— D'accord… C'est donc vous qui avez nettoyé l'escalier ?

— Oui, c'est moi. La première fois que je l'ai fait, j'ai bien vu que votre mère n'était pas très contente. Mais comme elle ne m'a rien dit, j'ai continué : je ne pouvais pas laisser toute cette poussière sans rien faire. Par contre, elle a bien insisté sur le fait que je ne devais jamais nettoyer le premier étage donc je n'y vais pas. Je m'arrête scrupuleusement à la dernière marche.

— Je vois… C'est bien, c'est très bien.

— Je sais que le moment n'est pas forcément bien choisi, mais j'aurais aimé discuter avec vous de ce que vous comptez faire maintenant que votre père est seul.

— Je suis désolé mais je n'y ai pas encore réfléchi. Vous le connaissez probablement mieux que moi : vous en pensez quoi ?

— Tout ce que je peux vous dire, c'est qu'il ne veut absolument pas quitter cette maison. Mais la seule façon, ce serait que je m'installe ici et que je l'assiste en permanence.

— Si c'est ce qu'il désire, je ne vois pas de problème. Il a largement les moyens de vous employer à plein temps.

— Très bien Monsieur, je vais faire le nécessaire. Merci beaucoup. Je pense que votre père sera ravi.

— Pas de souci Noémie, vous m'avez l'air d'être la personne parfaite pour lui. Je suis très content que vous vous occupiez de lui.

Les invités étaient tous partis. Il avait aidé Noémie à ranger. Et maintenant qu'elle était également rentrée chez elle, le moment que Justin redoutait tant était venu : il se retrouva face à son père, dans la cuisine. Seul le bruit du lave-vaisselle troublait le silence pesant.

— Papa…

— Tu sais, tu n'es pas obligé de rester.

— Papa, il faut qu'on parle.

— Mais tu nous parles tous les ans : pour nos anniversaires et pour la nouvelle année.

— Je sais. Mais je suis prêt à t'expliquer.

— M'expliquer pourquoi tu n'as jamais remis les pieds ici depuis mon accident ?

— Oui, je…

Un bruit se fit entendre venant du salon.

— Attends papa, je vais voir.

— Mmm…

Un homme se tenait devant la cheminée. Il examinait avec attention le tisonnier. Justin se souvenait l'avoir aperçu parmi les invités.

— Monsieur ?

— Bonjour, je suppose que vous êtes Justin ?

— Euh… oui. Et vous êtes ?

Son père entra à son tour dans le salon. Justin était vraiment stupéfait de la dextérité avec laquelle il maniait son fauteuil.

— Je te présente Jules, le fils de monsieur Boullu, le menuisier.

Justin ne put réprimer un mouvement de surprise.

— Tu savais que monsieur Boullu avait disparu peu de temps après mon accident ?

12

— Non, non, je l'ignorais.

— Du jour au lendemain, ce pauvre Jules et sa mère se sont retrouvés seuls sans aucune explication.

— Ça a dû être difficile à vivre ?

Le fils Boullu enchaîna :

— Oui, pour que l'on puisse s'en sortir, j'ai été obligé de reprendre ses affaires au pied levé, même si ce n'était pas du tout la voie que j'avais envisagée…

— Oh, vous êtes donc menuisier également.

— Oui, ainsi que plaquiste, carreleur, électricien, plombier… Je me suis diversifié pour pouvoir résister à la crise.

Son père fit brusquement demi-tour :

— Je vous laisse, je vais me reposer.

— Tu veux que je t'aide ?

— Non, c'est bon, je vais rester sur mon fauteuil.

L'instant d'après, il n'était déjà plus là.

Justin se retourna vers le fils de monsieur Boullu. En une fraction de seconde, il vit son visage grimaçant de colère puis le tisonnier qui fendait l'air dans sa direction.

Ensuite, plus rien…

******

Justin reprenait lentement ses esprits. Son crâne lui faisait horriblement mal. Du sang lui avait coulé jusque dans la bouche. Il ne savait pas où il se trouvait. Il faisait très sombre. Il lui semblait qu'il était assis, mais il ne sentait pas son corps. Impossible de remuer les jambes. Pas plus de succès au niveau des bras. Apparemment, seule sa tête répondait encore à ses sollicitations. Mais il eut beau tourner celle-ci au maximum vers la gauche puis vers la droite, il ne vit rien qui pouvait lui donner un début d'explication.

— Il y a quelqu'un ?

— Rebonjour Justin.

Le fils Boullu se dressa brusquement devant lui. Même dans l'obscurité, il put distinguer son regard empli de fureur, mais également de satisfaction.

— Mais qu'est-ce que vous fabriquez ? Où sommes-nous ?

— Nous sommes dans un lieu très important pour moi, mais tu verras plus tard. Pour l'instant, je vais te raconter une petite histoire. Mais je crois que tu en connais déjà une grande partie…

« Figure-toi qu'il y a de cela un mois, ta mère a fait appel à moi à cause d'une fuite au plafond des toilettes. Je t'ai dit que j'étais plombier ?

En arrivant, après avoir constaté le ruissellement, je me suis immédiatement dirigé vers l'escalier pour aller voir à l'étage. Mais, bizarrement, elle semblait terrorisée à l'idée que je puisse monter cet escalier. Je lui ai expliqué que j'étais obligé de chercher l'origine de la fuite et que celle-ci se situait certainement au premier, au-dessus des sanitaires. Elle m'a alors raconté pourquoi elle était si effrayée par cet escalier :

— C'était il y a dix ans. Mon mari était en train de descendre lorsqu'une marche a cédé sous son poids. Il a dévalé jusqu'en bas et lorsque j'ai accouru pour le relever, il m'a annoncé qu'il ne sentait plus rien. La chute l'avait rendu tétraplégique.

— Et à ce que je vois, vous n'avez jamais fait réparer cette marche.

— Ça n'aurait servi à rien, car quelques jours plus tard, mon fils a déclenché une phobie de cet escalier. Il refusait absolument d'y monter. Il hurlait qu'il avait ruiné la vie de notre famille et qu'il était maudit. Comme de toute façon, mon mari ne pouvait plus monter à l'étage, nous avons convenu que nous n'y mettrions plus jamais les pieds.

— C'est bizarre, il me semble me souvenir que mon père avait justement réparé une marche chez vous quelques jours avant sa disparition…

— Ah, mais oui, c'est exact. C'est d'ailleurs cette même marche qui a cédé à nouveau.

— La marche que mon père avait réparée ?

— Oui.

— Mais vous n'avez pas…

— … porté plainte ? Pour quoi faire ? Ce n'est pas sa faute. C'est le destin.

En prolongeant la discussion avec ta mère, il ne m'a pas fallu beaucoup de temps pour saisir qu'à l'époque, tu étais loin de partager cet avis fataliste. Ce sont tes parents qui t'ont dissuadé de porter plainte ! Mais je te comprends, je pense que j'aurais réagi comme toi. »

— Mais vous comptez m'expliquer enfin ce que je fais là ?

— Patience, patience… Je continue mon histoire.

« J'ai donc fini par explorer le premier étage pour trouver la fuite. C'est vraiment très impressionnant de pénétrer dans un lieu inviolé depuis dix ans. Ce n'est pas tant l'épaisseur de la poussière qui est écœurante, mais surtout l'atmosphère étouffante, cette odeur de renfermé.

Je t'ai dit que j'étais plaquiste ?

Pour quelqu'un comme moi qui visite un étage de fond en comble, il est très facile de constater que la surface totale n'est pas cohérente avec celle du rez-de-chaussée. Ah, je vois à ton regard que je commence à t'intéresser…

J'ai alors vite compris qu'il existait une pièce cachée. Et je n'ai eu aucun mal à la localiser puisqu'elle se situait exactement à l'endroit de la fuite. C'est fou, non ? Je me suis donc retrouvé dans la salle de bains en me demandant comment accéder à cette pièce qui se trouvait forcément derrière. J'ai cherché un long moment sans détecter le moindre passage. Finalement, je me suis dit qu'une nouvelle petite discussion avec ta maman pourrait être utile. Effectivement, quand elle m'a parlé de la porte à droite du lavabo qui menait à un débarras, j'ai compris qu'elle n'était pas au courant que cette porte n'existait plus.

Bizarre… Pourquoi la faire disparaître ? En regardant de plus près, j'ai pu constater que la faïence sur le mur n'était pas un travail de professionnel. Je n'ai donc pas hésité : j'ai fracassé la cloison à la masse et j'ai créé une brèche. Je me sentais un peu comme Howard Carter quand j'ai passé ma lampe torche par le trou pour rechercher quel trésor avait pu être ainsi dissimulé.

Et puis j'ai vu… Comment dire … C'est vraiment impossible de décrire les sentiments qui m'ont traversé quand j'ai vu… »

— TU LE SAIS BIEN CE QUE J'AI VU, ENFOIRÉ ! TU LE SAIS !

— Je…

— Regarde, il est encore là, comme tu l'as laissé ! Immonde pourriture !

Il s'écarta brusquement et projeta la lumière de sa lampe torche derrière lui. Le corps momifié de son père apparut. C'était bien monsieur Boullu, le menuisier, ligoté sur une chaise, la bouche tordue dans un rictus de terreur. En séchant, le visage s'était contracté et le tissu qui avait très probablement servi de bâillon avait glissé autour du cou pour se muer en un foulard incongru. Une vision d'horreur absolue !

— Tu comprends où nous sommes, maintenant ?

— Mais…

— Tais-toi ! Je sais que tu as tué mon père et organisé sa disparition de façon méthodique et froide alors n'essaie pas de m'apitoyer ! Tu as même simulé cette fameuse phobie de l'escalier pour être certain que personne ne s'approcherait jamais de cet endroit ! Et tu es parti définitivement pour ne pas avoir à vivre dans cette maison avec le cadavre de l'homme que tu as assassiné !

— Mais il était responsable de l'accident !

17

— Et je suppose que c'est pour ça que tu lui as lié les mains et les jambes sur cette chaise, pour qu'il endure les sensations d'un tétraplégique ?

— Oui, je voulais qu'il comprenne ce que vivait mon père…

— Et ça ne suffisait pas ? Il a fallu que tu l'emmures vivant ! Tu as ressenti quoi quand tu as monté la cloison et posé le carrelage ?

— …

— Tu as raison, ne dis rien. Je verrai bien ce qu'on ressent… Au fait, ça ne te dérange pas si je te mets le bâillon de mon père ? Il n'en a plus besoin.

— Mmff,… mmff : le tissu desséché enfoncé dans sa gorge empêcha Justin de répondre quoi que ce soit. Il réprima avec peine une envie de vomir.

— Qu'est-ce que tu as ? Le goût est bizarre peut-être, non ?

— Mmff… mmff !

— Désolé, mais ton temps de parole est écoulé…

« Avant que l'on se quitte, sache que j'ai déjà tout préparé. J'ai découpé une porte, précollé le carrelage dessus, je n'aurai plus qu'à faire le joint et le tour sera joué : cette pièce pourra retourner dans l'oubli. Je n'ai pas de mérite, c'est mon métier.

Je t'ai dit que j'étais carreleur ?

Ah et puis rassure-toi, j'ai réparé la fuite. L'atmosphère de la pièce est à nouveau parfaitement sèche : toi aussi, tu auras droit à ta momification ! Tu imagines, dans dix ans, ou peut-être même cinquante, quand quelqu'un parviendra de nouveau à accéder à cette pièce ? Non, mais, tu imagines sa tête ! Deux momies

18

assises face à face qui taillent le bout de gras… C'est digne d'Edgar Poe, non ? En tout cas, je suis vraiment trop fier d'avoir pu contribuer à enrichir cette magnifique œuvre que tu avais initiée.

Bon allez, assez ri…
Sache également que j'ai ajouté un somnifère dans le médicament de ton père : quand il se réveillera, il se rendra compte que tu es parti sans lui dire au revoir, mais je ne pense pas qu'il sera surpris plus que ça.

Et au fait, je tiens à m'excuser d'avoir empoisonné ta mère. Je suis vraiment désolé, mais c'est le seul moyen que j'ai trouvé pour te faire revenir dans cette putain de maison… »

— Aarrrhhh !
Justin voulut hurler de rage en réaction à cet aveu, mais il manqua de s'étouffer. L'image de sa mère en souffrance l'horrifiait. Il était anéanti et en oubliait même sa propre situation.
Le fils Boullu lui jeta un dernier regard empli de la fierté du devoir accompli, puis il éteignit sa lampe torche.

Quand il vit que la cloison se refermait, Justin eut encore envie de crier, mais le bâillon l'en empêchait définitivement. Pendant quelques minutes, il entendit de légers grattements contre le mur : probablement Jules qui fignolait les joints. Et puis plus rien.

Il chercha sa victime du regard, mais l'obscurité était impénétrable. Le menuisier était retourné dans l'oubli où il l'avait lui-même expédié dix ans plus tôt.

Tout ce que Justin pouvait faire maintenant, c'était penser à la mort... celle de monsieur Boullu, celle de sa mère... et puis la sienne.

Le sapin de Noëlle

Troisième place au concours d'écriture de la nouvelle policière organisé en 2017-2018 par la médiathèque de Montrouge (Hauts-de-Seine).

Dimanche 26 décembre 1999

« Encore deux nouvelles victimes dans la Manche, ce qui porte le bilan à vingt-huit en France, depuis le début de la journée. Cet ouragan s'annonce comme l'un des plus terribles dans l'histoire et peut d'ores et déjà être qualifié de tempête du siècle… »

La chaîne d'info n'en finissait plus d'égrener les morts, minute après minute, mais de toute façon, il n'écoutait même plus. Le spectacle qu'il observait à travers les vitres de la véranda valait mille fois celui de la télé. « Apocalyptique » était le seul mot qui lui venait à l'esprit. Un nombre incroyable de branches, de petits objets incongrus et débris les plus divers passaient à l'horizontale devant lui dans un flot continu, portés par la puissance hallucinante du vent. L'un après l'autre, tous les arbres de la propriété avaient été déracinés et, chaque fois que l'un d'entre eux tombait, on entendait le même craquement sinistre suivi d'un bruit sourd qui faisait trembler toute la maison. Depuis un moment déjà, toutes les décorations lumineuses qui faisaient la fierté de sa femme s'étaient envolées, probablement à des kilomètres. Il pensa que cette année, le concours des plus belles illuminations de Noël serait annulé et que pour une fois, il n'aurait pas droit à son regard dépité quand elle apprendrait que c'était encore Madame Dupras qui avait remporté le premier prix avec son installation qui devait, à elle seule, consommer la moitié de l'électricité du village.

Malgré tout, quelques guirlandes s'obstinaient à clignoter, emmêlées dans le sapin de dix mètres de haut qui serait probablement le seul arbre toujours debout à la fin de la tempête.

Un grincement strident se fit entendre. L'image se figea sur l'écran. La parabole aussi avait probablement cédé, malgré sa position protégée à l'arrière de la maison.

Immédiatement après, une rafale encore plus puissante que les autres fit chanceler le grand conifère et les dernières guirlandes s'éteignirent dans une gerbe d'étincelles. En quelques secondes, il déroula le scénario du pire dans sa tête : s'il finissait par tomber de la même façon que tous les autres arbres, aucun doute possible, ce serait en plein sur la véranda !

La veille : Noël

Pour une fois, il se sentait plutôt impatient que sa femme aille chercher leur surprise. Se considérant prédestinée à cause de son prénom, elle avait toujours voulu s'occuper de tout lors des fêtes de Noël. Certes, comme tous les ans, il n'y avait qu'un seul cadeau pour deux, mais cette année ils avaient enfin décidé de s'offrir ce séjour en Grèce dont il rêvait depuis si longtemps. Ils n'étaient jamais partis à l'étranger car elle avait toujours eu peur de voyager : en fait, elle paniquait dès qu'il fallait aller dans un endroit qu'elle ne connaissait pas. Il se demandait d'ailleurs toujours comment elle avait pu accepter ce voyage.

Il repensait à tous les « cadeaux de Noëlle » des années passées. Et surtout à cette satanée véranda. Elle l'avait harcelé pendant plus d'un an, et lui, pauvre couillon, il avait fini par accepter. Depuis, ils y vivaient en permanence. Ils y prenaient tous leurs repas, ils y regardaient la télé, elle y repassait, elle y lisait tous ces magazines qu'il détestait, elle y faisait la sieste pour cuver son pastis...

En grande experte de la manipulation, l'année suivante, elle avait proposé comme cadeau une magnifique télévision grand écran : « C'est pour mettre dans notre véranda, mon Doudou ! » Il avait bien tenté de l'échanger discrètement avec celle du salon, mais elle l'avait remise dès le lendemain. Et pour parachever son œuvre, il ne manquait que le cadeau de l'an dernier : « Tu comprends Doudou, l'hiver, il fait trop froid pour qu'on se sente bien dans notre véranda, il faut trouver quelque chose ! » Il avait donc eu droit à un magnifique poêle à bois et aux bûches qui allaient avec. Il haïssait cette véranda.

Distraitement, il jeta un coup d'œil à la centaine de rondins qu'il avait lui-même transportés et soigneusement entassés dans un coin. Un après-midi entier de souffrance. Et deux jours de mal de dos comme récompense.

Pourtant, il souriait en se disant : « Heureusement qu'on ne manque pas de bois, sinon elle m'aurait demandé de découper tous les arbres qui sont tombés ! »

Ça semblait impossible, mais le vent forcissait encore. Certains arbres tombés à terre étaient emportés et finissaient leur course enchevêtrés dans d'autres arbres déracinés, déjà coincés contre un mur ou une clôture.

Il se demanda soudain si ses yeux lui jouaient des tours. Il avait l'impression de se trouver dans un film d'Hitchcock et de voir le grand sapin qui s'approchait de lui tout en s'éloignant.

Il s'agissait probablement d'une question de minutes avant que le sapin ne s'effondre sur eux…

Il avait bien vu son sourire en coin lorsqu'elle s'était éloignée pour aller chercher le cadeau, pourtant il n'osait toujours pas s'imaginer ailleurs qu'en Grèce l'été prochain.

Elle revint avec un gros carton qui ne cadrait vraiment pas avec des billets de voyage. Elle n'avait même pas pris la peine de rajouter un joli emballage.

Il sentit tout son corps se tendre et ses entrailles bouillonner. « Doudou, tu ne vas pas me croire : j'ai fait une affaire de folie ! ». Il n'osa pas regarder ses mains qui ouvraient la boîte : la pression qui montait à l'intérieur de son corps lui écrasait littéralement les côtes et l'empêchait de respirer. Il mit un petit moment à comprendre ce qu'elle lui montrait : « Avec ça, on peut programmer de façon indépendante tous les éclairages de Noël, on peut faire varier l'intensité des lumières et la vitesse de clignotement, ça fera des animations de dingue, on peut même choisir les heures de fonctionnement pour chacun des jours de la semaine ! Ça vaut 4000 euros neuf et je l'ai eu à 3200 : il n'a quasiment jamais servi ! Je vais enfin pouvoir rabattre le clapet de la grosse Dupras ! C'est trop génial, mon Doudou ! »

Il ne parvint pas à évacuer complètement la terrible pression : l'explosion semblait inéluctable…

Il la regardait sans vraiment la voir : après chaque grosse dispute, il la retrouvait ainsi, allongée sur le canapé dans une position improbable à cuver sa cuite. Elle pouvait rester comme ça sans bouger pendant des heures.

Il était maintenant quasiment certain que le canapé se trouverait sur la trajectoire du sapin…

Mais une idée très bizarre lui traversa alors l'esprit. Il se dirigea vers la télé et la prit péniblement dans ses bras. Foutu lumbago ! Dès qu'il portait du poids, la douleur revenait, plus vive que jamais. Il avança tant bien que mal avec son fardeau en direction du salon et échangea les deux écrans. Puis il revint avec l'autre, heureusement bien plus petit et plus léger, et l'installa rapidement dans la véranda. Il culpabilisait un peu d'avoir pensé à sa télé avant de s'occuper de sa femme, mais il n'eut pas le temps de s'appesantir sur cette idée : lentement, les racines commencèrent à soulever la terre et le sapin s'inclina. Il regarda alors Noëlle toujours immobile sur le canapé à quelques mètres de lui, il regarda l'arbre géant qui basculait et prit sa décision en un instant : il courut aussi vite qu'il pouvait, la saisit fermement, un bras sous les jambes et l'autre sous le dos au moment exact où les branches faisaient éclater le plafond de verre. Dans un ultime effort, il la projeta aussi loin qu'il pouvait et sentit les branches lui déchirer le dos, amplifiant encore la douleur qu'il avait réussi à surmonter sans trop savoir comment.

Elle avait osé ! Elle avait fait passer ses stupides illuminations avant le voyage auquel il pensait depuis des mois ! Il ressentit l'envie de se jeter sur elle pour l'étrangler.

Mais comme à chaque fois, il se contrôla immédiatement et, au contraire, s'éloigna d'elle pour éviter toute tentation. Pourtant, aujourd'hui, elle avait largement franchi la limite de l'acceptable. Il ne pouvait plus rester sans réaction.

En s'éloignant de sa femme, il s'était retrouvé à côté du tas de bois pour le poêle. Il songea : « Toi, ma vieille, tu vas voir ! » Il saisit une bûche et au moment même où il la lançait de toutes ses forces, il pensa dans un sourire : « Une bûche de Noëlle, ma chérie... ».

Son intention initiale était de la lancer suffisamment proche d'elle pour lui coller la frousse de sa vie, mais il se rendit compte rapidement qu'il avait raté son coup.

Pendant les deux secondes que dura le vol du tronçon de bois, il se remémora leurs dix-sept années de vie commune : leur rencontre lors de la fête du village, puis leur mariage quelques mois plus tard. Deux ans de bonheur parfait, suivis de l'inexorable dégringolade - les innombrables échecs et faux espoirs avant qu'on leur annonce qu'ils n'auraient jamais d'enfant et qu'elle sombre dans l'alcool, son long combat pour la sortir de là, toutes les manies qui avaient peu à peu remplacé son addiction, leur petite vie insignifiante de vieux cons, et pour finir, le retour de l'alcool...

Le projectile s'écrasa en plein milieu de son visage. On entendit le craquement de tous les os qui s'enfonçaient dans la tête, laissant le passage au lourd morceau de bois qui s'était transformé en obus. La bûche tomba en premier, se détachant de l'amas de chair et d'os avec un bruit de succion terrifiant. Noëlle bascula ensuite sur le côté et comme si ça ne suffisait pas, ce qui restait de sa tête se fracassa contre le coin de la table basse en fer forgé.

Il resta figé pendant une éternité, ne pouvant détacher son regard du corps de sa femme. De façon surprenante, on ne voyait presque pas de sang. Pendant de longues minutes, il attendit : « Elle va se relever. Elle sera hors d'elle, mais elle va se relever. »

Puis il se décida à approcher et vit bien que son visage n'existait plus. Il ne restait qu'une sorte de bouillie informe.

« C'est un accident, je n'ai pas voulu ça !
C'est un accident. C'est un accident.
C'est... »

Il avait déposé le corps sans vie de sa femme sur le canapé en la mettant dans sa position préférée, celle qu'elle adoptait après ses abus d'alcool. Et puis il était resté debout dans la véranda pendant des heures. Ainsi, il s'était retrouvé aux premières loges pour observer la tempête arriver puis prendre progressivement de l'ampleur.

« Personne ne voudra jamais croire que c'est un accident ! »

L'idée lui était venue au fur et à mesure qu'il entendait le décompte des tués à la télé. La vue du grand sapin qui commençait à céder lui avait procuré une sorte de soulagement. Il avait ensuite attendu patiemment que l'arbre centenaire vienne s'écraser sur le canapé pour effacer toutes les traces du drame : « Ce ne sera qu'une victime de la tempête parmi d'autres. Personne ne viendra vérifier quoi que ce soit. »

Quand il avait compris que le sapin ne prendrait pas la direction prévue, mais allait tomber à quelques mètres du canapé, il avait joué le tout pour le tout et, au risque de sa vie, s'était précipité pour projeter le corps sous l'arbre, juste avant l'impact.

Certes, son dos était lacéré et la douleur à la limite du supportable, mais le résultat était là : sa femme, réduite en charpie sous le tronc gigantesque… et en bonus, cette damnée véranda, pulvérisée.

Il sourit pendant un long moment en pensant à la nouvelle vie qui s'offrait à lui puis respira un grand coup avant d'adopter la tête du mari éploré. Il regarda une dernière fois la main de sa femme qui dépassait encore sous le sapin et se dirigea vers l'extérieur afin de courir se réfugier chez les voisins.

« *Le caquet,* ma chérie… on dit rabattre *le caquet* ! »

Ticket gagnant

Comme tous les samedis matin depuis plus de dix ans, Fred pénétra dans le bureau de tabac tenu par son meilleur ami.

— Salut Phil.

Le buraliste lui serra la main et se tourna pour récupérer les dix paquets que Fred fumait chaque semaine. Il les déposa sur le comptoir.

— Désolé, mais ça vient encore d'augmenter. Ça te fera quatre-vingts euros tout ronds !

— J'ai arrêté.

Fred arborait un sourire radieux, empreint de la fierté de celui qui avait enfin réussi à dire non. D'autant que son ami, incrédule, les yeux grands ouverts, n'arrivait pas à prononcer le moindre mot.

— Je t'assure, c'est fini !

— …

— Allez, ne fais pas cette tête, je continuerai à passer toutes les semaines. Je suis riche maintenant : avec ce que je ne dépenserai plus en tabac, je vais gagner trois cents euros supplémentaires par mois ! Donc je pourrai te prendre quelques jeux à gratter.

— Eh bien, chapeau mon gars, je n'aurais jamais pensé que tu puisses arrêter un jour. Et tu stoppes d'un seul coup ? Comme ça ?

— Oui, tu sais avec mon nouveau boulot, je me rends à l'hôpital tous les jours dans le service de cancérologie.

Si tu savais le nombre de poumons délabrés que j'ai vus en une semaine. Ça m'a foutu grave la trouille, Philou !

— C'est clair, moi aussi, j'en vois un paquet de clients détruits par le tabac. Tu as vraiment pris la bonne décision !

— Merci mon pote. Bon, allez, comment ça marche tes cartes à gratter ? J'ai envie de devenir encore plus riche !

— Fais surtout gaffe de ne pas quitter une drogue pour une autre. J'ai un habitué qui y claque vingt euros par jour bien qu'il pointe au chômage depuis des années ! Il a même été obligé de vendre son appartement…

— C'est bon, mon Phil, j'ai compris. Je compte sur toi pour me prévenir si je deviens trop accroc. Bon, je vais te prendre… voyons… un « Milliardaire ».

— Non, je ne te le conseille pas. Quelqu'un a déjà remporté cinquante euros dans ce carnet.

— Et alors ?

— Alors, ça signifie qu'il ne reste que des petits gains.

Phil semblait si sûr de lui que le tout nouveau joueur ne chercha même pas à comprendre.

Fred prit finalement deux « Sudoku ». Le premier était perdant. Il préféra mettre le second dans son portefeuille… pour plus tard.

Le grattage ne l'ayant pas vraiment excité, il rigola en songeant qu'il ne risquait pas de devenir dépendant.

— À la semaine prochaine mon Philou !

Et il commença à réfléchir à tout ce qu'il pourrait faire avec trois cents euros par mois !

Chaque nuit, depuis une semaine, il se retrouvait seul dans la salle SC4 de l'hôpital, à travailler sur les réglages du premier scanner « Ultra Haute Définition – REAL VIEW » que la société qui l'employait venait de mettre en service. Grâce à ce nouveau type de matériel, ils promettaient une détection beaucoup plus fine et précoce des tumeurs cancéreuses. Après des mois de tests sur des cochons, il restait maintenant à le démontrer sur des cas réels. C'est pourquoi il avait été détaché sur le site du client.

Il venait de faire le bilan de la journée avec le docteur Bernouillet et les premiers résultats apparaissaient clairement décevants. Il devait absolument comprendre pourquoi. Le Docteur s'était montré tranchant : il voulait des améliorations, illico ! Forcément, vu le prix de la machine, il avait le droit d'être exigeant.

Fred reprit immédiatement les tests en commençant par celui du livre : ce nouveau type de scanner révolutionnaire devait théoriquement permettre de lire les pages d'un livre fermé. Il augmenta encore la dose de radiations par rapport à la veille et déclencha le scan sur son bouquin de Stephen King. Il savait qu'il dépassait déjà la puissance maximale requise dans le cahier des charges, mais il devait au moins s'assurer que ça convergeait dans le bon sens pour la qualité du résultat. Une fois l'examen terminé, il lança le logiciel d'analyse.

Encore raté ! Il ne comprenait vraiment pas ce qui se passait. La résolution demeurait médiocre : le contenu des différentes pages du livre se mélangeait allègrement. Seule une suite de chiffres ressortait de façon très nette, verticalement. Elle incluait un symbole plutôt étrange :

525⬕38213380

Perplexe vis-à-vis de ces caractères mystérieux, il récupéra son livre et chercha à quoi ils pouvaient correspondre.

Sa première réaction fut d'éclater de rire : il avait machinalement utilisé le ticket perdant de « Sudoku » comme marque-page et c'était lui qui ressortait au scan. Quel idiot ! De dépit, il le jeta à la poubelle. Pas grave, il se souvenait précisément à quel endroit il avait interrompu sa lecture.

Pourtant tout ceci le turlupinait. Ce qui apparaissait était… impossible !

Il récupéra le ticket dans la poubelle pour l'examiner. Puis il gratta fébrilement la case « Nul si découvert » : les fameux chiffres apparurent, avec le symbole, totalement identique à ce qui était ressorti de l'analyse. En tremblant comme une feuille, il sortit l'autre ticket de son portefeuille et le positionna dans le livre exactement à la même place. Il relança le scan, puis l'analyse. Une autre suite apparut,

$^{+}_{\times}$48081423872

ainsi que…

« Bon Dieu ! » lâcha-t-il.

Il piaffait déjà depuis plusieurs minutes devant la porte du bureau de tabac. Lorsqu'il vit Phil arriver. Il se précipita sur lui.

— Il faut que je te parle ! C'est urgent !

— D'accord, pas de souci : je vais ouvrir, viens avec moi. Mais c'est grave ?

— Non, enfin, si...

Ils pénétrèrent dans le commerce par la porte de service. Dès que le buraliste eut allumé les lumières, Fred lui montra le ticket, celui qu'il n'avait pas encore gratté.

— J'ai gagné quatre euros !

Phil le regarda avec un air suspicieux qui bascula vers le compatissant.

— Tu sais, c'est normal d'être un peu bizarre quand on arrête brutalement de fumer.

— Je t'assure que j'ai gagné quatre euros ! Gratte-le, tu verras !

Le buraliste commençait à être plutôt inquiet pour son ami, mais il se dit qu'il valait mieux éviter de le braquer. Il frotta rapidement le ticket avec son ongle. La case du milieu contenait bien les neuf chiffres et le gain était de... quatre euros. Il fronça les sourcils et regarda Fred droit dans les yeux.

— C'est quoi cette blague ?

— Le scanner !

— Quoi le scanner ?

— On peut voir à travers !

— Oui, c'est un peu le principe d'après ce que tu m'as expliqué.

— Mais putain, Phil ! Je te dis que je peux voir le résultat du ticket sans le gratter !

Ils restèrent tous les deux à se regarder, ne sachant quoi dire.

Phil courut soudain vers l'arrière-boutique et revint avec un carton qui semblait assez lourd. Il fouilla dedans et en ressortit un accordéon complet de tickets de « Milliardaire ».

— Tiens, ce sont les plus chers, donc forcément ceux qui rapportent le plus. Souviens-toi, dans le carnet, il y a au maximum un gros gain supérieur ou égal à cinquante euros. Dès que tu l'as trouvé, tu t'arrêtes. Jusqu'à deux cents, je peux sortir le paiement de la caisse, en liquide. Aucune trace, aucun risque !

Fred avait cru un moment que son ami refuserait d'être son complice, mais finalement, celui-ci avait réagi comme n'importe qui, face à la même opportunité.

Il glissa la liasse dans sa sacoche et rentra chez lui pour tenter de dormir avant la grosse nuit de travail qui l'attendait.

Le lendemain matin, il retrouva encore le buraliste avant l'ouverture. Il lui rendit le carnet complet, excepté un ticket gratté pour un bénéfice de cent cinquante euros.

— Waouw, joli ! Sachant que la plupart du temps on culminera à cinquante euros.

— Ouais, eh bien, si tu savais le temps que ça m'a pris pour trouver les réglages ! Ce ne sont pas les mêmes que pour le « Sudoku », j'ai dû pousser la puissance du rayonnement jusqu'aux limites de la machine. Vu le boulot, cent cinquante euros, ce n'est pas cher payé.

— Surtout qu'à la fin, après remboursement du ticket, il ne nous restera que soixante-dix chacun.

— Sérieux, Philou, si on veut que ce soit rentable, il va falloir industrialiser la méthode sur tous les jeux de grattage de ta boutique, pas seulement les plus gros gains, et pas seulement les « Milliardaire » !

Deux mois plus tard, les complices s'étaient retrouvés chez Fred et faisaient le bilan.

Il avait passé des dizaines d'heures à trouver les ajustements pour chacun des types de jeux. Mais il avait également dû progresser sur les vrais réglages de la machine, car il sentait le docteur Bernouillet très proche de perdre patience. Résultat : des nuits de travail interminables, même le week-end. Et comme, malgré la fatigue, il ne parvenait plus à trouver le sommeil dans la journée, sa santé déclinait de façon alarmante.

Épuisement, sensation d'oppression, il recommençait même à tousser alors qu'il avait tenu dur comme fer sans refumer une seule cigarette ! Il se sentait à la limite du burn-out et Phil le voyait bien.

— Écoute, Fred, on va s'arrêter là sinon tu vas y laisser ta santé, ou pire, ton boulot. On s'est fait mille six cents euros chacun. On pourra se payer de chouettes vacances.

— Non, mais tu rigoles ! Avec le mal que je me suis donné, je ne vais pas me contenter de ça. Tu m'as dit que tu venais de faire une grosse commande de tickets pour les fêtes de fin d'année. Il faut absolument qu'on en profite : je sens que le jackpot est là, mon Philou ! Je le sens !

Le buraliste connaissait ce genre de regard : il en avait en face de lui tous les jours dans son point de vente. Et ce qu'il voyait l'inquiétait énormément...

Le docteur Bernouillet paraissait radieux.

— Je vous félicite Fred, les derniers réglages que vous avez apportés à la machine vont au-delà de nos espérances. Nous avons été capables aujourd'hui de détecter une microtumeur sur un patient. Grâce à ce diagnostic ultra précoce, son cancer est vaincu d'avance.

— Génial, croyez bien que j'en suis, moi aussi, très heureux. Mais ça signifie également que ma mission va se terminer.

— Oui, j'en ai effectivement parlé avec vos responsables et nous nous sommes mis d'accord pour une fin de contrat demain.

Fred ne répondit pas, il pensa juste qu'il ne lui restait que cette nuit pour passer tous les derniers tickets. Ce serait chaud, mais faisable.

— Par contre, avant que vous nous quittiez, je tiens absolument à ce que nous discutions de votre état de santé.

— Je sais, Docteur, un ami m'a déjà parlé de ma sale tête, mais maintenant que cette période difficile se termine, je vais pouvoir prendre du repos.

— Demain matin : soyez là à sept heures quinze.

Cinq heures et demie : Fred essuya tant bien que mal la sueur qui lui dégoulinait sur les yeux. Après avoir scanné plus de quatre cents tickets, la fatigue était telle qu'il s'était probablement trompé. Calmement, il réexamina ce qu'il voyait à l'écran et tout son corps se contracta sans qu'il puisse le contrôler. Il se mit à pleurer.

Le jeu de « Mega Rami » laissait apparaître un gain d'un million d'euros. Ils tenaient enfin leur pactole !

Comme toujours, il passa déposer le paquet de tickets perdants dans la boîte aux lettres du bureau de tabac. De cette façon, Phil pourrait les mettre en vente dès l'ouverture. Puis, tout en retournant à l'hôpital pour son rendez-vous, il réfléchit à la meilleure façon de lui annoncer la nouvelle.

Sa fatigue avait disparu et il se sentait en forme pour la première fois depuis longtemps.

À l'instar de tous les gros gagnants, il vérifiait toutes les trente secondes que le ticket se trouvait toujours dans la poche de sa veste. Un million ! Cela semblait tellement irréel.

Lorsqu'il pénétra dans le hall de l'hôpital, l'atmosphère lui parut bizarre. Les lieux étaient déserts. Deux types en combinaison intégrale orange fluo surgirent et le saisirent fermement par les bras. Une minute plus tard, il était sanglé sur un lit dans une salle d'isolement. Très rapidement, le docteur Bernouillet, vêtu d'une combinaison semblable, mais d'un bleu acier beaucoup plus seyant que l'orange flashy, vint le rejoindre.

— Bonjour Fred.

— Docteur, que se passe-t-il ?

— Nous avons un problème.

— Grave ?

— La semaine dernière, une équipe diligentée par l'ANSM[1] a effectué un contrôle de votre scanner. Sur le moment, ils n'ont rien trouvé d'anormal, mais ils ont quand même souhaité récupérer l'historique de son fonctionnement depuis la mise en service. Ils ont terminé leur analyse hier et je viens de la recevoir.

— Et alors ?

---

[1] Agence Nationale de Sécurité du Médicament et des produits de santé

— Et alors, il semblerait que vous ayez procédé à des centaines de tests à très forte puissance.

— Oui effectivement, c'est grâce à ces tests que j'ai compris comment toutes les sources de rayonnement interféraient entre elles et ce qu'il fallait faire pour les désentrelacer sur toute la plage utilisable.

— Mais vous avez très largement dépassé la limite admissible !

— Je sais, mais sans patient à l'intérieur, il n'y avait aucun danger.

— Sauf que la vitre plombée qui protège le pupitre de commande a été dimensionnée pour une utilisation standard…

Fred comprit immédiatement.

— Combien j'ai pris ?

— Si on se réfère à l'historique et avec un calcul relativement simple, vous avez reçu dans les huit cents millisieverts de radiation. Vous savez probablement qu'au-delà de cinq cents, le risque de déclencher un cancer est extrêmement élevé.

— Et merde !

— Mais…

— Mais ?

— Si je voulais absolument vous voir ce matin, c'est que vous présentez tous les symptômes d'un cancer du poumon et… il s'était manifestement déclenché bien avant votre exposition aux rayons.

— …

— Une telle dose de radiation sur un patient déjà malade, je suis désolé, mais j'ai bien peur que l'effet soit foudroyant !

Deux jours d'examens plus tard.

Tous les résultats avaient confirmé les craintes du docteur. Pas besoin du scanner UHD pour voir que les métastases envahissaient le corps de Fred. La maladie progressait à une allure vertigineuse : en quarante-huit heures, il ressemblait déjà à un cadavre décharné.

Évidemment, le fait d'apprendre si soudainement qu'il ne lui restait que quelques jours à vivre avait rendu le fameux ticket beaucoup moins important. Néanmoins, ce matin, il avait appelé Phil pour lui demander de passer le voir.

Celui-ci avait insisté pour passer une combinaison afin de pouvoir s'approcher au plus près de son ami, le toucher, le prendre dans ses bras. Il n'arrêtait pas de pleurer et de s'excuser parce qu'il pleurait.

— Tout est de ma faute ! Je n'aurais jamais dû t'embarquer là-dedans !

— Arrête, tu n'y peux rien, c'est comme ça… Mais rassure-toi, j'ai un petit cadeau qui va te remonter le moral au-delà de ce que tu peux imaginer !

Fred fit signe à l'infirmier :

— Vincent, vous pouvez vous arranger pour que mon ami récupère ma veste ? Je dois lui remettre quelque chose.

— Votre veste, Monsieur ? Mais… tous vos vêtements étaient hautement radioactifs : ils ont été détruits dans l'incinérateur !

Fred aurait voulu hurler, mais son état s'était déjà tellement dégradé, que la force lui manqua. Un million parti en fumée ! Tout ça pour ça…

Devant la mine déconfite de son ami, Phil lui demanda :

— Tu gardais quoi dans cette veste ?

— Ah, non… rien… rien d'important…

Après un dernier sourire, son regard se figea puis s'éteignit doucement.

Le tueur au tournevis

Deuxième place au concours de nouvelles policières organisé en 2017 par l'association « Le 122 » dans le cadre du festival « Police et histoires de police » d'Auch (Gers).

L'ex-lieutenant Jacques Foissard respira un grand coup et sortit du commissariat.

Quelques pas plus loin, il s'arrêta au niveau de la cathédrale Sainte-Marie et leva les yeux, non seulement pour contempler les deux magnifiques tours-clochers, mais également pour tenter de calmer le bouillonnement de pensées qui gravitaient anarchiquement dans sa tête.

Globalement, son pot de retraite s'était bien passé, bien mieux que ce qu'il aurait cru. Cela faisait seulement deux ans qu'il avait été muté à la Brigade de Sûreté Urbaine d'Auch et il devait reconnaitre qu'il n'avait pas vraiment fait beaucoup d'efforts pour s'y faire des amis. Pourtant, malgré son air bourru, ses collègues l'aimaient bien, « le Parigot ». Ils lui avaient offert une montagne de produits locaux pour fêter son départ. Foie gras, magret, confit, cous de canard : tout ce qui pouvait contenir du « bon gras » y était passé. Et une caisse de Tariquet « Dernières grives » pour compléter. Il y en avait tellement qu'il serait obligé de revenir un autre jour au commissariat pour tout récupérer.

De toute façon, il avait prévu d'y repasser : il voulait absolument savoir ce que donnerait l'interrogatoire du suspect. Six mois de traque pour enfin mettre la main sur le tueur au tournevis : c'était l'apothéose de sa carrière, il était hors de question qu'il soit exclu de l'épilogue.

Foutue retraite ! Ce n'était déjà pas facile de devoir tourner le dos à une vie entière consacrée à la police, mais en plus, il fallait que ça arrive le jour où il coffrait ce tueur en série qui le narguait depuis le début de l'année. Pour une fois qu'il aurait pu parader à la télé…

Il bifurqua rue de la convention pour avoir la possibilité d'emprunter une des magnifiques pousterles auscitaines qui le ferait tranquillement descendre vers son appartement. Suite à son parachutage de Paris vers la Gascogne, officiellement pour avoir tabassé un suspect, officieusement pour avoir fricoté avec la femme du commissaire, il s'était adapté immédiatement à ce nouveau mode de vie et avait très rapidement béni cette sanction. Il était passé d'un studio minuscule en banlieue avec quarante-cinq minutes de métro pour aller au boulot à un vaste trois-pièces avec cheminée à vingt minutes à pied du poste de police. Quant au stress de la capitale, il l'avait totalement oublié : le Gers, quatre-vingt-onzième département en matière de criminalité, premier en ce qui concerne le bon vivre ! Il savait maintenant que ce n'était pas une légende.

Sans prévenir, le souvenir du 1er janvier dernier remonta à la surface.

Il avait pris la permanence comme il le faisait souvent pour les fêtes, rapport à ses collègues qui avaient une famille. C'est alors qu'il avait été appelé sur les lieux d'un meurtre… Sa réaction fut tout d'abord jubilatoire : sa première vraie enquête depuis qu'il était arrivé !

Jeannot l'avait rapidement conduit rue du Général de Gaulle, à deux pas de la caserne. Mais en entrant dans le salon de la victime, la vue du sang qui avait giclé sur les murs, voire par endroits jusqu'au plafond l'avait franchement secoué. Pourtant, il en avait encaissé d'autres dans sa carrière, mais le regard de cette pauvre femme qui semblait l'implorer de retrouver son assassin le hantait encore…

Il venait de terminer la descente de la pousterle des coulomats quand il sentit son smartphone vibrer. Il y jeta un coup d'œil machinalement et vit qu'il avait reçu plusieurs messages, probablement pendant son pot.

« Félicitations pour ta retraite P'tite Quéquette ! ». Ça, c'était son pote René qui avait été son partenaire pendant presque dix ans aux mœurs. « Vive la quille ! Prends bien soin de toi mon Jacky ! N'oublie pas que le bonheur est dans le pré… », signé Giselle, la fameuse épouse du commissaire. « Ça y est, fini le purgatoire chez les bouseux ! Quand est-ce que tu rentres à Paname ? », signé Alain, son ultime équipier là-bas, un parisien pur jus.

Mais le dernier SMS était différent. Déjà, le numéro ne figurait pas parmi ses contacts, mais surtout, le message était beaucoup moins amical :

« Vous vous êtes lamentablement fourvoyé : votre suspect n'a rien à voir avec tout ça. Venez me rejoindre sur le lieu du troisième meurtre, je vous montrerai la preuve évidente que votre homme n'est pas le bon. Et surtout, VENEZ SEUL sinon cette preuve sera dans tous les journaux dès demain et vous serez traîné dans la boue ! »

Déjà accaparé par les milliers de pensées qui tournoyaient dans sa tête, son esprit n'arrivait pas à trouver la bonne façon de réagir à ce message.

C'était quoi ces conneries ! Bien sûr que si, il tenait le bon coupable ! Il n'avait pas le moindre doute. Quarante ans d'interrogatoires : il savait avec certitude quand un bonhomme a quelque chose à se reprocher. Et là, ça se voyait comme le nez au milieu de la figure. C'était lui !

Finalement, sans prendre le temps d'évaluer un possible danger, et oubliant qu'il avait rendu définitivement son arme de service, il décida d'honorer cet étrange rendez-vous pour aller clouer le bec à ce jean-foutre.

La maison de la troisième victime se trouvait Boulevard Carnot. Il n'avait qu'à descendre la rue Caumont et suivre le cours du Gers, c'était à trois cents mètres.

Il ne se posa pas non plus la moindre question quant à cette étonnante proximité, c'est pourtant bien lui qui répétait toujours aux petits jeunes « Les coïncidences ça n'existe pas ! ».

Il se souvenait parfaitement de cette maison. Il s'était d'ailleurs renseigné récemment pour savoir comment se passait la succession de la victime : il l'aurait bien acheté cette vieille bicoque pour la retaper pendant sa retraite. La vue apaisante sur le Gers à travers les arbres de la petite cour... il avait trouvé cet endroit magnifique et s'y voyait bien passer ses vieux jours.

Après avoir laissé l'escalier grimpant vers la statue de D'Artagnan sur sa gauche, il arriva devant la fameuse maison. Il y pénétra sans la moindre crainte et se retrouva rapidement dans le salon. Les volets étaient fermés mais tellement vermoulus que la lumière s'infiltrait sans aucun problème. Il n'eut donc aucun mal à reconnaitre l'homme qui l'attendait tranquillement assis dans le canapé, en train d'écrire soigneusement sur un carnet.

— Vous ?

L'homme leva les yeux et le visage de Fulgence Versailles apparut : le fameux journaliste du « Canard du Gers » qui avait couvert toute l'affaire depuis le début.

— Mais pourquoi ce message mystérieux, vous ne pouviez pas simplement passer me voir ?

— Parce que je voulais piquer votre curiosité : ça, c'est fait !

Il traça un trait sur son carnet comme s'il barrait la première ligne d'une liste.

— Et puis, je vous connais, vous n'auriez pas accepté de me recevoir.

— Bon ça suffit le journaleux. Alors, c'est quoi cette preuve ?

— Un peu de patience lieutenant, je souhaite d'abord vous proposer une petite confrontation avec tous les faits...

— Mais vous croyez que je n'ai que ça à faire !

— Calmez-vous, je vous rappelle que vous avez tout votre temps maintenant : vous êtes à la retraite ! Donc, je récapitule. Vous avez arrêté un certain Jules Boullu. C'est un artisan multicarte : électricien, plombier, plaquiste,

47

carreleur, etc. … Suite au décès de sa mère, il a changé de région et il se trouve qu'il s'est installé en ville un mois avant le premier meurtre. Il est employé par une société qui propose notamment des dépannages d'urgence. Les éléments à charge dont vous disposez sont les suivants : Premièrement – quatre victimes sur les six font partie de la liste de ses clients.

Deuxièmement – il a été aperçu sortant de la maison de la dernière victime à l'heure présumée du meurtre.

Troisièmement – il possède une caisse à outils qui contient… je vous le donne en mille… des tournevis ! C'est tout bonnement accablant ! J'ai bien tout bon jusqu'ici, Lieutenant ?

— Oui, mais comment vous le savez ? C'est encore votre fameux informateur, cette saloperie de taupe dans mon équipe ?

— Non, pour cette fois, j'ai juste lu la presse. Il se trouve que ces informations viennent d'être publiées dans les colonnes de l'un de nos concurrents. Je vous laisse imaginer à quel point mon boss était furax !

— Grrmmbll.

— Je vais prendre ce grognement pour un acquiescement. Mais soyons sérieux deux minutes lieutenant, comment avez-vous pu arrêter quelqu'un avec si peu ?

— J'ai mon intime conviction pour moi. J'ai quarante ans de bouteille : je sais que c'est lui. Mon instinct ne m'a jamais trompé ! Il y a un truc pas net chez ce type. Il a quelque chose à se reprocher.

— Soit. Si ça ne vous gêne pas, je vous propose de ne pas parler de bouteille dans mon article : ça pourrait être mal interprété. Mais sinon, vous ne pensez pas qu'il pourrait très bien avoir quelque chose à se reprocher sans pour autant avoir trucidé six personnes ?

Foissard ne daigna pas répondre.

— Bon, si vous êtes d'accord, je vous propose de reprendre les meurtres un par un.

— Grrmmbll.

— Je suppose encore que ça veut dire oui. On commence donc par le 1er janvier : Sylvie Mangin est retrouvée assassinée à son domicile, dans son salon. On lui a planté un objet pointu dans la carotide. Il y a des projections de sang jusqu'au plafond. C'est une célibataire de trente-sept ans, infirmière. De service à l'hôpital pendant toute la nuit du réveillon, elle a été tuée vers neuf heures, soit peu de temps après son retour chez elle. Pas de témoin, pas d'empreintes, pas de fibres, pas d'arme du crime, pas d'appel suspect : aucun indice. Vous voyez vraiment Boullu se balader avec sa caisse à outils le 1er janvier ?

— On est en train de vérifier.

— Cinq semaines plus tard : Victor Bardil, cinquante-quatre ans, expert-comptable, divorcé, sans enfant, assassiné dans son salon alors qu'il s'apprêtait apparemment à prendre le thé avec un invité. La blessure qui a provoqué la mort est strictement identique à celle du premier meurtre. Toujours aucun indice.

Six semaines plus tard : Simone Langon, soixante-six ans, retraitée, vivant seule avec ses deux chats dans la maison où nous nous trouvons actuellement. Deux événements vont faire que la presse (moi-même en l'occurrence) va s'emparer de l'affaire. Tout d'abord, pour la première fois on retrouve l'arme du crime : un tournevis couvert de sang dissimulé dans le conduit de la cheminée. J'ai donc

49

parlé de « tueur au tournevis » dans mon article et le nom est resté. Mais il se trouve qu'il a également massacré les chats de la même façon que leur maîtresse. Immédiatement, ce fut le déchaînement sur les réseaux sociaux. Tuer trois personnes, passe encore mais deux chats, ce n'est pas humain : ce type est un monstre ! Dès lors, toute la presse nationale a relayé l'affaire sans relâche, la plupart du temps en reprenant les infos exclusives du fameux journaliste local : Fulgence Versailles. Merci les p'tits minous !

En prononçant ces derniers mots, il avait bombé le torse avec un grand sourire prétentieux. Décidément, Foissard ne supportait vraiment pas ce kéké !

— Encore six semaines plus tard : Odile Lacourt, quarante-sept ans, mariée à Jean-Michel Lacourt, sans enfants. Elle est découverte dans sa baignoire avec un tournevis planté dans le cou. Un fragment de latex est resté collé sur le manche de l'arme. C'est très probablement un morceau de gant.

Dès le lendemain : Louis Bertrand, soixante-quinze ans, veuf, ancienne gloire du cyclisme est retrouvé mort dans la pièce qui lui sert de musée et qui contient toute sa collection liée aux premières épopées du Tour de France. Même mode opératoire, pas d'arme, pas le moindre indice.

Et enfin, quatre semaines plus tard, il y a donc un mois de cela, c'est Vivianne Boursault, célibataire, trente-deux ans, ancienne candidate de téléréalité, qui est la dernière victime en date : toujours les mêmes circonstances, toujours pas d'arme, toujours pas d'indice !

Versailles prit la pause, paradant tel un coq satisfait de son chant du matin. Il savait que le policier ne supportait pas qu'un journaliste puisse avoir glané autant d'informations confidentielles.

— Vous voyez quelque chose à ajouter Lieutenant ?

— Si vous croyez que je vais vous balancer des tuyaux, vous vous fourrez le doigt dans l'œil !

— OK, pour terminer, je vais juste rappeler que tous les meurtres ont eu lieu dans la ville, grosso modo à l'intérieur d'une bande verticale de deux cents mètres de large et un kilomètre de long, qui s'étend de la caserne à la cathédrale. Seul le quatrième se situe largement en dehors de cette bande. Un pavillon chemin de Saintes… Mais c'est normal : rien à voir avec notre affaire.

— Comment ça, rien à voir ? hurla Foissard.

— Mais c'est évident, rien ne cadre. Ce n'est pas la même zone géographique, c'est l'unique victime mariée et puis pourquoi deux meurtres en deux jours alors qu'ils ont toujours été espacés de plusieurs semaines. Et le morceau de latex sur l'arme ? C'est la seule fois que le tueur aurait laissé un indice lui échapper ! Mais surtout, pourquoi abandonner le tournevis sur place si ce n'est pour dire : regardez bien, c'est le tueur au tournevis ! Pour moi, ça ne fait pas un pli : c'est le mari qui l'a trucidée en essayant de faire porter le chapeau à la célébrité du moment. Il n'y a qu'à voir le pactole qu'il va récupérer : tout était au nom de sa femme !

Très vite, le policier se dit que le raisonnement du blanc-bec tenait la route. D'ailleurs, il avait toujours senti que le mari semblait mal à l'aise en face de lui.

— Ouais bon, peut-être… J'en toucherai un mot aux collègues. Mais il reste quand même cinq meurtres pour Boullu !

— Certes, mais quel serait le lien entre ces cinq victimes, lieutenant ? Vous imaginez bien que le tueur n'a pas frappé complètement au hasard !

— Qu'est-ce qu'on s'en fout du lien ! C'est Boullu qui nous dira ce qu'il avait dans sa tête de malade !

— Arrêtez de vous voiler la face Foissard, vous aviez tout sous les yeux !

Sylvie Mangin tenait un blog pour décrire sa vie d'infirmière et elle s'occupait du journal de l'hôpital. Victor Bardil avait créé un club d'amateurs de thé, on a retrouvé chez lui deux vieilles coupures du « Canard du Gers » dans lesquelles il présentait sa passion. Simone Langon avait gagné trois fois le concours du balcon fleuri organisé par la ville et, elle aussi, s'était constitué un dossier de presse avec des extraits du « Canard » qui en parlaient. Louis Bertrand, pareil : plusieurs photocopies d'articles vantant son musée et même un reportage du journal de France 3 Midi-Pyrénées gravé sur un DVD. Vivianne Boursault, l'ancienne candidate de deux émissions de téléréalité totalement débiles avait, de la même façon, conservé tous ses passages à la télé.

Je vous laisse réfléchir deux minutes pour savoir qui aurait pu entrer chez eux et être reçu à bras ouverts, à tout moment…

Alors, toujours pas ?

Je vois, c'est le tournevis qui continue à vous obnubiler !

Fulgence Versailles se déplaça vers la cheminée.

— Vous pouvez me rappeler dans quelles circonstances vous avez découvert le tournevis qui était pourtant extrêmement bien caché dans le conduit de cette cheminée ?

— C'est moi qui l'ai trouvé.

— Vous avez donc eu l'idée d'ouvrir la trappe ?

— Oui.

— Mais il était fixé avec du ruban adhésif, dans un recoin totalement invisible !

— Mais comment savez-vous… Le flic n'acheva pas sa phrase : il était désormais certain que la nouvelle secrétaire qui l'aidait à rédiger tous ses rapports était la fameuse taupe. C'est Christiane, votre indic, n'est-ce pas ? Allez, avouez ! Je vais vous balancer au trou tous les deux, vous verrez si vous pouvez vous moquer de moi comme ça !

— Vous savez très bien que je n'ai pas à vous révéler mes sources, ex-lieutenant Foissard… Dites-moi plutôt comment vous avez eu l'idée pour la cachette du tournevis.

— Grrmmbll, c'est un SMS que j'ai reçu juste avant de quitter les lieux…

— Un SMS du tueur ? Vous l'avez gardé bien sûr ?

— Mais non, pour quoi faire ? J'ai tracé le numéro : c'était une carte prépayée en liquide plusieurs mois avant, impossible de remonter à l'acheteur.

— Mais alors, vous n'avez dit à personne que l'assassin vous avait donné un coup de main ?

— Non…

— Lieutenant, non seulement vous avez arrêté le mauvais bonhomme, mais en plus vous avez fait disparaître une preuve capitale ! Je crois que je vais avoir de la matière pour mon prochain article !

— Ça suffit, à la fin ! C'est Boullu le coupable, je le sais !

— Dans ce cas, vous allez devoir trouver d'autres éléments…

— On en a bien assez, il va avouer : c'est l'affaire de quelques heures. J'ai une totale confiance en mes collègues.

— Et vous ne vous êtes jamais demandé pourquoi le tueur vous avait permis de retrouver le tournevis ?

Foissard n'avait pas de réponse. Bien sûr qu'il s'était posé la question, mais il n'avait jamais compris pourquoi ce dingue l'avait aidé alors qu'il prenait tant de soin à ne laisser aucun indice...

— Mais c'est pourtant d'une limpidité affligeante, lieutenant : il vous a amené là où il voulait. Il vous a incrusté le tournevis aux tréfonds de votre petite tête pour être certain qu'il n'en sortirait jamais.

— Mais pourquoi aurait-il fait ça ?

— Mais parce que l'arme du crime n'a jamais été un tournevis !

Cette révélation ahurissante fit chanceler le tout nouveau retraité…

— Vous allez trop loin, Versailles ! C'est du délire !

— J'ai simplement une info absolument exclusive : rien de délirant là-dedans, lieutenant. Pour le dernier meurtre, souvenez-vous, votre médecin légiste habituel, Legrand, était en arrêt-maladie, il a donc été remplacé par le docteur Frot qui se trouvait par hasard en vacances dans le Gers. Frot est une sommité mondiale dans la médecine légale comme vous ne le savez sans doute pas. Son rapport était très clair. Je vous passe les détails, mais dans la conclusion, on peut lire ceci : « Blessure mortelle provoquée par un objet pointu au corps fin et cylindrique, mais certainement pas un tournevis ». Apprenant ça, le docteur Legrand est rentré en urgence et a mis ce rapport à la poubelle : imaginez un peu l'effet peu reluisant qu'une telle conclusion aurait pu avoir sur sa petite carrière…

Alors là, tout de suite, la piste de l'électricien-plombier avec sa caisse à outils en prend un coup, non ?

Remarquez, ça permet de confirmer que le meurtre de madame Lacourt, était bien une mise en scène pour orienter l'enquête vers notre tueur en série, puisque pour elle, la pauvre, le tournevis était bien réel…

Foissard était pétrifié : il imaginait déjà l'article que ce satané coq allait pondre. Il allait être la risée de la France entière !

— Ne vous inquiétez pas, lieutenant, je n'ai pas l'intention de vous enfoncer. Au contraire, je vais avoir besoin de vous : tout ce que je vous demande, c'est l'exclusivité totale.

Il ne voyait pas du tout où il voulait en venir :

— Mais l'exclusivité pour quoi ?

Fulgence Versailles ne répondit pas tout de suite. Il était trop heureux de laisser monter la sauce.

— Je sais qui est le tueur…

Il était enfin parvenu à placer son coup de théâtre imparable : le journaliste ne put s'empêcher de reprendre son imitation ridicule du coq en parade.

Le policier était stupéfait, la bouche ouverte, les yeux fixés dans le vague. Comment ce foutu journaliste avait-il pu réussir là où lui avait pataugé pendant des mois ?

Fulgence lui tendit son carnet :

— Tenez. Tout est écrit là. Je vous le donne. Mais n'oubliez pas notre accord : exclusivité totale accompagnée d'une longue interview du fameux lieutenant Jacques Foissard, l'homme qui a magistralement résolu l'affaire qui tenait la France en haleine !

Les yeux du policier se mirent instantanément à briller :

— Oui, oui, pas de problème, tout ce que vous voudrez !

Il saisit fébrilement le carnet, et commença à tourner les pages à toute vitesse…

Mais il hurla soudain de rage. Le carnet était… totalement vierge.

— Mais qu'est-ce que… Il n'y a rien ! Pas même le trait que vous avez tracé tout à l'heure !

— Désolé lieutenant, mais je ne peux pas me permettre d'avoir de l'encre dedans, sinon on en retrouverait la trace lors des autopsies…

D'un coup sec, le journaliste lui planta son stylo dans la carotide.

— Je suis certain que vous me comprendrez : je ne pouvais pas vous laisser mettre un innocent derrière les barreaux. Le pauvre Jules Boullu n'a jamais tué personne. Mais heureusement, grâce à vous, dès qu'on saura que le tueur au tournevis a encore frappé, il sera relâché immédiatement.

Foissard, hébété, arracha le stylo. Un flot de sang jaillit. Versailles s'écarta juste à temps pour ne pas être atteint.

— Ah c'est dommage, si vous l'aviez laissé en place, vous auriez pu vivre deux ou trois minutes de plus et je vous aurais raconté mon histoire. Tant pis… j'aurais pourtant bien aimé parler de mon rêve parisien à un authentique Parigot comme vous…

Dès qu'il vit que le regard du flic s'était éteint, le journaliste commença à quadriller méthodiquement la scène de crime comme il l'avait toujours fait pour être certain de ne laisser aucune trace. Ensuite, il récupéra son stylo. Pas facile d'écarter les doigts qui s'étaient tétanisés sur l'arme, mais le tueur au tournevis devait absolument rester le tueur au tournevis. Au tour du smartphone : il se doutait qu'il n'était pas du genre à s'embêter avec un code. Bingo, il n'était pas verrouillé ! Il effaça soigneusement le message qu'il lui avait envoyé pour l'attirer ici et se permit une petite fantaisie. En cherchant dans les contacts, il trouva facilement celui d'un des collègues de l'ex-lieutenant, un de ceux qui devaient probablement mener l'interrogatoire de Boullu, et il lui balança un SMS : « J'ai coincé le tueur, ce n'est pas Boullu. Venez m'aid ». Il positionna ensuite le portable dans la main crispée du cadavre en lieu et place du stylo.

Le temps qu'ils localisent le téléphone, il serait déjà loin. Et il serait surtout le seul journaliste à connaître l'existence et le contenu de ce message posthume : encore un scoop de la mort ! Il en salivait d'avance.

Avant de franchir le seuil de la maison, pour être sûr de ne pas se promener avec des traces de sang, il se nettoya les mains et le visage avec une lingette qu'il fourra, ainsi que le stylo, dans un petit sac-poubelle qu'il avait pris soin d'emporter avec lui, comme toujours. Il le déposerait cette nuit dans un conteneur juste avant le passage des éboueurs.

Il jeta un coup d'œil à travers la grille du jardin : personne en vue. Il était temps de déguerpir.

Souvent, il se demandait ce qui lui procurait le plus de plaisir : tuer ou écrire ? Mais il en arrivait toujours à la conclusion qu'il était préférable de ne pas savoir. Toutefois, tant que le tueur au tournevis sévirait, il pourrait sortir des scoops et tant qu'il n'aurait pas été recruté dans un grand journal parisien, il aurait besoin de nouveaux scoops pour attirer l'attention. Le prix à payer pour son rêve…

Il rentra paisiblement chez lui en finissant son article dans sa tête. Prudent, il ne rédigeait jamais quoi que ce soit avant que la police ne découvre le corps. Néanmoins, il visualisait déjà la une de demain matin :

« Le courageux lieutenant Foissard succombe sous les coups du tueur au tournevis ! » Un récit trépidant et exclusif par Fulgence Versailles.

Mozart est là

Tout en pestant contre la tempête de neige qui avait retardé le départ de l'A320 après sa correspondance à Munich, Jonas Leisinger, confortablement installé en classe affaires, ouvrit sa mallette pour en retirer sa tablette tactile. Il souhaitait relire un des articles qu'il avait collectés à propos de Paolo Vivone, le célèbre musicien chez qui il se rendait.

Celui-ci était extrait d'un magazine français sur le cinéma. Il s'agissait d'une interview de Julian Filoni, le réalisateur comblé de « La symphonie », le film sur Mozart qui, six ans auparavant, était devenu l'un des plus rentables de l'histoire du septième art avec plus d'un milliard de dollars de recettes pour un budget de tout juste vingt millions :

— *Vous auriez pu montrer le processus créatif de l'artiste en utilisant une œuvre connue de Mozart : pourquoi avoir pris le risque d'élaborer une partition originale avec Paolo Vivone ?*

— *C'est lui qui m'a convaincu que le film serait beaucoup plus fort si on ne connaissait pas déjà le résultat final. Il m'a également assuré qu'il était capable de façonner une suite musicale complète à la manière de Mozart. Et vous voyez à quel point il a eu raison. Non seulement sa symphonie est aujourd'hui aussi connue que les morceaux les plus célèbres du génie autrichien, mais tous les spécialistes s'accordent à dire que Wolfgang lui-même n'aurait pas renié cette extraordinaire composition.*

— *Vous lui devez donc une très grande partie du succès ?*

— *Sans aucun doute.*

(...)

— *Malgré votre statut de grandissime favori, vous avez raté l'Oscar du meilleur réalisateur. Vous n'êtes pas trop déçu ?*

— *Non, le fabuleux engouement du public est une récompense largement suffisante en soi et déjà bien au-delà de mes espérances ! Et puis Paolo a reçu celui de la meilleure musique...*

Même à l'ère du téléchargement illégal, le maestro italien avait réussi à pulvériser les records de ventes de disques détenus jusqu'alors par les bandes originales de Star Wars puis de Titanic. En partant de Vienne, ce matin, Jonas avait encore vu dans la boutique de l'aéroport une jeune femme qui achetait le CD. Certes, on se trouvait dans la ville de Mozart, mais avec un tel niveau de passion six ans après sa sortie, cette musique était vraiment devenue un phénomène de société. Accessoirement, les centaines de publicités, de génériques et autres sonneries de téléphone qui utilisaient les différents thèmes de son œuvre avaient rajouté quelques millions dans l'escarcelle du génial compositeur, mais c'est surtout l'intéressement sur les bénéfices générés par le film, longuement et subtilement négocié, qui lui avait apporté une fortune immense, voire indécente.

Quinze heures trente. Après plus de neuf heures passées entre les avions et les aéroports, il atterrissait enfin à Naples-Capodichino sous un soleil aussi vivifiant que la neige allemande pouvait être déprimante. Agrippant sa mallette qu'il avait pris soin de fermer à clé, Jonas tripota machinalement sa montre, mais se souvint immédiatement qu'il n'y avait pas de décalage horaire entre l'Autriche et l'Italie. Puis, même s'il l'avait déjà prévenu de son retard lors de l'escale bavaroise, il rappela Paolo Vivone pour lui annoncer son arrivée. Il n'imaginait pas encore qu'il allait perdre deux heures supplémentaires dans les embouteillages causés par la procession traditionnelle qui célèbre Sant'Antonio Abate chaque 17 janvier.

Le palazzo du compositeur était un véritable musée ! Outre toutes les récompenses récoltées pour la musique de « La symphonie », avec notamment cet Oscar qui trônait bien en évidence sur une magnifique console probablement du XVIIIème siècle, le bureau où le majordome avait invité Jonas à patienter présentait sur ses murs des dizaines de photos de Vivone posant à côté des plus grandes stars du cinéma mondial. On y retrouvait tout le Gotha des acteurs, actrices et réalisateurs : vraiment impressionnant ! Et dans une alternance au visuel savamment étudié, on pouvait également admirer, dans de majestueux encadrements, des manuscrits originaux de partitions signés par les plus grands noms de l'histoire de la musique de film.

Il y avait, bien sûr, Ennio Morricone, son mentor, mais aussi Jerry Goldsmith, Nino Rota, Maurice Jarre, Michel Legrand, John Barry et surtout, le maître absolu : John

Williams. Tous lui avaient dédicacé leurs plus grands succès. Et là, ce tout petit brouillon, c'était…

— Oui, c'est bien Charlie Chaplin. Il a griffonné sur ce bout de papier les premières notes de son célèbre thème composé en 1936 pour « Les temps modernes ». Il avait beau être un violoniste émérite, il ne connaissait pas le solfège, il s'agit donc d'un langage codé compréhensible uniquement par lui-même. Pour écrire la version finale, il avait l'habitude de siffloter ses créations à un vrai musicien qui les retranscrivait et les retravaillait avec une orchestration complète. Et comme ensuite Chaplin détruisait systématiquement ses brouillons, à ma connaissance, ce document est unique au monde.

— Impressionnant… murmura Jonas, sentant bien la fierté dans les explications de son hôte qui venait d'apparaître, majestueux dans son costume probablement confectionné sur mesure par un des nombreux grands couturiers de la péninsule italienne.

— Mais si j'ai bien compris, votre spécialité n'est pas vraiment la musique de film, Monsieur Leisinger ? demanda Paolo Vivone en dépoussiérant négligemment la célébrissime partition de la scène de la douche dans « Psychose » signée par Bernard Herrmann.

— Non en effet, je négocie plutôt des œuvres qui datent de bien avant les frères Lumière.

— Eh bien, sachez que votre retard n'a fait qu'attiser encore plus ma curiosité ! Alors, vous voulez bien me montrer cette merveille ?

Devant l'air sceptique de Jonas, le musicien lâcha un rire tonitruant :

— Ah, mais peut-être voulez-vous vous assurer que je suis digne de votre proposition ! Venez, suivez-moi. Et vous pouvez laisser votre mallette ici, si vous voulez.

Faisant mine de ne pas avoir entendu, Jonas, agrippant toujours fermement son précieux attaché-case, suivit Vivone dans la pièce voisine du bureau au centre de laquelle trônait un magnifique piano-forte qui semblait tout droit sorti d'un musée. Voyant le regard admiratif de son visiteur, le napolitain ne put s'empêcher de sourire :

— C'est un Stein de 1781. La légende veut que Mozart ait composé avec cet instrument ses concertos pour piano n° 11, 12 et 13.

— Mais alors, il vient de chez moi, de Vienne ?

— Tout à fait mon cher Jonas, répondit-il tout en dissimulant d'une main la combinaison qu'il tapait de l'autre sur un digicode afin d'ouvrir la porte blindée qui se trouvait dans un coin de la pièce juste après une immense vitrine remplie d'instruments anciens tous plus précieux les uns que les autres.

Toujours souriant, le collectionneur invita Jonas à le suivre dans son étrange chambre forte.

Au milieu de cet antre à l'éclairage très tamisé trônait une épaisse vitre qui semblait flotter dans les airs.

À l'intérieur de ce verre d'une transparence parfaite, une sorte de vieux parchemin jauni occupait la partie centrale. Le papier était extrêmement froissé comme s'il avait été mis en boule pour être jeté. Néanmoins, on pouvait y voir une partition de cinq portées agrémentée d'une foule d'annotations manuscrites. D'un geste, le collectionneur invita Jonas à faire le tour de la vitrine. Il put alors découvrir sur le verso du mystérieux document une vingtaine de répétitions de la même séquence de trois mots tracés d'une écriture tantôt hésitante, tantôt nerveuse, mais, en tout cas, à chaque fois différente.

Ces trois mots donnèrent immédiatement des frissons à Jonas : « Wolfgang Amadeus Mozart »

— Il y a trente ans, j'ai découvert totalement par hasard ce manuscrit dans la bibliothèque de mes grands-parents. Je n'ai jamais pu découvrir comment il s'était retrouvé là, mais j'ai néanmoins acquis la certitude qu'il s'agit d'un document rédigé par Mozart alors qu'âgé de seulement quatorze ans, il visitait l'Italie en compagnie de son père. On sait qu'il est venu sur les sites de Pompéi et Herculanum à quelques kilomètres de Naples. C'est donc probablement à cette époque qu'il a composé ce qui semble être le début d'une sonate comme vous avez pu le découvrir sur le recto de ce feuillet. Et ce que vous pouvez admirer ici, ce sont des essais de signature d'un enfant, déjà très mature, impatient d'acquérir son indépendance et de signer lui-même ses contrats à la place de son père. Vous pouvez voir sur la gauche, la version finalement retenue que l'on retrouvera ensuite sur plusieurs documents de cette période.

— C'est… C'est tout bonnement extraordinaire !

Malgré son statut d'expert mondialement reconnu qui lui avait permis d'examiner des milliers d'ouvrages anciens, Jonas était soufflé par ce qu'il avait sous les yeux.

— Dans les années qui ont suivi, j'ai voulu compléter cet embryon de collection en achetant de temps en temps d'autres partitions autographes. Mais comme je n'avais

64

pas vraiment les moyens, j'ai raté toutes les pièces les plus intéressantes. Cependant, depuis le succès de « La symphonie », je dois reconnaître que je ne me suis plus rien refusé : tous les tiroirs que vous voyez autour de vous contiennent des manuscrits rédigés et commentés par Mozart. Cela va du feuillet unique jusqu'aux centaines de pages de certaines partitions complètes d'opéra. Je possède maintenant la collection la plus riche après celle du Mozarteum de Salzbourg.

Avec l'approbation de son hôte, Jonas Leisinger avait ouvert au hasard un des tiroirs parmi la trentaine que comptait la chambre forte et il en sortit une grande farde faite d'un carton très épais recouvert de tissu. Elle contenait des dizaines de feuillets très anciens parfaitement protégés. Une étiquette brodée directement dans la couverture mentionnait SINFONIA N° 41. Sur la première page, le génie avait noté, dans un savant mélange d'allemand et d'italien :

Sinfonie
2 violini, 1 flauto, 2 oboe, 2 fagotti, 2 Corni, 2 clarini,
Timpany, viole e Baßi

— C'est la symphonie n° 41 ? La Jupiter ? C'est la dernière qu'il a composée, en… 1788, c'est ça ? Mais je croyais que le manuscrit avait disparu !

Les yeux de Jonas brillaient de mille feux tellement il était excité. Il s'apprêtait à ouvrir un autre tiroir lorsque Paolo Vivone lui fit comprendre, d'un regard, que cela suffisait.

— Alors, Monsieur Leisinger, vous pensez maintenant que je peux prétendre découvrir de ce que vous m'avez amené ?

— Certes, je dois reconnaitre que…

— Repassons dans mon bureau, voulez-vous ?

Jonas installa la mallette sur le velours de la table de jeu qui, elle aussi, devait dater du XVIIIème siècle. Après avoir sorti la clé de sa poche, il déverrouilla la serrure et laissa apparaître une farde très similaire à celle qu'ils venaient de manipuler dans la chambre forte.

— Il semblerait que nous ayons le même fournisseur ! commenta Vivone dans un sourire.

Jonas se saisit précautionneusement de l'objet, le déposa doucement à côté de la mallette puis enleva cette dernière de façon à pouvoir profiter pleinement de l'espace offert par la magnifique table.

Il en retira délicatement un ouvrage très ancien dans un luxueux format à l'italienne. Il était enchâssé dans une précieuse reliure de cuir vert jade ornée de splendides dorures dentelées. Il laissa le soin à son hôte de l'ouvrir à la page de titre. Mais lorsque Paolo Vivone découvrit ce qu'elle contenait, il se figea instantanément et son visage prit la teinte crayeuse de quelqu'un qui aurait vu un fantôme se dresser devant lui !

Leisinger semblait ravi du déroulement de la scène.

Très rapidement, néanmoins, le maestro récupéra sa prestance.

— Vous permettez ?

Vivone se mit à feuilleter consciencieusement le contenu de la reliure qui s'avérait être une partition entièrement manuscrite, tout en sautant de longs passages comme s'il savait exactement ce qu'il cherchait.

— Il y a exactement cent soixante-douze feuillets ! lui détailla l'expert.

Sur la dernière page, on pouvait distinguer clairement une date, « 3. August 1782 ».

Mais Vivone revint rapidement sur la première. On y lisait, rédigé avec une écriture identique à celle qu'ils avaient vue quelques minutes auparavant, le descriptif suivant, avec encore une fois un titre en allemand suivi d'une liste d'instruments en italien :

Sinfonie fon Wien
2 violini, 1 contralti, 1 violoncelli, 1 contrabbassi, 1
flauto, 2 oboe, 2 fagotti, 2 clarini

Et juste dessous, écrit de biais, en très gros, on pouvait également lire :

Wolfgang für Constanze

— C'est daté de la veille de son mariage avec Constance Weber remarqua le compositeur. Et cette énorme dédicace « Wolfgang pour Constance »… se pourrait-il que ce soit un cadeau de mariage ?

— Très probablement. Mais le plus intéressant est qu'il n'en est fait état nulle part dans la littérature sur Mozart : il est donc fort possible que Constance ait été le seul et unique auditoire de cette « Symphonie de Vienne »… qui serait donc totalement… inédite !

Un long silence s'installa. L'Autrichien semblait savourer avec délectation ce moment.

— Je crois bien que vous avez raison, mon cher Jonas !

Le musicien resta perdu dans ses pensées. Leisinger l'interrompit :

— Vous croyez que vous pourriez nous en jouer un morceau ?

— Maintenant ? Mais vous savez bien qu'il faut un orchestre complet.

— Oui, je sais, mais regardez, dit-il en tournant rapidement les pages de la partition, il y a quelques passages avec uniquement des bois et même ici, cette envolée de cordes m'a l'air facilement jouable par un musicien chevronné comme vous.

Jonas alla chercher un violon qui était posé sur le bureau du maestro et le lui tendit. Vivone hésita puis le saisit timidement.

— Ce n'est vraiment pas mon instrument de prédilection. Je suis justement en train de suivre des cours pour tenter de m'améliorer.

— Ne soyez pas modeste, Maître…

Le Napolitain prit alors l'archet, ajusta le violon sur son épaule et commença à jouer en grimaçant. Le résultat était exécrable, totalement indigne d'un musicien de cette trempe.

— Maître Vivone, je crois bien que vous vous moquez de moi !

Jonas lui arracha brusquement l'instrument des mains et se mit lui-même à en jouer. Même s'il était loin d'être un virtuose, il se débrouillait très bien et les notes qui sortaient du violon semblaient couler de source. Cette mélodie paraissait tellement naturelle que...

Jonas regarda Vivone droit dans les yeux :
— Surprenant, non ?

Le célèbre compositeur restait sans voix. Il ne pouvait que constater que la musique qui jaillissait ainsi n'était autre que le thème principal de « La symphonie », morceau qu'il avait soi-disant créé lui-même six ans auparavant... et qui lui avait apporté la gloire, mais surtout la fortune !

L'expert viennois arborait une attitude de vainqueur et toisait fièrement le musicien qui semblait soudainement perdu.
— Ce n'est pas beau de mentir, Maître Vivone. J'ai rentré la partition complète dans mon ordinateur et lancé un programme d'orchestration : le résultat est sans appel. Vous avez plagié l'intégralité de cette symphonie inconnue pour en faire la musique du film de Julian Filoni ! Pas étonnant que tous les critiques aient perçu du Mozart dans votre composition !
Vivone persistait à regarder dans le vide, inerte comme un pantin.
— Je suppose que vous avez mis la main sur une copie de cet ouvrage ?
— ...

69

— Vous savez, je n'ai pas l'intention de vous dénoncer !

L'Italien fixa à nouveau son interlocuteur et commença son histoire :

— C'est Leopold, son père, qui en a fait une copie, probablement sans que Wolfgang le sache. Déjà qu'il n'avait pas formellement donné son consentement à ce mariage, de voir qu'un tel chef-d'œuvre allait rester inédit, à cause de cette femme, a dû le mettre hors de lui.

— Mais comment êtes-vous entré en possession de ce document ?

— C'est un de mes fans autrichiens qui m'a contacté. Il venait d'hériter de la maison de son grand-père et il avait découvert, dans un coffre, une immense collection de partitions plus ou moins anciennes. N'étant pas musicien lui-même, il ne s'y est pas vraiment intéressé, mais il a quand même repéré dans le lot un ensemble complet qui était très distinctement signé par Leopold Mozart. Comme il avait lu une de mes interviews dans laquelle je parlais de ma propre collection, il a eu l'idée de me le proposer. Évidemment, en le déchiffrant, j'ai rapidement compris qu'il s'agissait d'un chef-d'œuvre composé, non pas par son père, mais, de toute évidence, par Wolfgang lui-même. J'avais donc affaire au plus incroyable des inédits. Je me suis bien gardé de révéler ma découverte à mon vendeur et j'ai finalement acquis ce trésor au prix d'une partition de Leopold Mozart, c'est-à-dire pas grand-chose, car s'il fut un excellent professeur, il n'a jamais montré de véritable génie créatif.

Par contre, je n'avais aucune idée de la raison pour laquelle cette merveille était restée inconnue : mon exemplaire n'était pas daté et ne comportait bien sûr pas de dédicace. Maintenant, j'ai compris ! Grâce à vous…

— Mais pourquoi vous être approprié cette œuvre ?

— J'avais entre les mains quelque chose d'exceptionnel et pendant des mois, j'ai réfléchi au meilleur moyen de faire fructifier cette chance incroyable. C'est alors que j'ai entendu parler du projet de Julian Filoni… Je l'ai rencontré plusieurs fois. Je dirais même que je l'ai harcelé. Néanmoins, je n'arrivais pas à le convaincre qu'il devait me laisser composer la musique sans utiliser aucun morceau existant de Mozart. J'ai alors enregistré deux maquettes de dix minutes chacune, à l'aide d'un ordinateur, exactement comme vous l'avez fait. J'ai bien sûr choisi les deux plus beaux passages de cette symphonie inédite. Vous imaginez bien qu'après les avoir écoutés, Julian a instantanément changé d'avis. La machine était lancée …

— Je ne peux pas vous blâmer car je ne sais pas ce que j'aurais fait à votre place !

— Mais si vous ne comptez pas me dénoncer, qu'est-ce que vous êtes venu faire ?

— Mais comme je vous l'ai dit au téléphone, Maître, j'ai un manuscrit à vendre, répondit Jonas avec un large sourire.

Vivone avait enfin repris pleinement ses esprits et il comprit tout de suite que l'affaire allait tourner au vulgaire chantage.

— Combien ?

— Je ne sais pas. On trouve rarement des originaux de cette qualité sur le marché. La seule vente un peu comparable serait la symphonie n°2 de Gustav Mahler :

les deux cent trente-deux pages de la partition ont été adjugées à…

— … plus de cinq millions d'euros chez Sotheby's en novembre 2016, compléta le collectionneur.

— Mais Malher n'est pas Mozart !

— Certes…

— Et c'est un inédit !

— J'avoue…

— Et c'est un chef-d'œuvre !

— Je ne peux qu'acquiescer…

— Alors ? D'après vous ?

— Je ne sais pas… dix millions ?

— Disons trente, et il est à vous !

Paolo Vivone manqua de chanceler en entendant le prix de son honneur. Mais encore une fois, il se ressaisit très vite.

— Mais comment imaginez-vous que je puisse vous verser un tel montant sans laisser de traces ?

— Ne vous inquiétez pas, j'y ai déjà réfléchi.

Vivone était clairement dans les cordes et il ne pouvait qu'attendre le coup de grâce, mais il avait peur de deviner ce qu'allait lui suggérer l'expert.

— Je connais beaucoup d'amateurs très riches qui seraient prêts à vous proposer des sommes énormes en liquide pour certaines pièces de votre collection !

On y était. Mais malheureusement pour Leisinger, s'il y avait bien un sujet sur lequel Paolo Vivone ne serait jamais enclin à négocier, c'était bien sa collection qui représentait à ses yeux l'achèvement de toute une vie. Il respira un grand coup et mit en marche son cerveau afin de passer en revue toutes les autres solutions qui s'offraient à lui. Il rentra dans une sorte de transe créative comme à la grande époque de ses débuts remarqués dans le domaine de la musique de film, lorsqu'il était même capable de travailler sur plusieurs bandes originales en même temps…

Cela faisait déjà cinq minutes que Leisinger attendait que Vivone cède à sa proposition, mais l'Italien semblait ailleurs. Il ne répondait même plus…

— Maître Vivone ? Vous vous sentez bien ?

Il n'allait pas lui faire un malaise ! Cet homme ne pouvait pas mourir maintenant ! Il lui devait trente millions de dollars !

— Maître ?

Il le secoua pendant ce qui lui sembla une éternité puis soudain, le maestro le regarda et ouvrit la bouche :

— Et si nous mangions ? Je commence à avoir mal au ventre, tellement j'ai faim !

…

Jonas se retrouva totalement ahuri. Le vieil homme avait-il perdu la raison ?

— Je vais vous faire goûter la meilleure pizza Margherita di Napoli : j'appelle mon ami Pasquale, il va s'occuper de nous.

Sans plus se préoccuper de son invité qui ne comprenait absolument pas ce qui se passait, Vivone sortit son smartphone et composa un numéro.

« Pronto ! Pasquale, c'est toi mon ami ? J'ai besoin de tes talents spéciaux ! Tout de suite : c'est urgentissimo ! Il m'en faut deux, oui des XXL, et surtout tu me mets ta meilleure mozzarella, celle que le monde entier nous envie ! Vingt minutes ? C'est parfait ! C'est vraiment toi le roi, Pasquale ! A presto, amico mio ! »

— Venez, Jonas, en attendant, je vous propose d'aller admirer les feux de la Saint Antoine.

Encore une fois déconcerté par la réaction de son hôte, Leisinger suivit docilement.

Ils avaient maintenant rejoint la cuisine. Cette pièce semblait sortie tout droit du Moyen Âge. La cheminée était suffisamment grande pour qu'on puisse y rôtir un bœuf entier, les sols et les murs étaient bâtis avec des pierres que l'on pourrait sans doute retrouver à l'identique dans certains châteaux forts. Mais c'est surtout, le plafond qui attirait le regard : un plafond à la française, ici à Naples ! Et sur presque la moitié de la salle, on pouvait encore distinguer les peintures d'origine apposées aussi bien sur les poutres que sur les solives. Elles représentaient des scènes typiques d'une cuisine : découpe, cuisson à la broche, épluchage des légumes, voire même certaines occupations que Jonas ne parvenait pas identifier.
— Lorsque j'ai acheté ce palazzo, j'ai voulu modifier certaines pièces pour les adapter à mon goût. Cette cuisine, notamment, était horrible. Lors des travaux, après avoir fait tomber les cloisons et le plafond, les ouvriers ont mis à jour ces merveilles qui datent de la création de l'édifice, c'est-à-dire 1465.
— C'est absolument extraordinaire. Je crois que vous avez encore réussi à m'épater.

— J'en suis très heureux répondit Vivone tout en ouvrant avec précaution une fenêtre ornée de vitraux qui s'ils n'étaient pas aussi vieux que la cuisine n'en paraissaient pas moins précieux.

Leisinger se pencha par l'ouverture et vit une foule immense de Napolitains de tous âges qui remontaient la rue dans la nuit, chacun tenant une torche, sorte de long bâton blanc enflammé qui pouvait faire penser à un cierge. De temps à autre, un cercle se formait et on jetait en son centre des planches, des caissettes et toutes sortes de rebuts en bois pour ensuite transformer ce minuscule bûcher en un feu de joie éphémère à l'aide des bâtons de flamme. La multitude de ces flamboiements avait momentanément raison des ténèbres. L'atmosphère mystique ainsi créée par la lente procession fit frissonner l'Autrichien.

Fascinés par le spectacle, ils en avaient oublié leur diner. Le majordome vint finalement interrompre ce moment :

— Messieurs, les livreurs de pizza sont arrivés.

Deux hommes ressemblants à des boxeurs poids lourds surgirent alors, portant chacun une boîte à pizza entre les mains. Jonas se fit la réflexion qu'ils n'avaient vraiment pas la tête de l'emploi, mais sans lui laisser le temps de méditer davantage, Vivone enchaîna :

— Je vous présente Mario et Gino. Ce sont les meilleurs pizzaioli de la ville et ils nous font l'honneur de venir nous livrer à domicile ! Je crois que nous pouvons les remercier, mon cher Jonas !

Les deux colosses posèrent les pizzas sur la table et Vivone leur fit l'accolade. Jonas, plutôt gêné, tendit la main, d'abord à Mario. Celui-ci la lui happa littéralement et commença à la broyer consciencieusement tout en fixant le malheureux expert droit dans les yeux. Vivone, se rendant compte du manège, intervint alors en faisant comprendre au géant qu'il devait cesser sa plaisanterie :

— Ah Ah ! Ce Mario, toujours aussi farceur ! Venez, Jonas, il va vous présenter son chef d'œuvre.

Réprimant avec peine son envie de hurler de douleur, Leisinger s'approcha de la table en tenant comme il le pouvait sa main meurtrie de façon à limiter la souffrance. Mario ouvrit la première boîte. Elle contenait une pizza que Jonas jugea, d'un premier abord, parfaitement comparable à n'importe quelle autre.

— Mon cher Jonas, vous avez sur cette Margherita, la meilleure mozzarella de l'univers, produite ici, dans la campagne napolitaine. La mozzarella di Bufala Campana est una specialità tradizionale garantita. Elle est fabriquée avec du lait de bufflonne.

Jonas restait silencieux tout en attendant le moment de goûter. Il se disait que son hôte lui avait montré tant de merveilles jusqu'à maintenant que cette pizza devait probablement être une tuerie !

— Mais rendez-vous compte que tout ceci a failli disparaître en 2008 à cause de la mafia napolitaine ! Quelques années auparavant, des familles du milieu s'étaient associées afin de prendre le contrôle du ramassage des ordures et un beau jour, elles ont signé un nouvel accord qui leur a permis de décupler la rentabilité de cette activité : à partir de ce moment, au lieu de retraiter les déchets, elles ont décidé que ce serait beaucoup moins cher de tout enterrer à la campagne. Résultat, les terres agricoles se sont retrouvées polluées et les autorités sanitaires ont fini par trouver de la dioxine dans le lait des bufflonnes. La production a été immédiatement stoppée : plus de mozzarella ! Sentant que l'économie de la ville risquait d'en pâtir et donc son économie à elle aussi, la Camorra, comme on dit ici, a depuis changé de stratégie. Aujourd'hui, les ordures sont expédiées par camions vers la Roumanie où elles sont traitées à des coûts quatre fois inférieurs à ce qu'ils seraient en Italie.

Jonas qui n'était absolument pas intéressé par ces histoires ridicules commençait à perdre patience :

— Maître Vivone, c'est bien gentil tout ça, mais ça ne fait en rien avancer notre affaire.

— Détrompez-vous, mon cher Jonas : il se trouve que vous ne pouvez pas appréhender l'esprit napolitain sans comprendre le fonctionnement de la Camorra. Moi-même, j'aurais pu quitter Naples comme beaucoup de gens fortunés pour éviter de payer le pizzo, l'impôt mafieux si vous préférez, mais je ne l'ai pas fait car cet impôt est bien plus juste et efficace que toutes les taxes gouvernementales. Regardez cette bâtisse où nous nous trouvons : je n'aurais jamais pu l'acheter sans un coup de main de mon ami Pasquale. Lorsque le propriétaire est mort accidentellement, j'ai pu compter sur son soutien afin de convaincre les héritiers qu'en acceptant de me vendre leur palazzo, ils y trouveraient leur intérêt ! Ce fut long et laborieux, mais heureusement, tout s'est accéléré quand un des frères est mort, lui aussi accidentellement.

Leisinger se demandait comment il devait prendre tout ça. Était-ce vrai ? Était-ce simplement pour lui faire peur ?

— Je suis désolé Maestro, mais je ne vois vraiment pas en quoi tout ça peut me concerner !

Le musicien lâcha un énorme soupir :

— Finalement, vous avez peut-être raison… En fait, je voulais juste vous expliquer pourquoi vos morceaux vont terminer éparpillés dans des décharges roumaines ! Mais à quoi bon…

Sur un signe de Vivone, Gino ouvrit en un éclair la seconde boîte à pizza et en sortit ce qu'on appelle familièrement une « corde à piano ». Saisissant les deux poignées avec une dextérité dont on ne l'aurait pas cru capable avec une telle corpulence, il passa la corde autour du coup de Jonas Leisinger et serra de toutes ses forces. En moins d'une seconde, le fil d'acier avait atteint une vertèbre cervicale et tranché au passage le larynx et les deux artères carotides. Mario aida son collègue à maintenir le corps au-dessus de la boîte à pizza de façon à récupérer un maximum du sang qui coulait à flots.

La scène était surréaliste : les deux balourds faisaient de leur mieux pour éviter de laisser des traces sur le sol ou sur leurs costumes car ce qu'ils détestaient le plus dans leur métier c'était bien la partie nettoyage, mais au sens propre, si on pouvait dire ainsi. A contrario, ils n'étaient absolument pas préoccupés par le fait d'avoir un cadavre sur les bras… la routine, probablement.

Paolo Vivone quitta la pièce, nonchalamment :

— Merci beaucoup messieurs ! Je vous laisse débarrasser. Mes respects à Pasquale !

Il passa sans un mot devant son majordome et se dirigea vers le bureau.

Quelques minutes plus tard, il rejoignait la foule festive dans la rue et déposait sur le sol un paquet de cent soixante-douze feuillets anonymes qu'il venait de détacher de leur reliure. Instantanément, un cercle se forma et une dizaine de torches blanches enflammèrent les pages manuscrites. Tous regardèrent, subjugués, le petit feu de joie qui ne dura que quelques secondes.

Le célèbre compositeur de « La symphonie » se dit alors que les vieilles partitions brûlaient vraiment très vite ! Il se souvint d'ailleurs en souriant qu'il s'était fait exactement la même réflexion, six ans plus tôt.

Dérapages

C'était décidé. Il s'agissait de la dernière lettre de dénonciation qu'il n'enverrait jamais. Elle portait la référence M239 : 239ème courrier envoyé à la mairie…

Sa femme et lui avaient passé toute leur vie à faire la chasse aux incivilités du quotidien. Le bruit, les odeurs, les insultes, les comportements dangereux sur la route, mais aussi les gens qui s'allongent sur les sièges de bus, ceux qui hurlent dans leur téléphone portable ou qui fument à côté des enfants. Il y avait également les profiteurs en tout genre : les fonctionnaires qui font leurs courses pendant leur temps de travail, les locataires des HLM qui sont bizarrement toujours ceux qui en ont le moins besoin, les travailleurs au noir qui touchent une pension d'invalidité…
La liste était sans fin.

« Monsieur le Maire,
Dans notre courrier référencé M83 daté du 24 mars 2006, nous avions, ma femme et moi, porté à votre attention le danger que constituait le passage piéton situé à l'entrée de la commune, dans une zone où aucun automobiliste ne respecte la limite de 50 km/h. Nous vous avions réclamé l'installation d'un système de ralentissement juste après le panneau d'entrée dans l'agglomération sans attendre qu'un drame ne rende cet aménagement obligatoire. Lors de vos trois mandats

successifs, il me semble que vous avez eu le temps nécessaire de prendre la mesure du danger. Mais apparemment, vous n'avez pas jugé ce sujet prioritaire.

La semaine dernière, mon épouse Josette est morte sur ce passage piéton, emportée par un chauffard dont la vitesse a été estimée à 105 km/h.

Il va de soi que toute personne normalement constituée aurait immédiatement remis sa démission. Mais nous savons tous les deux que vous n'en ferez rien. Au contraire, j'imagine déjà la façon dont vous allez vous présenter en sauveur quand vous proposerez la construction d'une chicane à l'endroit où ma femme a été percutée et projetée à une distance de quinze mètres.

Le pire, c'est que vous ne comprenez sans doute pas pourquoi c'est répugnant...

Signé Émile Ledroit. »

Pendant qu'il fermait l'enveloppe et collait l'adresse de la mairie, déjà pré-imprimée, il pensait à tous ces combats du quotidien que sa femme et lui avaient menés en envoyant des courriers vers toutes les institutions imaginables, de l'association de quartier jusqu'à l'Élysée, en passant bien sûr par le journal local « L'écho de la cité ».

Mais il pensait surtout aux résultats quasi inexistants. Personne ne les prenait au sérieux. Pire, énormément de personnes souriaient en les croisant dans la rue : ils étaient considérés comme des emmerdeurs alors qu'ils se battaient justement pour le droit à la tranquillité et à la sécurité.

Cela faisait déjà pas mal de temps qu'Émile songeait à passer à la vitesse supérieure. Lorsque l'extrême droite avait remporté la majorité à l'assemblée, tous les gens comme lui s'étaient mis à rêver d'un monde où ils seraient enfin respectés. Mais depuis qu'ils avaient été élus, rien n'avait changé. À chacune des propositions de réforme allant dans le bon sens, le gouvernement avait reculé devant la pression de la rue. Pour certains sympathisants, ça n'était plus possible : si l'état ne pouvait pas les protéger, ils le feraient eux-mêmes.

Le nombre de milices de quartier avait explosé ces derniers mois. Mais on notait surtout une recrudescence de « vengeurs », ces justiciers cagoulés qui, exaspérés par l'inaction du gouvernement, s'étaient arrogé les droits les plus divers. Rien que dans la ville, on en comptait quatre. Le « Fauteuil Brûlant » mettait le feu aux voitures indûment stationnées sur les places réservées aux handicapés. Son pote, le « Vélo Mécanique » faisait carrément exploser celles qui étaient garées sur les pistes cyclables. « Opiuman » organisait des bastonnades contre les dealers de quartier. Quant au dernier venu, « Sound Machine », il balançait des grenades lacrymogènes à travers les fenêtres de ceux qui faisaient du tapage nocturne.

Cependant, les plus efficaces étaient sans doute tous ces sites de dénonciation qui avait fleuri sur internet pour les fraudeurs de toutes sortes, les harceleurs, les maris et les femmes infidèles, les étrangers sans papiers ou même les parents qui mettent des fessées à leurs enfants.

Émile ressentait le besoin d'agir, lui aussi. Mais il envisageait un type d'action beaucoup plus radical.

****

Deux ans auparavant, sa femme et lui avaient envoyé pas moins de huit courriers pour se plaindre de leur voisin qui s'exerçait au tir tous les dimanches dans son potager. On leur avait rétorqué qu'il faisait ce qu'il voulait chez lui du moment qu'il s'assurait que tout se déroulait en sécurité. Quant au bruit, comme il respectait les horaires alloués aux tondeuses à gazon, il ne contrevenait à aucun règlement. Avec René, un habitant du quartier qui était un de leurs rares amis, ils avaient organisé une mission commando en l'absence du voisin indélicat. Ils s'étaient introduits dans son pavillon en forçant la serrure du garage et avaient volé toutes les armes et munitions qu'ils avaient pu trouver. Émile s'était proposé pour se débarrasser de leur butin, mais sans trop savoir pourquoi, il avait conservé un magnifique fusil à lunette qu'il avait dissimulé au-dessus de la penderie, dans la chambre.

Il se souvenait encore quand, le lendemain, des policiers avaient bouclé le quartier et étaient venus sonner à leur porte. Dans un sens, il avait été soulagé lorsqu'ils lui avaient expliqué qu'ils souhaitaient juste le questionner sur son voisin car celui-ci avait sauvagement frappé sa femme. Mais quand il avait compris qu'elle avait été tabassée parce que son mari la soupçonnait d'avoir fait disparaître ses armes…

Il avait alors juré qu'on ne l'y reprendrait plus à vouloir se substituer à la justice !

Mais malheureusement, aujourd'hui, les circonstances le forçaient à revenir sur cette promesse.

****

Il attendait, posté au deuxième étage d'un immeuble en construction, « comme dans les films » songeait-il. Afin de pouvoir rester en observation pendant des heures sans risquer la crampe dans les bras, il s'était bricolé un petit trépied pour son arme. Il avait même prévu la couverture pour s'allonger sur le béton glacial sans risquer une bronchite.

Malgré son âge, il n'avait fallu que quelques heures à Émile pour apprendre le maniement du fusil. La lunette apportait une précision phénoménale : il avait réussi à toucher une balle de tennis à deux cents mètres. Et hier, pour finaliser la préparation, il était allé mesurer la distance entre les deux lampadaires qui se situaient juste avant le passage piéton : cinquante-cinq mètres. Ainsi il savait que lorsqu'une voiture mettait moins de deux secondes entre ces deux repères, cela signifiait qu'elle dépassait les cent kilomètres à l'heure.

Encore une grosse tasse de café bien chaude grâce à son thermos : cela faisait presque trois heures qu'Émile observait les voitures dans la lunette. Une seule avait flirté avec la vitesse fatidique, mais il avait immédiatement renoncé quand il avait aperçu les enfants à bord. Ça l'avait mis hors de lui : « Non mais quel connard ! Avec ses gosses en plus ! ».

Sinon, il avait passé son temps à étudier un parfait échantillon de la population routière de la ville : de l'adolescente stressée dans son auto-école au père de son copain René qui conduisait toujours sa vieille deux-chevaux malgré ses quatre-vingt-treize ans ; de Monsieur le Curé qui passait son temps à tenter de soulager la misère à Monsieur Victor qui venait juste de sortir de prison après avoir agressé un huissier ; de la vieille camionnette criblée de trous par la rouille à la Porsche Carrera flambant neuve...

Et même la femme du maire avec son premier adjoint, qui lui avaient semblé très intimes.

Cette posture de voyeur commençait à le rendre mal à l'aise.

Là ! La Golf grise !   Au moins cent dix à l'heure !

Un homme à bord. Avec une casquette. La musique à fond.

« C'est lui qui va payer pour les autres ! »

Émile respira un grand coup. Il attendit que le bolide ralentisse à l'entrée du virage qui suivait le passage piéton.

La casquette était dans le viseur. Son doigt se crispa sur la détente. BANG !

Alors qu'il se relevait brusquement après avoir tiré, le bruit terrible d'une collision se fit entendre, suivi immédiatement d'une explosion assourdissante.

Malgré la boule qui lui tordait le ventre, Émile ramassa ses affaires en un instant et se précipita dans l'escalier du bâtiment encore en chantier. Il courut aussi vite qu'il le pouvait avec son encombrant sac que lui avait fabriqué sa femme pour la pêche. Il avait laissé sa voiture au pied de l'immeuble pour raccourcir sa fuite au maximum. En faisant le tour pour aller jeter son sac dans le coffre, il manqua de se faire percuter par un cycliste. Même pas le temps de protester : l'homme, avec sa chasuble jaune fluo, lui lança un tonitruant « Sale con ! ».

Bizarrement, tout en ouvrant sa portière, Émile se sentit davantage perturbé par cet épisode avec le cycliste que par l'acte terrible qu'il venait de commettre.

****

Extrait d'un article paru dans « L'écho de la cité »

(...) Après quelques jours de relative tranquillité, les pompiers sont intervenus hier, simultanément à deux endroits très proches dans des circonstances tout aussi tragiques l'une que l'autre.

Tout d'abord, à l'entrée sud de la ville, là même où Madame Josette Ledroit a été mortellement renversée par un chauffard la semaine dernière, un homme a perdu le contrôle de sa Golf qui est allée percuter un platane à vive allure. La voiture a pris feu et les pompiers n'ont pu que constater le décès du malheureux dont le nom n'a pas été révélé. Nous avons néanmoins pu apprendre que, suite à l'accident de Madame Ledroit, cet homme avait été chargé par la mairie de réaliser un spot de prévention par rapport aux dangers de la vitesse en agglomération. Les enquêteurs nous ayant confirmé avoir découvert deux caméras fixées à l'intérieur du véhicule, il est donc fort probable qu'il ait voulu filmer une séquence-choc à l'endroit même du drame. Peut-être que l'analyse des vidéos, si les cartes mémoire ne sont pas trop endommagées, permettra d'éclaircir les circonstances de ce terrible fait divers…

À moins de cinq cents mètres de là, c'est très certainement le fameux Vélo Mécanique qui est à l'origine de l'explosion d'une autre voiture qui était garée sur une piste cyclable. Malheureusement, cette fois-ci, le conducteur qui venait juste de rejoindre son véhicule a été tué sur le coup et il se trouve que par une horrible coïncidence, il s'agit de Monsieur Émile Ledroit, le mari de la pauvre Josette Ledroit. (…)

Généalogie appliquée

Confortablement allongée dans son canapé, Diane ajusta la pile de coussins sur laquelle elle reposa son pied immobilisé.

Elle regarda fièrement ses orteils qui dépassaient de la résine. Le vernis bleu turquoise qu'elle venait d'appliquer consciencieusement sur ses ongles aurait tout le temps de sécher avant que Matteo, son bel infirmier n'arrive. Elle avait bien vu ces jours derniers qu'il n'était pas insensible à son charme. Peut-être qu'elle se faisait un film mais au moins elle commençait à apprécier cette visite quotidienne malgré cette insupportable piqure au ventre qui la faisait grimacer chaque fois : un anticoagulant pour prévenir le risque de phlébite au mollet.

Et ce n'était pas le seul tracas qu'elle devait subir depuis bientôt quatre semaines. Se laver était une vraie galère. Cette obligation de maintenir son pied surélevé le plus souvent possible, ces satanées béquilles qu'elle avait un mal fou à maîtriser lorsqu'elle se déplaçait tant bien que mal et qui se faisaient un plaisir de dégringoler dès qu'elle tentait de les poser verticalement. Elle qui adorait tant cuisiner en était même venue à se faire livrer des plats surgelés tellement tout était maintenant compliqué.

Elle tendit la main pour récupérer sa tablette et, comme tous les matins depuis qu'elle était bloquée chez elle, elle se connecta sur *geneafil.com* pour consulter ses messages. Heureusement qu'elle s'était découvert cette passion pour la généalogie afin d'occuper ses longues journées. Pister ses ancêtres lui procurait une inattendue satisfaction mais en plus, avec toutes les nouvelles possibilités offertes par internet, c'était devenu d'une facilité déconcertante, même clouée dans un canapé.

L'envie de retrouver ses racines était ancrée en elle depuis très longtemps mais forcément, la mort de sa mère, sa seule famille, avait inconsciemment déclenché le passage à l'acte.

Soudain, la douleur la rattrapa sous son plâtre et raviva le souvenir de cette horrible journée.

Pourquoi sa voiture était-elle tombée en panne précisément ce jour-là ? Pourquoi s'était-elle persuadée que son train partait à 8 h 40 alors que c'était à 8 h 20 ? Pourquoi avait-elle couru alors qu'elle savait pertinemment qu'elle l'avait raté ? Et pourquoi son tendon d'Achille avait-il justement choisi cet instant pour la lâcher ?

Cette sensation que quelqu'un vous donne un coup de pied par derrière, ce sentiment de ridicule quand on se retourne pour engueuler un fantôme et surtout ce terrible moment où on réalise ce qui se passe, juste avant que l'insupportable douleur décide de se mêler à la fête.

Mais merde, elle n'aurait pas pu attendre un peu pour mourir ?

Comme si se retrouver orpheline à vingt-huit ans n'était pas suffisamment difficile comme ça, il avait fallu en plus qu'elle soit coincée sur un lit d'hôpital le jour de l'enterrement !

Elle s'était sentie tellement honteuse... et si malheureuse.

« Vous avez 1 message(s). »

Depuis le début de ses recherches, *Mieuvôtarn@49* l'avait prise sous son aile et l'avait conseillée aussi bien pour les méthodes d'investigation que pour réussir à déchiffrer les actes anciens rédigés avec une écriture parfois déroutante. Hier soir, elle lui avait posté une question et il avait probablement répondu dans la nuit, comme d'habitude :

— Bonsoir, Jacques, en explorant les archives en ligne de l'Aveyron, j'ai enfin trouvé l'acte de décès de Marie Magdeleine Gavalda (SOSA 35 dans mon arbre). J'ai la chance que ses parents soient mentionnés mais je suis incapable de lire le nom de sa mère. Qu'en penses-tu ? Voici le lien pour que tu puisses me donner ton avis d'expert.

— Bonjour, Diane, j'ai regardé ton arbre. Toutes mes félicitations, tu as vraiment bien avancé ! J'ai également jeté un coup d'œil à l'acte de décès et c'est vrai que le nom est très difficile à déchiffrer. J'ai donc cherché dans les tables décennales du coin quels étaient les patronymes répandus à l'époque, et après plusieurs recoupements, je pense qu'il s'agit de Margueritte Laurès.

Sinon, j'ai aussi regardé la branche que tu as copiée chez lapaillous et qui t'amène jusqu'à Clovis. Attention Diane ! Il a beau être membre top premium, il faut se méfier des gens qui veulent absolument avoir des ancêtres célèbres. J'ai déjà trouvé deux ou trois fumisteries sur certaines de ses parentés. Tout d'abord, il n'a jamais été démontré de façon claire que Hermengarde de Gévaudan était bien la mère de Richard II de Millau ni même qu'elle était la fille d'Étienne de Gévaudan. Et il y a aussi le fameux cas de Bertrade de Prüm pour laquelle il n'existe aucune certitude concernant ses parents. Effectivement, une des hypothèses serait qu'elle soit la fille de Thierry III, le petit fils de Dagobert Ier mais c'est loin d'être la seule. Par contre, ce qui est certain, c'est qu'elle est bien l'arrière-grand-mère de Charlemagne ! Allez, bon courage pour ton pied et n'oublie pas qu'internet est un outil formidable pour les recherches généalogiques mais il contient également beaucoup de conneries : il faut TOUJOURS VÉRIFIER SES SOURCES ! »

Dommage... Même si elle avait aussi eu des doutes, elle aurait bien aimé être une descendante de Clovis !

Tant pis ! Le plus important se nichait dans ses vraies racines issues du Tarn et de l'Aveyron. Étonnant de voir à quel point les familles d'antan restaient attachées à leur village et s'évertuaient à trouver mari ou femme dans un rayon de dix kilomètres tout au plus. Réalmont, Montredon-Labessonié du côté de son père. Coupiac, Martrin du côté de sa mère : à la dixième génération, ses ancêtres vivaient encore dans ces deux berceaux !

Forcément, dans ces circonstances, il ne fallait pas être surpris de découvrir des croisements étranges entre les branches d'un arbre, mais heureusement, dans son cas, ça se limitait à des époux qui se retrouvaient avec les mêmes arrière-grands-parents : pas de quoi risquer des séquelles de consanguinité. Elle avait même trouvé des ancêtres communs entre son père et sa mère à la onzième génération !

Dès qu'elle entendit frapper à la porte, elle se redressa et tenta de se lever.
« Bon sang, c'est l'infirmier ! Qu'est-ce qui lui prend de venir si tôt ? »
Les béquilles lui échappèrent et allèrent se coincer entre la table basse et le fauteuil : « Et merde ! »
Pour ne pas faire patienter davantage Matteo, son infirmier trop canon, elle décida d'aller ouvrir à cloche-pied : « J'arrive, j'arrive ! ».
L'homme qui apparut, après qu'elle eut déverrouillé sa porte, ne ressemblait vraiment pas à Matteo. La

cinquantaine, un visage sévère et ingrat avec sa peau grêlée par la petite vérole :

— Bonjour Diane !

La jeune femme regarda le visiteur avec un air interrogateur.

— Je suis *Ancestro81*, nous nous sommes parlé par l'intermédiaire de la messagerie de geneafil la semaine dernière !

— Euh… Oui, peut-être, j'avoue que depuis mes débuts, j'ai discuté avec beaucoup de monde. Mais comment ?

— Vous savez, la plupart des gens cachent leur nom et celui de leurs proches dans leur arbre généalogique mais dans le vôtre, tout est visible. Et comme en plus, vous avez un compte Facebook pas très protégé, je n'ai pas eu de mal à vous localiser. J'étais même au courant pour votre pied dans le plâtre.

— …

— C'est vous, Diane, qui m'avez contacté pour me dire que vous aviez découvert que mon grand-père avait refondé un foyer à cinquante-six ans et qu'il avait eu un fils qui s'avérait être votre propre père.

— Ah d'accord, c'est vous ? Je me souviens. Oui, j'avais eu beaucoup de mal à le retrouver car il n'a jamais souhaité divorcer de sa première femme et n'a reconnu ce fils que très longtemps après sa naissance, à la mort de ma grand-mère. D'ailleurs, mon père n'a jamais voulu le rencontrer ni porter son nom. C'est pour ça que mon patronyme est celui de ma grand-mère.

Pendant qu'elle parlait, Diane réfléchissait au bizarre de cette situation : qu'est-ce qu'il foutait chez elle, ce type ? Ils étaient peut-être cousins au deuxième degré mais il n'avait quand même pas l'air très net...

Il la poussa légèrement de la main :

— Vous voulez vous allonger peut-être ? Vous devez garder votre pied en hauteur n'est-ce pas. Allez-y, ne vous occupez pas de moi !

Pendant qu'elle regagnait son canapé, elle se dit qu'elle était vraiment trop conne de l'avoir laissé entrer et puis en plus, il faisait comme chez lui... tranquille le mec !

— En fait, c'est justement pour vous parler de ce grand-père que je voulais vous voir.
— Ah bon... répondit distraitement Diane tout en repositionnant soigneusement son pied sur la pile de coussins.
— Il se trouve que j'ai appris sa mort la semaine dernière. Il est décédé en juin, dans son château de l'arrière-pays niçois, à l'âge de cent quatorze ans.
— Ah oui, quand même ! Et vous saviez qu'il vivait à Nice ?
— Non, nous n'avions aucune relation. C'est d'ailleurs pour cette raison que le notaire a mis un peu de temps à me retrouver.
— Ah d'accord...
— Il m'a donc contacté pour la succession et m'a expliqué l'origine de sa fortune.

— Sa fortune ?

— Oui, mon grand-père a passé la plus grande partie de sa vie à parcourir le monde pour s'enrichir mais en plus, une fois revenu définitivement en France, il s'est mis à jouer en bourse en anticipant avec succès l'émergence des nouvelles technologies et surtout d'internet. Il fait partie de ces chanceux qui ont acheté en masse des actions de sociétés comme Apple, Microsoft, Google, Amazon ou eBay à leurs débuts. Or, non seulement, il les avait achetées, mais surtout il les avait conservées !

— Malin !

— Il s'est donc retrouvé, sur la fin de son existence, avec un patrimoine et un portefeuille boursier d'une valeur de…

— De ?

— Deux cent quarante millions d'euros !

— Écoutez, je suis très contente pour vous mais je ne saisis toujours pas ce que…

Diane s'interrompit soudain… Mais bien sûr qu'elle comprenait pourquoi il lui avait parlé de ça ! Elle aussi était l'héritière de ce papi fortuné !

— Je vois que vous avez maintenant deviné la raison de ma visite.

— Cent vingt millions d'euros !

— Attention, avec les droits de succession, il faut quasiment diviser par deux !

— Diviser par deux ! Mais c'est du vol !

— C'est exactement ce que je me suis dit. C'est pourquoi j'ai cherché une solution pour réduire les frais et j'ai trouvé !

… Mais pour ceci, j'ai besoin de vous.

En se repositionnant, Diane fit tomber l'un des coussins qui calaient son pied. L'homme se baissa pour le ramasser.

— Vous savez que le notaire n'a déniché aucune trace de vous et que si vous ne m'aviez pas contacté, je n'aurais jamais su que j'avais une cousine ?

— Mais alors, pourquoi êtes-vous venu me voir ? Vous auriez pu hériter tout seul dans votre coin !

— Ma première réaction fut effectivement celle-ci mais j'ai appris qu'un reportage était en cours de tournage sur la vie particulière de notre grand-père et comme il va apparemment être diffusé sur une grande chaîne, le risque était très fort que vous découvriez tout par vous-même.

— Votre honnêteté vous honore, cousin ! Alors, ce moyen de réduire les frais ? De quoi s'agit-il ?

— Eh bien, en fait, rien de plus simple. Prenez par exemple ce coussin. Regardez le tissu ultra fin qui commence déjà à s'user, et ici, le manque de qualité de la couture.

Se rapprochant d'elle, il mit le doigt sur un fil qui dépassait.

— Oui, ce n'est pas étonnant, mais d'un autre côté, vu ce qu'il m'a couté…

— Eh bien, grâce à un simple objet miteux comme celui-ci, je peux récupérer tout ce que le FISC va me prendre !

Diane le regarda avec un air sceptique pour bien lui faire comprendre qu'elle ne voyait pas du tout où il voulait en venir.

Brusquement, l'homme se déchaîna. Se jetant sur elle, il appuya de toutes ses forces le coussin sur son visage tout en lui bloquant le buste avec ses jambes. Même sans son plâtre qui l'empêchait de prendre le moindre appui, elle n'aurait jamais eu la force de résister. Elle se débattait comme une furie mais la différence de corpulence ne jouait clairement pas en sa faveur. Très rapidement, elle sentit son énergie se dissiper irrémédiablement, ses membres devenir flasques, son esprit s'enfuir vers la lumière… un halo qui semblait s'éloigner, s'éloigner… si loin… loin…

****

Diane avait l'impression de flotter, comme si elle avait été allongée sur un nuage. Matteo, penché au-dessus d'elle, de petites fleurs blanches dans les cheveux, lui tendait les lèvres dans un mouvement qui semblait ralenti à l'infini. Au moment où elles touchèrent enfin les siennes, elle sentit comme une décharge électrique parcourir tout son corps.

Certes, elle éprouvait une certaine tristesse d'être morte mais peu lui importait si elle pouvait passer le reste de ses jours dans ce Paradis ! Le baiser de l'infirmier n'en finissait pas. Cependant, Diane était intriguée par le fait que…

« Mais pourquoi il ne met pas la langue, ce benêt ? »

Elle décida de prendre les choses en main et lui agrippa fougueusement les cheveux pour approfondir enfin leur échange passionné.

****

— Aïee ! Mais Diane, qu'est-ce que tu fous ? Tu me fais mal ! Arrête !

La jeune femme lâcha prise et vit Matteo qui se tenait le crâne, les yeux plissés par la douleur. Elle avait une énorme touffe de cheveux dans sa main.

— Matteo, mon Amour !

— Euh… écoute, je suis super content d'avoir pu te ranimer mais là, tu vas te reposer un peu. Tu dois reprendre tes esprits.

— Me ranimer ?

— Oui, tu étais en arrêt. Donc, après avoir assommé ce taré, j'ai couru récupérer un défibrillateur dans ma voiture et j'ai envoyé la sauce. Au deuxième coup, après une courte session de bouche-à-bouche, j'ai réussi à te faire revenir ! C'est là que tu m'as mordu la lèvre…

— … et arraché les cheveux… je suis vraiment désolée.

— Ce n'est rien, ne t'inquiète pas.

— Mais… Mais alors, tu m'as sauvé la vie !

— Tu sais Diane, je n'ai pas de mérite, c'est mon boulot…

Elle le serra dans ses bras aussi fort qu'elle le pouvait :

— Tu as sauvé ma putain de vie, Matteo !

Il devait reconnaitre que lorsqu'elle ne le mordait pas, il ressentait une certaine attirance.

Mais soudain, celui qu'elle ne connaissait que sous son pseudo, *Ancestro81*, commença à s'agiter. Faisant un effort pour ne pas hurler, Diane se mit à réfléchir à toute vitesse, assemblant un à un tous ces morceaux de puzzle qui venaient de lui dégringoler sur la tête :

Cent vingt millions…

divisés par deux…

Soixante millions…

Réduire les frais !

Cent vingt millions !

Cent vingt putains de millions !

— Matteo !
— Oui ?
— Ça te dirait d'arrêter de travailler et de venir t'installer avec moi dans un château sur la Côte d'Azur ? Toi qui aimes tant le golf, tu pourrais en faire tous les jours !
— …

Il la regarda, totalement stupéfait, incapable de prononcer le moindre mot.

Le visage illuminé de son plus beau sourire, Diane lui posa la main sur la joue :

— Attends, je vais t'expliquer…

****

Le médecin légiste souleva le drap et montra la tête de l'homme à l'officier de police qui venait de pénétrer chez Diane après avoir été débriefé par un de ses collègues. Le trou qui ensanglantait la partie gauche de son front devait faire dans les trois centimètres de diamètre et autant de profondeur.

— Vous dites que vous lui avez fait ça avec une béquille ?

Matteo répondit timidement :

— Oui, il avait repris ses esprits et allait se précipiter sur Mademoiselle. J'ai saisi la première chose que j'ai trouvée et je l'ai frappé ! Il a pris la poignée en plein dans la tempe.
— Effectivement, vous ne l'avez pas raté !
— En fait, je joue au golf et j'ai plutôt un bon niveau.
— Ah ben là, c'est sûr que c'est un sacré swing ! C'est quoi votre handicap ?
— Entre 5 et 6.
— Ah oui, quand même !

Le policier s'adressa à Diane :

— Mademoiselle, je vous conseillerais d'aller vous faire examiner à l'hôpital. Nous vous convoquerons dans quelques jours pour finaliser votre témoignage, ainsi que celui de Monsieur. Mais surtout, ne vous faites pas de souci, dans un cas de légitime défense avérée comme celui-ci, l'affaire sera très vite classée. Vous pourrez rapidement oublier tout ça… et profiter de votre héritage tombé du ciel.

— Merci Lieutenant, mais je crois que je suis en de bonnes mains : je me passerai de l'hôpital.

****

Ils étaient enfin tous partis. Le corps avait été embarqué. La porte à peine refermée, Diane se jeta au cou de Matteo.

— Tu te rends compte ! À nous la vie de château !

En claudiquant avec la seule béquille qui lui restait, elle alla jusqu'à la commode du salon et extirpa un joli bouquet de fleurs séchées de son vase.

— Viens ici, mon Apollon !

Matteo s'approcha. Diane détacha une à une toutes les fleurs et les piqua dans les cheveux de son bel infirmier.

103

Puis, pour éviter de perdre l'équilibre, elle l'agrippa par les épaules.

— Embrasse-moi !

Totalement hypnotisé, Matteo se laissa capturer par sa belle chasseresse… Le pacte était scellé.

Le spectre de l'autocar

Troisième place au concours de nouvelles policières organisé en 2018 par l'association « Le 122 » dans le cadre du festival « Police et histoires de police » d'Auch (Gers).

« Un trésor dans votre bibliothèque ! »

La petite affiche publicitaire jaune vif obstruait l'une des deux fenêtres arrière du vieux fourgon. En s'approchant, on pouvait également lire, écrit en plus petit : « Rachat à bon prix de toute collection de livres et BD ». Jacques Monastir, libraire installé à Toulouse, avait déjà roulé presque deux heures, à vive allure, pour parvenir dans cette partie nord-ouest du Gers, pas encore dans les Landes, mais presque, en plein pays du canard.

Pour l'instant, il avançait doucement en essayant de trouver une signalisation, voire un autochtone qui pourrait lui indiquer sa destination. Mais au milieu de tous ces champs, pas la moindre présence n'était visible. Pourtant, il savait qu'il n'était pas loin puisqu'il avait laissé le panneau de sortie d'Eauze deux kilomètres derrière lui. C'est d'ailleurs à cet endroit que la dernière barre témoin de réseau avait disparu de son smartphone.

Soudain, il aperçut ce qu'il cherchait. Comme annoncé, il y avait bien un panonceau de bois qui indiquait « La Bouzeille ». Mais heureusement qu'il avait eu la présence d'esprit de regarder dans son rétroviseur, sinon il serait passé devant sans le voir. Le bouquiniste enclencha la marche arrière et recula jusqu'au niveau du chemin.

Très longtemps auparavant, cela avait sans doute été une belle voie bitumée, mais aujourd'hui, il ne subsistait plus qu'une succession de trous et de bosses.

Tout en progressant avec précaution sur le chemin à peine carrossable qui semblait se perdre derrière le petit bois, le conducteur pestait tout haut :

« Mais qu'est-ce que je suis venu foutre dans ce trou ! Je n'aurais jamais dû accepter ce rendez-vous. En plus, la vieille m'a parlé d'anciennes bandes dessinées de valeur, mais je parie qu'ils sont tous moisis ses bouquins ! Mais quel con je suis ! Quel con ! ».

Après quelques minutes à rouler au pas pour éviter d'endommager son véhicule, il parvint enfin à sa destination : une ferme totalement dissimulée derrière les bois.

En franchissant l'entrée, il se sentit instantanément hors du monde, dans une autre dimension. Certes, à première vue, il s'agissait bien d'une ferme avec notamment cette foule de canards qui gambadaient librement dans une cacophonie digne d'une cour d'école maternelle. Mais au milieu de ce paysage d'apparence bucolique, une dizaine de carcasses de très vieilles voitures reposaient de façon totalement aléatoire. Certaines commençaient à disparaître, littéralement dévorées par la rouille. D'autres, comme cette magnifique DS, conservaient encore leur peinture d'origine et, de loin, pouvaient donner l'impression d'être simplement garées.

Et puis, au milieu de tout ça, on pouvait observer le clou du spectacle : une gigantesque presse hydraulique occupait la partie centrale de la cour. Juste derrière reposait un autocar des années cinquante dont tous les sièges, ainsi que le tableau de bord, avaient disparu. À l'avant, dans ce qui fut le poste de conduite, trônait, tel un César géant, une compression de voiture qui était sans doute là pour rappeler la fonction originelle de l'immense presse.

Une ferme dans une ancienne casse automobile ! Cette vision surréaliste lui fit oublier instantanément tous les déboires qu'il venait de cumuler pour parvenir jusqu'ici.

Il n'avait même pas encore ouvert la portière de son utilitaire qu'un homme au physique improbable surgit, accompagné d'un chien qu'il semblait maîtriser avec peine. Le molosse montrait ses crocs autant qu'il le pouvait et des litres de bave s'écoulaient de sa gueule menaçante. Pourtant, le visiteur était bien plus impressionné par celui qui tenait la laisse : il n'avait peut-être pas de bosse, néanmoins, tout en lui faisait penser au monstre le plus célèbre de la littérature française.

Ce n'était pas le hasard qui avait mené Jacques Monastir à son activité de chercheur de trésors comme il aimait la décrire. Pendant les premières années de sa vie professionnelle, il avait exercé, avec un plaisir sans cesse renouvelé, le magnifique métier d'employé de librairie. La plupart des grands classiques de la littérature étaient passés entre ses mains et il les avait tous lus : même ceux qui ne trouvaient pas grâce à ses yeux, il les avait parcourus en lecture rapide pour enrichir sa culture littéraire.

Il se souvenait parfaitement de sa découverte de *Notre-Dame de Paris* et de la façon dont Victor Hugo l'avait subjugué dès le début avec sa description de la fête des fous suivie de l'entrée en scène de Quasimodo : « On eût dit un géant brisé et mal ressoudé ».

Il tenait là exactement le portrait de l'homme qui lui faisait face. Son unique œil valide était dissimulé sous un épais circonflexe de poils d'une rousseur extrême que l'on retrouvait dans les rares touffes qui parsemaient son cuir chevelu. La forme étrange de sa bouche était probablement due à une dentition quasi inexistante : la grosse incisive qui émergeait en chevauchant sa langue était sans aucun doute la seule dent dont il disposait encore. Mais c'était surtout sa démarche qui venait parachever son aspect monstrueux : non seulement, ses jambes en croix faisaient s'entrechoquer ses genoux à chacun de ses pas, mais surtout, ses pieds gigantesques étaient eux aussi forcés de se toucher pour qu'il puisse avancer à une vitesse raisonnable.

Et puis que dire de ses mains : atteintes du même gigantisme que ses pieds, chacune d'elles aurait certainement pu lui broyer le crâne comme un vulgaire citron.

D'un grognement incompréhensible, l'homme lui fit signe de le suivre. Le bouquiniste attrapa son vieux cartable fétiche sur le siège passager et, non sans appréhension, prit le pas du chien et de son monstre.

La vieille femme épluchait des légumes sur la table de la cuisine. La nappe vichy plastifiée, l'Opinel, le journal local étalé pour recueillir les pelures : on se serait cru dans un documentaire sur la vie des paysans tellement le cliché était flagrant. Elle leva la tête et sans un regard pour son visiteur, hurla : « Hervé ! Va me chercher un lapin ! ». Le libraire eut l'impression que ses oreilles allaient éclater.

— Désolée dit-elle, mon fils est un peu sourd.
— Pas de problème, répondit Monastir, soulagé.
— Vous avez trouvé facilement ?
— Oui, oui. Vos explications étaient parfaites, Madame Moreau. Et puis je suis déjà venu plusieurs fois à Eauze pour le festival de la bande dessinée.
— Je vous offre un café ?
— Ce n'est pas de refus !

Elle jeta rapidement une cafetière cabossée sur la gazinière et alluma le feu. Au bout de deux minutes, elle lui servit un café bouillant dans un verre Duralex qu'elle déposa devant lui, sur la table. Dans l'instant, il laissa remonter en lui d'anciens souvenirs de repas à la cantine scolaire où ses copains et lui s'amusaient à comparer leurs âges à l'aide du fameux numéro visible au fond de ces verres : « Eh ! Regardez les gars, c'est Jacquot le plus vieux, il a eu le 50 ! Trop de chance ! ».

Elle toussa sèchement pour le ramener à la réalité et le fixa d'un air sévère comme pour le défier de boire son café toujours fumant. Il tenta alors de le saisir, mais n'osa même pas finir son geste en sentant l'extrême chaleur qui s'en dégageait. Histoire de gagner du temps pour que son breuvage commence à refroidir un peu, il lui demanda :
— Vous auriez du sucre ?
— Non.

Elle se leva dans la foulée :

— Venez, je vais vous montrer la collection de mon mari.

Soulagé de ne pas devoir affronter la fournaise de son verre, il la suivit sans la moindre hésitation. Ils croisèrent le fils qui revenait avec un lapin encore gigotant dans la main. On entendit nettement les os du cou de la petite bête craquer sous la pression des doigts de Quasimodo. Le monstre saisit alors l'animal inerte par les oreilles et le laissa balancer négligemment tout en continuant son chemin vers la cuisine en une démarche irréelle.

Ils sortirent de la maison et se retrouvèrent rapidement cernés par les canards.

— Si vous voulez, je peux aussi vous vendre du foie gras : vous aimez ça, j'espère ?

— Euh, oui, bien sûr.

— Ça fait longtemps que je ne commercialise plus mes produits : c'est juste pour mon fils et moi. D'ailleurs, je n'en tue presque plus : la grande majorité de mes bêtes meurent de vieillesse. Vous savez, des canards heureux, ça fait du bon foie !

Effectivement, on était loin de l'image des animaux stressés par le gavage. Ils se promenaient en liberté totale, passant sans contraintes du bâtiment qui leur servait d'abri à la cour immense couverte de bonne herbe bien grasse. Certains regardaient les épaves de voiture d'un œil perplexe, d'autres s'enhardissaient à l'intérieur profitant des trous créés par le temps. Mais c'était dans le vieux bus que l'on trouvait le plus grand nombre de palmipèdes : une petite rampe avait été installée qui leur permettait de grimper très facilement à bord.

En passant justement à proximité de l'autocar : il put ainsi mieux observer le fameux César géant. Il s'agissait en fait de la carcasse compressée d'un véhicule qui avait arboré, du temps de sa splendeur, une couleur vert olive du plus bel effet. Une étrange sensation de malaise monta en lui. C'était impossible à expliquer mais il ressentait une présence en contemplant cette pseudo œuvre d'art.

Il mit cette sensation sur le compte de sa lecture récente de *Christine*, l'angoissant roman de Stephen King dans lequel la voiture hantée finit elle aussi compressée. Afin d'éliminer ses pensées morbides, il tenta d'engager la conversation :

— C'est très surprenant cette ferme dans un décor de casse automobile.

— Quand mon mari est mort, je suis revenue ici chez mes parents qui géraient une casse. Dans ma jeunesse, j'ai toujours vécu dans un environnement rempli d'épaves. Et donc lorsqu'ils ont cessé leur activité, j'ai voulu en conserver quelques-unes en souvenir.

Ils pénétrèrent dans une sorte d'atelier qui contenait du matériel agricole ainsi qu'une magnifique 4CV toute rutilante. Un rapide coup d'œil lui permit de se rendre compte du parfait état de l'intérieur : cette merveille était très certainement en état de rouler.

Sans lui laisser le temps d'émettre le moindre commentaire, la vieille jeta un bref :

— C'était la voiture de mon père.

Elle lui désigna au fond de la pièce un escalier qui montait dans ce qui étaient sans doute des combles. Arrivé en haut, il souleva la large trappe et, sur les conseils de la vieille dame, actionna un interrupteur situé juste sur sa gauche.

Ils se trouvaient dans un grenier typique, rempli à ras bord par un capharnaüm qui invitait à l'exploration.

Cependant, dans un coin, son regard fut attiré par un espace propre, rangé et idéalement éclairé par une grosse lampe d'une modernité étonnante dans ce lieu. Une table, une chaise, deux immenses armoires. Encore un nouvel endroit très étrange !

La mère Moreau sortit deux clés de la poche de sa blouse et s'en servit pour déverrouiller les armoires. Une fois les portes ouvertes en grand, des centaines de bandes dessinées parfaitement alignées apparurent. L'œil d'expert du bouquiniste brilla instantanément de mille feux.

Il extirpa une sorte de gros dictionnaire de son vieux cartable tout élimé :

— C'est ce qu'on appelle le BDM, il contient la côte de toutes les bandes dessinées de collection. Je vais m'en servir pour vous proposer un prix pour chaque volume que je jugerai intéressant.
— Je vous laisse vous débrouiller, j'ai des légumes à éplucher et un lapin à préparer lui lança-t-elle en redescendant les marches.

Jacques Monastir jubilait. C'était typiquement ce genre de moment qui faisait tout le sel de ce métier. Découvrir une collection comme celle-ci était un rêve.

Il prit un premier exemplaire au hasard. La tranche, ce que les collectionneurs appellent le dos, présentait un blanc immaculé : cet exemplaire quasi neuf du *Tour de Gaule d'Astérix* était donc une édition originale. En l'ouvrant à la première page pour vérifier l'absence d'inscription qui auraient pu diminuer la valeur de l'album, il tomba bouche bée sur une extraordinaire dédicace qui montrait Astérix en pied avec les bras écartés en signe de bienvenue. Elle était signée conjointement par Goscinny et Uderzo. Une côte à cinq cents euros, doublée grâce à l'état parfait de conservation, à laquelle on pouvait ajouter facilement entre mille et deux mille euros pour le dessin : bingo !

Prenant un carnet et un stylo dans son cartable, il commença à noter :

- Tour de Gaule — EO dédicacée — état neuf
        PA 1200   PV 2000-3000

Déjà au moins huit cents euros de bénéfice sur un seul album ! Les affaires s'annonçaient plutôt bien et le bouquiniste avait déjà oublié toutes les vicissitudes de la journée. D'autant que pour cet album-ci, il avait un client en tête…

Une heure plus tard, il avait passé en revue la moitié de la collection. *Tintin, Astérix, Buck Danny, Boule et Bill, Les Schtroumpfs, Blake et Mortimer, Spirou et Fantasio, Gaston, Lucky Luke, Blueberry* : tous les plus grands classiques de la BD franco-belge étaient représentés avec d'anciennes éditions magnifiques, quasiment toutes à l'état neuf. Sans parler de certaines dédicaces qui valaient à elles seules une fortune… Examiner un à un tous les albums commençait à devenir épuisant, mais le plaisir de découvrir ces merveilles compensait largement la fatigue ressentie. Il s'accorda néanmoins une petite pause et pendant qu'il soufflait un peu, il aperçut, en bas d'une des armoires, un carton à dessins qu'il n'avait pas vu jusqu'ici car il était plaqué au bord du meuble, coincé par tous les albums.

Après avoir enlevé quelques livres, il réussit à saisir la farde et la déposa sur la table. Elle contenait trois grandes feuilles très légèrement jaunies par le temps. Jacques Monastir sut instantanément à quoi il avait affaire. Il tenait dans ses mains le Graal de tout collectionneur de bandes dessinées.

Un trésor ! Il avait déniché un trésor dans cette bibliothèque !

Le corps tremblant, submergé par l'émotion, il ne lui fallut que quelques secondes pour prendre la décision qui allait changer sa vie.

Les marches de l'escalier craquèrent. Se retournant instantanément, il vit Quasimodo détaler. Celui-ci l'avait sans doute vu examiner les dessins, mais de toute façon, cela n'avait aucune importance : il ferait comme il avait prévu...

Après avoir achevé son recensement, fébrile, l'antiquaire descendit pour aller chercher la fermière. Il l'aperçut dans la cour, nourrissant les canards avec l'aide de son fils.

— Madame Moreau ! J'ai terminé et j'ai une bonne nouvelle pour vous !
— Tant mieux, tant mieux !

Elle le suivit vers le grenier. Quasimodo leur emboîta le pas comme il put.

Tous les trois étaient réunis autour de la table. La vieille feuilletait le carnet rempli par les annotations du bouquiniste.

— Comme je vous l'avais dit, tout est transparent. Je vous ai noté les prix d'achat et ceux auxquels je peux espérer revendre sachant que, sur tout ceci, j'aurai ensuite des charges à payer puisque, de mon côté, tout est déclaré.
On arrive donc à un total de vingt-deux mille quatre cents euros. Par contre, je tiens à vous prévenir que je ne vais pas être capable de vous régler en une seule fois : je n'ai pas les reins assez solides et mon banquier ne voudra pas me faire un prêt pour ça.
Alors qu'elle examinait avec attention toutes les lignes, l'une après l'autre, elle tomba en arrêt :
— Dites, c'est quoi ces sérigraphies « Ottokar » ?

Le libraire se concentra pour ne pas tressaillir. Il sentait des gouttes énormes de transpiration lui dégouliner dans le cou, mais il réussit néanmoins à ne rien laisser paraître.

— Oh… Il s'agit des trois affiches qui sont dans le carton à dessin.

— Cent vingt euros chacune ?

— Oui, malheureusement, elles ne sont ni numérotées ni signées, sinon leur valeur aurait pu être multipliée par dix.

— C'est étrange…

Jacques Monastir, troublé, préféra ne pas répondre, mais Madame Moreau se mit brusquement à lui raconter sa vie :

— Quand je me suis mariée, en 1969, j'ai suivi mon mari, Gérard, qui avait trouvé un poste très intéressant à Saint-Germain-en-Laye. Notre fils est né un an plus tard. Nous étions très heureux. Je ne travaillais pas : je m'occupais d'Hervé et de Gérard que je laissai assouvir sa passion pour la bande dessinée qui n'avait jamais été très couteuse. D'ailleurs, à ce propos, il me reste un souvenir très marquant de l'été 1976, vous savez pendant cette terrible canicule. Un monsieur qui avait entendu parler de mon mari par l'intermédiaire d'autres amateurs de BD est venu sonner chez nous en pleine nuit car tous ceux qui pouvaient l'éviter ne sortaient plus pendant la journée. Il transportait une farde de taille conséquente d'où il a sorti une vingtaine de grandes feuilles. Je l'ai laissé discuter avec Gérard. Après le départ de l'homme mystérieux, il m'a expliqué qu'il lui en avait acheté trois pour cent francs chacune. Il aurait bien voulu en prendre davantage, mais l'individu avait déjà passé un accord avec une galerie d'art pour le reste. Je marquais ma surprise, mais il coupa net la discussion et me dit simplement : « Je vais louer un coffre à la banque pour les conserver et s'il devait m'arriver quelque chose, sache que tu devrais pouvoir les revendre une fortune dans vingt ou trente ans ».

Madame Moreau jeta un regard en coin vers le libraire qui semblait de moins en moins à son aise. Il avait croisé les bras pour tenter de le cacher, mais on sentait une telle crispation dans tous ses membres que le subterfuge s'avérait totalement inefficace et donc inutile.

— Un mois plus tard, en rentrant d'un salon de bande dessinée à Bruxelles, il s'est tué en voiture. Mon fils était avec lui, il dormait sur la banquette. À l'époque, la ceinture n'était pas obligatoire à l'arrière : il a été projeté contre le tableau de bord puis à travers le pare-brise pour finir encastré dans le camion qu'ils ont percuté. Il n'est sorti de l'hôpital qu'au bout d'un an et demi, avec les séquelles que vous pouvez voir.

À l'annonce de cette tragédie, Monastir sentit une boule lui remonter dans la gorge.

— Très rapidement, nous sommes venus nous installer dans le Gers, chez mes parents. Et depuis leur mort, il y a plus de dix ans, je m'occupe toute seule de mon fils qui a besoin d'une attention constante. Mais maintenant que je suis vieille, je redoute le jour où il se retrouvera sans personne pour le surveiller. C'est pourquoi je souhaite vendre la collection qu'avait constituée mon mari : je veux être certaine qu'après ma disparition, Hervé pourra être accueilli dans un établissement où on pourra prendre soin de lui. Bien sûr, tout ceci a un coût et ce n'est pas en héritant de la ferme et de la 4CV qu'il aura de quoi payer. L'an dernier, j'ai donc contacté monsieur Fourcart, un spécialiste en bandes dessinées pour voir ce qu'il pourrait me proposer. Vous le connaissez ?

— Oui, je le connaissais très bien : il était bouquiniste, comme moi : c'est lui qui m'a initié à la bande dessinée quand j'ai créé ma boutique. Mais c'était avant qu'il ne disparaisse de façon inexpliquée. La dernière fois que je l'ai vu, il était tout fier de me montrer son nouveau fourgon tout neuf avec sa splendide couleur...

... sa splendide couleur vert olive !

L'affolement se lut dans le regard de Jacques Monastir.

— Dans l'autocar... la voiture compressée... c'est... c'est la sienne ?

— Apparemment, il vous a bien initié : lui aussi a essayé de me faire le coup des sérigraphies !

— Mais... Mais qu'avez-vous fait de lui ?

Sans répondre, la veille se dirigea vers un petit meuble du genre chevet et ouvrit le tiroir. Elle en sortit une enveloppe qui contenait des coupures de journaux.

— Je suis abonnée au « Canard du Gers » depuis toujours. D'ailleurs depuis que j'ai arrêté mon commerce de foie gras, le facteur est la seule personne qui nous rend visite.
Avant, j'adorais les articles de Fulgence Versailles, vous savez le célèbre reporter qui est ensuite monté à Paris. Et depuis quelque temps, j'aime bien lire ceux de Mona Sadoul sur la bande dessinée…
Ainsi, j'ai pu apprendre l'histoire de ces trois fameuses « feuilles » qui se sont avérées être des doubles planches originales qu'Hergé a dessinées de sa main entre 1938 et 1939 pour l'album de Tintin « Le sceptre d'Ottokar ». En 1946, une vingtaine de ces planches ont été dérobées par un homme dans une imprimerie et trente ans plus tard, une fois son forfait prescrit, c'est donc ce même individu qui est venu les proposer à mon mari.

Et regardez cet article très intéressant qui date de 2016 :
« Une double planche de Tintin appartenant à Renaud vendue 1,05 million d'euros
Enchères *- Le chanteur français s'est séparé samedi 30 avril, d'une grande partie de sa collection de bandes dessinées. Sa double planche du Sceptre d'Ottokar, estimée entre 600 000 et 800 000 euros, est partie entre les mains d'un collectionneur européen pour un peu plus d'un million d'euros… »*

Le bouquiniste était piégé ! La mère Moreau avait compris qu'il avait tenté de l'arnaquer. Tout ce qui lui restait à faire, c'était de s'éclipser sans demander son reste. Il se relevait lentement quand le fils lui écrasa une main sur l'épaule pour le forcer à se rassoir et écouter sa mère :

— Attendez monsieur Monastir, vous vouliez savoir ce qu'était devenu votre collègue, n'est-ce pas ?

— Euh... oui.

— Eh bien, figurez-vous qu'il semblait tellement tenir à son fourgon tout neuf que nous n'avons pas pu nous résoudre à l'en séparer !

Le libraire eut un haut-le-cœur :

— Vous l'avez... Il est dans le César géant ?

— C'est bien ça.

Il comprenait maintenant son malaise devant l'autocar : le corps de son confrère, de son ami, était à l'intérieur de cette chose !

Il se leva brusquement pour s'enfuir, mais Quasimodo le rattrapa immédiatement par le cou. Monastir sentit les doigts du monstre se resserrer et songea avec angoisse au lapin. Deux secondes plus tard, il avait perdu connaissance.

Sans donner l'impression de forcer outre mesure, Hervé Moreau poussa le fourgon dans le trou béant de la presse. Le choc réveilla Jacques Monastir qui comprit instantanément où il était et pourquoi il était attaché. Il n'eut pas le temps d'avoir peur : au même moment, la vieille actionna la machine qui se mit en branle dans un grincement sinistre.

Lorsqu'il sentit l'habitacle se refermer sur lui comme une pince de crabe, la pensée qui lui vint fut naturellement une phrase lue dans une bande dessinée, la dernière réplique de l'ultime aventure inachevée de son héros favori.

« Allons, debout ! En avant ! L'heure a sonné de vous transformer en César... »

(Hergé – Tintin et l'Alphart)

Son petit doigt m'a dit ...

Le lieutenant Martens et ses trois collègues avaient enfin terminé d'interroger tous les employés du Grand Hôtel qui travaillaient la veille, au moment de la disparition du directeur. La scientifique était toujours à l'œuvre dans la luxueuse chambre de fonction qu'il occupait à l'année.

Ils avaient maintenant la certitude que l'homme avait quitté son établissement à 11 heures 20 en empruntant la promenade Marcel Proust « vers la gauche », c'est à dire vers l'ouest. Depuis, personne ne l'avait revu alors qu'il devait déjeuner à 13 heures avec un important client et qu'il était attendu au casino, juste à côté, à 18 heures pour sa partie de poker hebdomadaire en compagnie de plusieurs notables cabourgeais.

Ils sortirent sur la fameuse promenade et guettèrent les renforts qui devaient les rejoindre.

Lorsqu'il vit arriver les quatre CRS sur leurs vélos flambant neufs, short bleu marine, tee-shirt bleu ciel délavé avec un magnifique « POLICE » floqué sur le dos, il eut rapidement des doutes sur l'efficacité de leur collaboration. Néanmoins, il les accueillit aussi chaleureusement que possible.

— Bonjour, messieurs, vous devez savoir pourquoi vous êtes ici ?

— Oui, le directeur de l'hôtel, Sylvain Pageot, sale affaire !

— Bien, comme cette charmante commune dispose d'un réseau de trente-trois caméras de surveillance, vous allez m'éplucher tous les enregistrements à partir d'hier 11 heures 15 et essayer de me dénicher la moindre trace de Sylvain Pageot.

— D'accord, on vous fait ça, mais je vous préviens, ça va prendre du temps !

— Justement, du temps je n'en ai pas, alors débrouillez-vous et faites vite ! Je vous remercie de votre aide.

Les policiers repartirent sur leurs beaux vélos tandis que le lieutenant donnait de nouvelles consignes à ses hommes :

— Vous allez m'interroger tous les commerçants du coin, bars, marchands de glace et autres, susceptibles de connaître Pageot et vous leur demandez s'ils l'ont vu depuis hier. Moi, je rentre au commissariat pour faire mon rapport. À plus tard.

Lorsqu'il avait été affecté à Cabourg, il avait immédiatement imaginé se retrouver dans un magnifique édifice à l'architecture Belle Époque, baigné par une ambiance de carte postale. Quel idiot ! Il lui aurait suffi de vérifier sur internet pour voir qu'il s'agissait en fait d'une construction récente située de façon totalement improbable dans un quartier résidentiel de Dives-sur-Mer. On s'était bien foutu de lui : il n'y a pas de commissariat à Cabourg, tout juste un bâtiment ridicule pour entreposer les vélos et les Segway[2] des bras cassés de la police municipale qui ont bien besoin de ça pour traquer les bandes organisées de mamies qui laissent traîner les crottes de leur toutou...

Il salua machinalement le flic de l'accueil qui lui répondit, tout enjoué :

— Bonjour Lieutenant, vous avez un colis : je l'ai déposé sur votre bureau.

Un colis ? Il n'en recevait jamais au commissariat. Qu'est-ce que cela pouvait bien être ?

Effectivement, un petit paquet cubique d'environ dix centimètres de côté l'attendait au sommet d'une des piles de dossiers qui encombraient son bureau comme chaque fois que le commissaire était en congés. Une enveloppe était collée dessus. Il commença par la décacheter. Elle contenait un mot manuscrit, entièrement écrit en capitales d'imprimerie :

VOUS TROUVEREZ LE RESTE SOUS LE SABLE DE BALBEC

    ... OU BIEN SOUS L'EAU

        ... OU PEUT-ÊTRE LES DEUX !

Le reste de quoi ? Il ouvrit fébrilement le paquet qui était rempli de chips de polystyrène. Il plongea la main à l'intérieur et sentit un petit objet qu'il extirpa du carton. Quand il vit de quoi il s'agissait, un réflexe de dégoût lui fit prestement relâcher ce qui s'avérait être une phalange humaine.

---

[2] Célèbre marque de gyropodes

Écartant les piles de dossiers, il prit le temps d'observer attentivement le bout de doigt qui avait échoué sur son bureau.

Vu la taille et la forme légèrement asymétrique, il semblait provenir d'un auriculaire. Main gauche. Adulte. Fraîchement sectionné.

Se pouvait-il que...

Il appela un des hommes de la scientifique qui se trouvaient encore sur place au Grand Hôtel :

— Salut, Richard, vous avez les empreintes digitales du disparu ?

— Oui, on a récupéré des cheveux sur son peigne pour l'ADN et de belles empreintes dans sa salle de bain ainsi que sur une bouteille posée sur un chevet.

— Alors vous prenez le relevé avec vous et vous rappliquez en vitesse au commissariat : vous allez me faire une comparaison, c'est urgent !

— Mais on n'a pas fini, il reste...

— C'EST URGENT !

— ...

Rendu nerveux par le regard inquisiteur qu'il sentait dans son dos, Richard examinait minutieusement les deux empreintes. Heureusement, la conclusion était évidente. Pas besoin de logiciel compliqué, la correspondance se voyait à l'œil nu.

— C'est bien notre homme, lieutenant.

— Et merde !

— Et j'ai une autre mauvaise nouvelle...

— Eh bien, allez-y, accouchez !

— Lorsque cette phalange a été sectionnée, il n'y a pas eu de saignement. Vous voyez, on n'observe aucune rougeur sur la plaie ni sur l'os.

— Et alors ?

— Cela signifie qu'elle a été sectionnée sur un cadavre...

— Oh putain !

Il n'enquêtait plus sur une disparition, mais un meurtre !

Par conséquent, il n'était plus vraiment à cinq minutes près. Il s'accorda une pause-café.

****

Caen - Préfecture - 17 heures 40

En sortant du bureau du préfet, Martens ne savait trop sur quel pied danser. Il avait répondu à la convocation sans entrain, persuadé qu'on allait lui retirer la responsabilité de l'investigation. Finalement, en interprétant entre les lignes les explications plutôt vaseuses du divisionnaire, il avait l'impression qu'on l'avait laissé sur l'affaire un peu par défaut car tous les meilleurs enquêteurs de la région avaient eu la mauvaise idée de prendre leurs congés au mois d'août.

Donc, d'un côté, il venait de récupérer l'enquête de sa vie avec possibilité de promotion au bout, mais de l'autre, il se retrouvait avec une pression de dingue. Sylvain Pageot était un ami personnel du préfet et de sa femme !

127

S'il échouait, il risquait de finir sa carrière dans la Creuse...

****

Dives-sur-Mer - Commissariat de police - 23 heures

Le lieutenant fixait le message énigmatique sur l'écran de son ordinateur. Il savait déjà que Balbec était le nom sous lequel Marcel Proust avait décrit Cabourg et son Grand Hôtel dans « À la recherche du temps perdu », Proust étant lui-même un habitué de l'hôtel et plus précisément de la chambre 414.

« Sous le sable de Cabourg ». La plage évidemment.
Trop évident peut-être... Dans quel autre endroit pouvait-on en trouver ?
Un petit coup de Google Maps.
L'hippodrome ? Non, ces zones blanches n'étaient certainement pas du sable.
Le poney club ? Non plus.
Le golf ! Les bunkers ? Pourquoi pas ...

« ... ou bien sous l'eau ... ou peut-être les deux ! »

Il n'y avait pas un seul obstacle d'eau sur le parcours du golf de Cabourg ! En plus, en toute rigueur, les dix-huit trous ne faisaient pas partie de la commune de Cabourg, mais de celle de Varaville.

Tout bien réfléchi, la plage semblait vraiment être la piste la plus plausible.

La plus plausible, peut-être, mais la plus longue aussi. Trois kilomètres et demi, répartis de part et d'autre du centre géographique de la ville matérialisé par le Grand Hôtel !

Comment allaient-ils pouvoir explorer cette immense étendue en pleine saison ?

Il n'avait nullement envie d'y réfléchir ce soir. Il décida de rentrer chez lui.

Il occupait le premier étage d'une magnifique maison de ville au centre de Houlgate, mignonne petite station, juste à côté de Dives-sur-Mer. La propriétaire, une adorable vieille dame, avait pris l'habitude de louer une partie de sa demeure à un policier pour s'y sentir en sécurité. Et comme le montant réclamé pour le loyer était à la limite de la corruption de fonctionnaire, il aurait été impensable pour Martens de chercher autre chose.

Il fit une courte pause dans le bar-crêperie jouxtant la maison et se prit une petite bière pour décompresser de sa journée. Comme à chaque fois, il la dégusta avec encore plus de plaisir, en pensant au prix indécent qu'il aurait dû la payer à Cabourg, à dix minutes de là...

****

Une pression de dingue, certes, mais des moyens de dingue aussi !

Dès qu'il avait fait part au préfet de son intention de sonder la plage, il avait eu comme réponse :

— Je m'en occupe, vous aurez tout le matériel nécessaire sur place avant midi ! Et en ce qui concerne les autorisations, c'est comme si c'était fait. Puis il avait raccroché avant même que Martens puisse le remercier.

Il n'avait pas la moindre idée de ce que pouvaient être toutes ces machines qui venaient d'être livrées par camion accompagnées d'une troupe d'une vingtaine de personnes. Un homme, qui semblait être le responsable de cette armada, vint vers lui :

— Lieutenant Martens ?

— Lui-même.

— Jacques Danin, je dirige l'équipe de fouille. Je vous écoute.

— Très bien, vous pouvez m'expliquer comment fonctionnent vos engins ?

— Ce sont des géoradars 3D de dernière génération qui permettent, en roulant à la surface d'établir une cartographie ultra précise du sous-sol. Autant vous dire que sur du sable, la machine n'a aucun risque d'erreur. Si un corps est enfoui, on le trouvera.

— Très bien. Comme vous le voyez, on va avoir deux problèmes principaux : la taille conséquente de la zone à explorer, ainsi que la présence de vacanciers plus ou moins friqués sur la plage.

— Pour la taille, on a pris vingt machines qui explorent chacune une bande d'un mètre de large. D'ici demain, on aura tout couvert. En ce qui concerne les touristes, le préfet nous a donné tout pouvoir. Ils râleront mais ils nous laisseront la place !

— Eh bien, avant que le préfet ne change d'avis, je vous propose de commencer par la parcelle de plage privée qui se trouve ici, juste devant le Grand Hôtel. Au préalable, il va falloir déménager toutes les jolies tentes rayées blanc et bleu. Bon courage !

— C'est parti !

En observant la pagaille déclenchée par le début des fouilles, le policier ne put s'empêcher de réfléchir au mystérieux message. Le lieu était forcément décrit de façon plus précise ! Mais quel lieu pouvait bien se trouver en même temps sous le sable et sous l'eau ? Sans qu'il puisse vraiment l'expliquer, il était maintenant persuadé que l'eau ne désignait pas la mer.

Il descendit sur la plage pour explorer les environs.

Les zones surveillées étaient identifiées par des symboles plantés en haut de grandes hampes. La plus proche du Grand Hôtel était celle du poisson jaune. Poisson, eau... non, c'était trop tiré par les cheveux !

En revenant vers le Casino, il passa devant la piscine municipale qui se situait sous la promenade. Comment aurait-on pu dissimuler un corps là-dessous ? Du pur délire...

Il continua vers l'endroit où les fouilles avaient débuté. Des touristes anglais, outrés, étaient en pleine discussion avec les employés de l'établissement des bains qui gère les cabines et les tentes. On pouvait les comprendre, à presque trente euros la journée, ils auraient espéré davantage de tranquillité.

Un peu plus loin, en contrebas du célèbre mini-golf, il pouvait entendre les hurlements provenant du Club Mickey. Et en se rapprochant, on avait même droit aux musiques préférées des marmots tout excités sur leur trampoline... Oh non, maintenant il avait l'air de « L'oiseau et l'enfant » dans la tête ! Il en aurait pour toute la journée. Au secours ! Mais quels parents pouvaient avoir la cruauté de laisser leurs gosses ici ?

Il tenta de s'éloigner au plus vite mais fut intrigué par d'autres cris d'enfant. Là, après les jeux gonflables, sous l'espèce de grande serre. Il fit rapidement le tour. Deux têtards pas plus hauts que trois pommes apprenaient à nager à l'aide de frites jaunes et vertes, sous la surveillance blasée d'un pauvre maître-nageur qui devait encore se demander pourquoi il avait accepté ce job tout pourri.

La scène se passait dans un bassin rempli d'eau d'environ dix mètres sur quatre... forcément pour apprendre à nager, on n'a rien trouvé de mieux ! Ledit bassin était posé sur un remblai de sable...

Martens réfléchissait...

« En creusant en biais... pourquoi pas ? Et puis ça colle parfaitement avec le message ! ».

Il courut rejoindre l'équipe de fouille. Comment retrouver Danin dans ce troupeau de gilets jaunes fluo en rang d'oignons qui poussaient chacun leur drôle de machine ? Il en prit un au hasard qui lui montra où était son chef.

132

****

Au grand désespoir des gamins, ils avaient vidé et démonté leur bassin en un rien de temps. Quatre machines suffisaient à cartographier la zone. Les résultats apparaissaient au fur et à mesure sur l'écran d'un ordinateur portable.

Au bout de dix minutes, Danin se tourna vers lui en grimaçant :

— Désolé, il n'y a rien là-dessous !

— Et merde, j'aurais pourtant juré...

Une petite fille en pleurs s'approcha d'eux :

— Mais pourquoi vous avez cassé notre piscine et pas celle des autres ? Vous êtes méchants !

— Parce que celle des autres, c'est une vraie piscine ! Elle est en béton, on ne peut pas la casser.

— N'importe quoi, c'est exactement la même que celle-là ! T'es nul, toi !

Un animateur qui venait consoler la petite leur expliqua alors qu'il existait un second Club Mickey avec un bassin identique vers l'autre bout de la promenade, juste avant le club de voile.

Le flic hurla immédiatement : ON Y VA, GROUILLEZ-VOUS !

****

Le corps avait été repéré, à trois mètres de profondeur. Martens se demandait comment le tueur avait pu creuser si profond sans se faire remarquer. Le bassin étant dissimulé sous la serre, en pleine nuit, pourquoi pas... Mais quand même, ça paraissait impossible.

Ils avaient enfin achevé l'excavation. Le légiste venait tout juste d'arriver lorsque l'un des hommes cria : « C'est bon, on l'a dégagé ! ». Il descendit dans le trou avec le lieutenant par une échelle de corde empruntée au Club Mickey.

Arrivé en bas, Martens ne put retenir un hurlement : « C'est quoi cette merde ? »

Le fond du trou par lequel l'eau commençait à remonter était occupé par un squelette aux os parfaitement blancs et nettoyés.

Le légiste en rajouta une couche :

— Comme vous dîtes, Lieutenant. Je vous confirme que ceci ne peut pas être le corps d'un homme disparu depuis deux jours. Même dans un environnement très humide comme celui-ci, il faut au moins un à deux mois pour obtenir un squelette aussi propre, en supposant que le corps ait été enterré complètement nu.

Et, continuant à examiner les ossements...

— De plus, d'après la forme de l'os pelvien, je peux vous affirmer sans le moindre doute qu'il s'agit d'une femme, probablement entre dix-huit et vingt-trois ans si j'en crois le niveau de fusion de l'épiphyse...

Martens ne savait plus quoi faire. Le corps était pourtant bien à l'endroit indiqué ! Et maintenant ? Est-ce qu'ils devaient continuer à ratisser la plage ? Ou alors devaient-ils se concentrer sur les ossements ? Il n'en avait pas la moindre idée !

Son téléphone sonna. C'était le préfet qui venait aux nouvelles.

— Merde, merde, MERDE !

Il préféra laisser sonner. De toute façon, que pouvait-il bien lui raconter sans avoir l'air d'un sombre crétin ?

Un drôle de remue-ménage se fit entendre au-dessus de sa tête :

— Reculez, Monsieur s'il vous plaît !

— C'est elle, je sais que c'est elle ! C'est ma sœur ! Je vous dis que c'est Sophie, ma petite sœur !

Le policier remonta prestement. Deux membres de l'équipe de fouilles retenaient avec peine un homme portant une élégante chemise blanche en lin qui se penchait pour observer le fond du trou. Un troisième attrapa au vol un des enfants du Club Mickey qui voulait jouer avec l'échelle.

De mieux en mieux ! Dans l'affolement général, il avait carrément oublié d'installer un périmètre de sécurité. Devant la mine déconfite du pauvre Martens, le légiste décida de s'en charger.

— Je vous l'avais dit, je savais qu'il lui était arrivé quelque chose !

L'homme interpelait avec véhémence le lieutenant qui n'avait vraiment pas besoin de ça.

— C'est Pageot qui l'a tuée ! C'est cet enfoiré de directeur de l'hôtel !

****

L'individu était assis de l'autre côté de la table, dans la salle d'archive du commissariat qui servait également pour les interrogatoires.

Le policier tournait et retournait dubitativement sa carte d'identité entre ses doigts.

Paul Soulac, vingt-huit ans, demeurant à Senlis dans l'Oise arborait, face à lui, la même tête que sur la photo. Des yeux perçants et brillants d'intelligence dans une petite bouille ronde et sympathique qui donnait envie d'être son ami. Une allure de gendre idéal !

— Monsieur Soulac, maintenant que vous êtes calmé, je vous propose de m'expliquer tout ce que vous savez sur le corps de la plage et sur Sylvain Pageot.

— Je ne demande que ça !

— Très bien, je vous écoute...

— Tout a commencé début juin quand, sur recommandation d'une amie de la famille, ma sœur a obtenu un poste de femme de chambre au Grand Hôtel de Cabourg. Pour elle qui rêvait de travailler dans un palace parisien, c'était un coup de pouce inespéré, une ligne en or sur son CV, à tout juste vingt ans.

Malheureusement, elle a vite déchanté. Déjà, le jour de son arrivée, au premier entretien avec le directeur, elle a senti que son attitude n'était pas normale. Puis, il est venu la surprendre plusieurs fois alors qu'elle faisait une chambre. Les allusions sont devenues de plus en plus claires et les comportements de plus en plus déplacés. Elle était sidérée quand elle m'en parlait au téléphone.

Nous avons huit ans d'écart. J'ai toujours agi en grand frère protecteur. Elle savait qu'elle pouvait m'appeler en cas de problème. Malheureusement, je n'ai rien pu faire !

Elle refusait absolument de démissionner : je n'ai pu que lui recommander d'éviter à tout prix de se retrouver seule avec lui.

Mais dès le lendemain, le 27 juin, ses appels ont cessé. J'ai immédiatement pris la route pour Cabourg. Au Grand Hôtel, on m'a orienté vers une de ses collègues avec qui elle partageait un appartement. Celle-ci m'a dit que Sophie avait quitté son travail la veille et était partie sans la prévenir, en emportant toutes ses affaires.

Je suis alors passé au commissariat de Dives-sur-Mer où un de vos subordonnés m'a écouté et a fini par me dire qu'il ne pouvait rien faire sans indices inquiétants : en France, tout adulte a le droit de disparaître s'il le veut. J'ai eu beau lui parler du comportement anormal de Pageot, il m'a bien fait comprendre que le directeur du Grand Hôtel était du genre intouchable. Circulez, y a rien à voir !

— Personne n'est intouchable, Monsieur Soulac mais je vous confirme que sans preuve, nous ne pouvons rien faire.

— Eh bien maintenant, vous n'avez qu'à analyser le corps de Sophie et vous les aurez, vos preuves !

— Ce n'est pas si simple et puis...

— Mais si c'est très simple puisque Sylvain Pageot m'a lui-même avoué qu'il avait tué ma sœur !

— Écoutez, il faut absolument que vous vous calmiez. Je voudrais bien vous croire, Monsieur Soulac, mais le témoignage d'un mort n'a jamais fait progresser une enquête, je suis désolé.

— Pageot n'est pas mort.

— Pardon ?

— Ce salopard est toujours vivant !

— Encore une fois, je suis désolé mais nous avons la preuve scientifique qu'il est décédé.

— Et moi je vous donne la preuve scientifique qu'il est vivant !

Alors qu'il hurlait cette étonnante affirmation, Paul Soulac sortit de la poche de sa veste un étui à lunettes qu'il jeta sur la table entre les deux hommes.

Martens continua à scruter son interlocuteur droit dans les yeux tout en saisissant l'objet.

— Allez, lieutenant, vous verrez bien...

Sous l'effort de ses doigts, l'étui s'ouvrit dans un claquement. Pas de lunettes à l'intérieur. Juste le petit chiffon pour les nettoyer.

Martens leva des yeux emplis de reproche vers Paul Soulac. Celui-ci, d'un regard, encouragea le policier à fouiller un peu plus loin que le bout de son nez.

Une bosse déformait le chiffon. Il y avait quelque chose dessous. En le soulevant, le lieutenant ne put retenir un : « Ah non ! Pas encore ! ».

L'étui à lunettes contenait un doigt coupé, mais entier celui-ci, enfin non pas tout à fait. Il lui manquait une phalange, à ce petit doigt !

— Vous vous foutez de moi ?

— Pas du tout Lieutenant, je n'oserais pas.

— C'est vous qui avez tué Pageot ?

— Mais vous êtes vraiment lent à la détente. Puisque je vous dis qu'il est vivant ! Vivant !

— Mais sa phalange a...

— Sa phalange a été coupée sur un doigt mort qui avait lui-même été sectionné douze heures plus tôt sur un homme en vie. Regardez à cette extrémité comme la blessure est rouge, bon sang !

— Mais qu'est-ce que...

— Mais c'est pourtant simple. C'est Pageot qui m'a avoué lui-même qu'il avait étranglé ma sœur et dissimulé son corps « sous le sable de Cabourg... ou bien sous l'eau... ou peut-être les deux ». Ce type est un pervers. Il savait très bien que je n'avais aucune possibilité de lancer les recherches moi-même et que, si je le livrais à la police, il nierait tout. De plus, j'imaginais bien qu'en revenant voir les flics avec cette énigme, ils me prendraient pour un fou. Par contre j'étais persuadé que, s'agissant de rechercher le corps de Monsieur le Directeur du Grand Hôtel de Cabourg, les grands moyens seraient déclenchés. J'ai donc mis au point cette ruse qui, en plus, m'a procuré un plaisir sadique hautement satisfaisant.

Martens comprenais enfin qu'il avait été complètement manipulé depuis le début.

« ET MERDE ! »

— Où est Pageot ?

— Je vous le dirai lieutenant, mais d'abord...

— D'abord ?

— D'abord, vous devez prouver qu'il a tué Sophie !

— C'est une blague ?

— Non, je vous demande simplement de faire votre métier... rien de plus.

— Mais tu vas me dire où il est, espèce de malade !

— Vous n'obtiendrez rien par la menace, Lieutenant. Par contre, je vous conseille de lancer les analyses sur le corps de ma sœur dès maintenant car ce salaud ne tiendra pas très longtemps là où il est...

— Mais vous rêvez !

— Non, je ne rêve pas, lieutenant. Je profite juste de notre magnifique système de justice à deux vitesses qui va tout mettre en œuvre pour retrouver vivant cet important monsieur grâce à ses relations haut placées !

Martens prenait enfin conscience qu'il ne contrôlait plus rien. Il se leva lentement, complètement déboussolé et quitta la pièce. Il y laissait un homme satisfait, certain d'être parvenu au bout de son chemin, au bout de ce qui était en son pouvoir.

Le policier appela le préfet. Il sentait déjà ses genoux trembler...

****

Comme prévu, le préfet n'avait pas du tout apprécié les nouveaux événements. Il lui avait donné jusqu'à demain pour retrouver Sylvain Pageot. C'était sa seule priorité : l'enquête sur le corps de la plage pouvait attendre !

Martens savait qu'il devait se reprendre sous peine de se voir ses espoirs de promotions tomber à l'eau. Il passa toute la soirée à établir son plan de bataille...

****

Le CRS en short finissait son rapport :

— Pour résumer, lieutenant, l'examen des enregistrements de vidéosurveillance ne nous a donné aucun élément probant sur la localisation de Sylvain Pageot. Nous savons juste qu'il a emprunté la promenade sur deux cent cinquante mètres avant de bifurquer vers l'avenue des vallées. Ensuite, nous n'avons plus aucune trace de lui. Mais ce n'est pas étonnant, car, même s'il est dense, le réseau de caméras n'est pas suffisant pour pister quelqu'un dans toute la ville.

— Et la voiture de Soulac ?

— Nous l'avons retrouvée, avenue du Maréchal Foch, pas très loin du casino.

— Et pas très loin de l'avenue des vallées donc…

— Les collègues scientifiques examinent encore le véhicule mais pour l'instant ils n'ont rien trouvé.

— Et pour les enregistrements des 26 et 27 juin ?

— Je suis désolé, Lieutenant, mais la loi interdit de les conserver plus d'un mois : nous n'avons rien…

— Et merde !

D'un geste, Martens signifia au policier qu'il n'avait plus besoin de lui.

La localisation des téléphones portables des deux hommes n'avait rien donné non plus. Il savait maintenant qu'il allait devoir appliquer son plan totalement dément et déraisonnable…

****

— Salut Poujol ! Vous pouvez le libérer s'il vous plait, je dois encore l'interroger.

— Bonjour Lieutenant, tout de suite, je vous l'amène dans la salle.

— Non, c'est bon, je m'en occupe, ouvrez juste la porte.

Malgré sa nuit en garde à vue, Soulac avait plutôt bonne mine. Il se sentait en position de force, même au fond de sa cellule. Martens le saisit par le bras :

— Venez avec moi, il faut qu'on parle !

Mais quand ils arrivèrent au niveau de la salle d'archives, le policier continua à l'entraîner. Soulac sembla surpris mais ne dit pas un mot, curieux de voir la suite des événements. Ils sortirent tous deux tranquillement du commissariat, sans que personne ne s'inquiète d'eux…

Ce n'est qu'une fois dans la voiture que Paul Soulac s'adressa au policier en souriant :

— J'ai l'impression que tout ceci n'est pas très règlementaire, je me trompe ?

— Pour ce que j'ai à vous dire, nous serons mieux dans un cadre moins… officiel.

— Le trajet dura à peine dix minutes. Manœuvrant entre les jardinières de fleurs, Martens se gara sur le trottoir juste devant le casino et déposa son bandeau « Police » derrière le pare-brise.

— Venez avec moi, Monsieur Soulac, et surtout, ne tentez rien : depuis dix minutes, vous êtes officiellement un fugitif et vous devez savoir que je n'aurai aucun scrupule à utiliser mon arme !

— Pas d'inquiétude, lieutenant, je n'ai aucunement l'intention de me soustraire à la justice. Au contraire. Qu'elle s'intéresse à mon cas, je ne demande que ça !

Ils contournèrent le casino et débouchèrent rapidement sur la promenade Marcel Proust qu'ils empruntèrent vers la gauche, comme l'avait fait Sylvain Pageot, trois jours auparavant.

— Nous avons récupéré le dossier dentaire de votre sœur. Il ne fait plus aucun doute que les ossements sont bien les siens. Je vous présente toutes mes condoléances…

— Je vous remercie pour la confirmation officielle, lieutenant, mais je le savais déjà.

— Les aveux que vous avez extorqués à Pageot ?

— Oui, mais même avant, j'avais cette certitude solidement ancrée au fond de moi. Mes rapports avec Sophie étaient fusionnels. Le jour où elle est morte, j'ai senti que quelque chose venait de se passer. Vous savez, comme pour des frères jumeaux !

— L'os hyoïde de votre sœur a été fracturé. C'est une preuve quasi certaine qu'elle a été étranglée.

— Vous voyez, c'est exactement ce que cet enfoiré m'a dit !

Au niveau de l'avenue des vallées, Martens invita son prisonnier à bifurquer avec lui. Soulac parut surpris mais continua la conversation comme si de rien n'était.

— Mais alors, qu'avez-vous découvert comme élément à charge contre Pageot ?

— Eh bien, il se trouve que le jour de la disparition de votre sœur, le matériel pour assembler le bassin de natation venait juste d'être livré car les deux clubs Mickey ne fonctionnent que du 1er juillet au 31 août et en dehors de cette période, tout est démonté.

— Donc, il n'a pas eu à creuser sous la piscine. Elle n'était pas encore là !

— Tout à fait. Venez, je vais vous montrer quelque chose, on peut rejoindre le club en passant par là.

Après un rapide tour du pâté de maisons, ils regagnèrent la promenade, juste en face de l'emplacement où ils avaient retrouvé les restes de Sophie Soulac.

— Vous voyez ce poteau blanc juste ici ?

— Oui, évidemment.

— Dans la petite boule, tout en haut, vous avez une caméra.

— Vous vous moquez de moi, lieutenant ! Vous imaginez bien que j'y ai déjà pensé mais les bandes sont détruites au bout d'un mois. On ne peut donc rien en tirer !

— En effet, les enregistrements sont détruits si on n'en a pas besoin.

— Alors ?

— Alors, le 27 juin, au matin, les responsables du club ont contacté la police pour expliquer que la pompe destinée au remplissage de la piscine avait été laissée la veille par erreur sur le chantier et qu'elle avait été volée dans la nuit.

— Et donc, vous avez récupéré les enregistrements de la nuit ?

— Tout à fait. Et ils ont été conservés dans le dossier de l'enquête ouverte pour vol, en tant que pièce à conviction.

— Lieutenant, s'il vous plait, dites-moi que vous avez des images de Pageot qui transporte le corps de ma sœur ?

— Oui, sans aucun doute possible.

— Oh, merci, merci, merci !

Le jeune homme tremblait de tout son corps. Il dut s'assoir un instant sur le muret qui sépare la promenade de la plage.

— Venez Soulac, nous devons rentrer au commissariat pour que vous me disiez de façon officielle où vous avez caché Pageot.

— Avec plaisir, lieutenant. Quand j'aurai pu visionner l'enregistrement, je vous lâcherai le morceau !

****

Comme prévu, le plan A avait lamentablement échoué. Martens était évidemment dans l'impossibilité de lui présenter cet enregistrement qui n'avait jamais existé.

Cependant, il restait confiant pour le plan B…

****

Les deux hommes rejoignaient le casino par la promenade. Ils venaient de dépasser l'embranchement de l'avenue des vallées lorsque Martens s'arrêta et revint sur ses pas pour se poster devant une maison visiblement en travaux qui se situait pile au coin de la promenade et de l'avenue. Sur les deux pans de clôture, pas moins de onze panneaux publicitaires vantaient les mérites des artisans qui, soi-disant, contribuaient au chantier.

— Vous voyez toutes ces publicités ?

— Oui, c'est plutôt moche.

— Et c'est surtout totalement illégal à moins de cinq cents mètres d'un monument historique !

— Le Grand Hôtel ?

— Non, bizarrement, c'est le casino qui a été classé mais pas l'hôtel !

— En effet, c'est étonnant...

— Je vais vous demander un instant... Vous comprenez bien qu'après avoir constaté une telle infraction, je suis obligé d'intervenir.

— Mais vous plaisantez ou quoi ?

Martens alla sonner au portillon de la maison qui donnait sur l'avenue. Pas de réponse.

— Vous avez entendu ce cri ?

— Un cri ? Non.

— Vous êtes sûr, pourtant vous avez l'air inquiet vous aussi ?

— Inquiet ? Mais non, certainement pas !

— Déjà, tout à l'heure, quand nous sommes passés une première fois devant cette maison, vous m'avez semblé très mal à l'aise. Vous savez, j'ai eu une très bonne formation en analyse gestuelle et comportementale : on n'imagine pas tous ces mouvements infimes qui peuvent nous trahir…

— Mais pas du tout ! Vous délirez !

Le policier actionna la poignée. Le portillon n'était pas verrouillé.

— Je vais vous demander de venir avec moi.

— Il n'en est pas question ! Vous n'avez pas le droit de me demander ça ! Et puis d'abord, je ne devrais même pas être ici avec vous ! Je veux rentrer au commissariat, je veux voir les images !

— Taisez-vous et suivez-moi ! Vous n'avez pas compris que je suis dans votre camp, bon sang ?

****

Ce flic était beaucoup moins idiot qu'il en avait l'air. Comment avait-il su pour la maison ?

Peu importe… Il avait été obligé de l'assommer après qu'il lui ait avoué que le coup des images de surveillance était un bluff. Et maintenant, il fallait s'occuper de Pageot.

Il ouvrit la porte de la salle de bains. Le meurtrier de Sophie était toujours là, assis dans la baignoire. Ligoté et bâillonné avec soin. Soulac avait ouvert le robinet de manière infime pour qu'une goutte d'eau tombe de la douche toutes les deux minutes environ. Il avait lu qu'on pouvait survivre jusqu'à quatre-vingts jours sans manger du moment que l'on pouvait boire ! Et en plus, en supprimant la nourriture, on éliminait certains besoins basiques et les odeurs qui allaient avec…

147

Il lui ôta son bâillon.

— J'ai de mauvaises nouvelles pour toi, Pageot.

Après trois jours de captivité, le tout puissant directeur du Grand Hôtel avait perdu sa morgue initiale. Son doigt sectionné le faisait atrocement souffrir. Il avait faim, ses intestins se tordaient dans tous les sens. Il avait maintenant compris qu'il ne pourrait rien attendre de son bourreau.

— Des mauvaises nouvelles ? Pourtant, je ne suis pas sûr que ma situation puisse vraiment empirer...

— La police a retrouvé le corps de Sophie... sous la piscine du Club Mickey.

— Et ils en ont déduit quoi ? Qu'elle a été assassinée ? Ils sont fort ces poulets !

— Ils en ont déduit qu'elle avait été enterrée là dans la nuit du 26 au 27 juin. L'image a beau être sombre, on te voit parfaitement transporter son corps sur la vidéosurveillance !

Pageot ne répondit rien. Il réfléchissait...

— Et c'est tout ce qu'on voit ?

— C'est tout mais ce sera largement suffisant pour t'envoyer aux assises !

— C'est du bluff, ils n'ont rien.

— ...

— S'ils avaient vraiment des images, ils auraient vu que je n'étais pas seul pour trimballer le cadavre de ta jolie petite sœur...

C'était au tour de Soulac de faire une pause pour réfléchir. Il tenait enfin son info. L'homme avait un complice !

148

— Le chef concierge ! Sophie m'a dit qu'elle ne le sentait pas, lui non plus, et que vous échangiez souvent des messes basses tous les deux. C'est lui, n'est-ce pas ? C'est avec lui que tu as enterré Sophie ?

Pageot ne répondit pas. Il s'était refermé en un instant, se rendant compte de son énorme bévue. Paul Soulac savait qu'il détenait enfin la clé de l'enquête. Il sortit de la pièce laissant son otage dans la baignoire, tout surpris de constater qu'on avait oublié de lui remettre son bâillon. Il ne devait surtout pas crier maintenant. Attendre que cet idiot ait quitté la maison...

Le frère de Sophie rejoignit tranquillement Martens qui était assis sur le perron, se massant soigneusement le crâne.

— Vous n'y êtes pas allé de main morte !

— Je vous rappelle que c'est vous qui m'avez demandé de vous assommer pour que vous soyez couvert dans le cas où tout foire.

— Et j'ai eu raison ?

— Je crois que vous auriez pu vous éviter cette bosse... J'ai un nouvel élément qui devrait vous intéresser !

— OK, alors on rentre : votre évasion est terminée. Avec un peu de chance, je pourrai me passer de cet épisode dans mon rapport...

— Un peu de chance ! Pour vous ou pour moi ?

— Pour vous, pour moi... et pour votre sœur...

Ils venaient de remonter dans la voiture lorsque le policier appela ses collègues pour leur demander d'aller récupérer Pageot.

— Au coin de la promenade et de l'avenue des vallées, vous ne pouvez pas vous tromper, c'est la villa avec tous les panneaux publicitaires.

— Et vous devriez entendre des cris ! rajouta Soulac en se rapprochant du smartphone

****

Le chef concierge avait craqué après à peine dix minutes d'interrogatoire. Il avait raconté comment son patron l'avait appelé, affolé, au milieu de la nuit, comment ils avaient déshabillé la malheureuse, l'avaient transportée en passant par la plage, puis enterrée à l'emplacement du bassin… C'est aussi lui qui s'était chargé de se débarrasser des vêtements et qui s'était rendu chez elle avec ses clés pour faire disparaître toutes ses affaires.

Mais pour le meurtre, il était formel : c'était Sylvain Pageot le seul coupable !

****

Une fois tous les interrogatoires bouclés, Martens s'était fait un plaisir de faire évader définitivement Paul Soulac : « Erreur administrative, désolé… ». Puis il était retourné au Grand Hôtel où il avait été convié par le préfet, pour fêter la résolution de l'enquête et pour assister, par la même occasion, au splendide feu d'artifice du 15 août.

Le spectacle fut grandiose. Même après le fabuleux bouquet final, l'horizon continuait à scintiller. En face, grâce aux lumières de la myriade de bateaux ancrés au large de la plage pour profiter de la féérie ; et surtout vers l'est, avec le port du Havre brillamment éclairé qui paraissait si proche malgré la vingtaine de kilomètres qui les séparaient.

Bizarrement, à aucun moment, le préfet n'évoqua sa solide amitié avec Sylvain Pageot…

… pas plus que la promotion du lieutenant…

Vous êtes tous témoins !

Fulgence Versailles vérifia une dernière fois son smartphone. La résolution des photos était au bon niveau, l'application dictaphone fonctionnait, la batterie était presque à cent pour cent : il était à l'abri d'une surprise. Il sortit sa carte de presse pour se présenter à l'accueil du tout récent et magnifique gratte-ciel de La Défense.

La direction d'Europ'Air, la nouvelle compagnie aérienne géante qui résultait de la fusion de British Airways, Air France et Lufthansa se trouvait au trente-quatrième étage. Les divers bureaux du siège occupaient tous les niveaux inférieurs. Le journaliste avait rendez-vous avec un responsable syndical pour discuter d'une affaire très sensible. Il allait avoir la primeur du résultat de la première confrontation entre les différents protagonistes.

L'hôtesse d'accueil lui tendit un badge qu'il épingla sur sa veste :

— Vous avez de la chance, les ascenseurs viennent juste d'être rétablis : ça faisait un quart d'heure qu'ils étaient tous bloqués, je vous laisse imaginer la pagaille ! Monsieur Barbier va pouvoir descendre vous chercher. Vous n'avez qu'à l'attendre là-bas.

— Très bien, je vous remercie.

Comme elle le lui avait conseillé, il retourna vers le hall pour patienter et ne put s'empêcher de vérifier encore une fois son smartphone. Le dictaphone, l'appareil photo…

Exactement à ce moment, un des ascenseurs s'ouvrit. Avant même de comprendre ce qu'il voyait, Fulgence prit une rafale de photos. Un réflexe heureux ? Son instinct de journaliste ? Peu lui importait. En affichant le résultat, il sut qu'il tenait le scoop de sa vie.

Ce n'est qu'ensuite qu'il eut le temps d'examiner la scène avec son propre regard.

La femme gisait sur le sol, au centre de la cabine, les yeux révulsés, une écharpe fuchsia serrée autour du cou. De chaque côté de la malheureuse, collés contre la paroi, tentant désespérément de s'éloigner du corps, se tenaient deux hommes en uniforme de pilote. Leurs visages étaient blafards, presque autant que celui de la morte. Chacun d'eux désignait l'autre du doigt en répétant sans cesse : « C'est lui, c'est lui, c'est lui... ».

Immédiatement, deux agents de sécurité se précipitèrent en hurlant de ne toucher à rien, tout en pointant leur arme vers les suspects. Le journaliste rangea discrètement son mobile dans la poche et s'inséra dans la foule qui commençait à s'agglutiner devant la scène de crime. Une fois à l'abri des regards, il le ressortit fébrilement et envoya ce qu'il jugea être la meilleure prise de vue, accompagnée du message suivant : « Réservez-moi la une, je vous recontacte dès que je peux ! Fulgence. »

Son extraordinaire cliché était à l'abri : il pouvait démarrer son enquête.

Il revint alors vers l'ascenseur, les oreilles ouvertes à toutes les indiscrétions. Des dizaines de discussions s'entrechoquaient, rendues difficilement audibles par l'effet de foule. Il put quand même récupérer quelques bribes en se déplaçant, avec peine, au sein de l'amas de curieux qui se densifiait à vue d'œil.

« Celui de gauche, je le connais, c'est Ulrich Mayer, il est commandant de bord sur A380. »

« ... non, elle a l'air jeune, vingt-cinq ans peut-être... »

« Je les ai croisés là-haut, tout à l'heure, devant le bureau des ressources humaines... »

« C'est qui cette fille ? »

« ... gros porc de Claude Hurlier, il m'a déjà tripoté les seins quand je bossais chez Air France... »

Le reporter était déjà en train de prendre des notes lorsqu'il sentit une main se poser sur son épaule. En se retournant, il vit Franck Barbier avec qui il avait rendez-vous. Celui-ci, un téléphone sur l'oreille, était en pleine discussion. Fulgence eut du mal à en saisir la teneur exacte mais il comprit néanmoins que cela concernait l'arrivée de la police. L'homme posa le bout de son index sur ses lèvres et fit signe au journaliste de le suivre.

Le syndicaliste raccrocha au moment où ils pénétraient dans une petite salle de réunion du rez-de-chaussée.

— Monsieur Versailles, il faut absolument que la presse s'empare de cette affaire !

— Comptez sur moi : un meurtre dans un ascenseur, je sais que nos lecteurs vont être ferrés dès le premier article. Sans compter que j'ai pris une photo qui va faire le tour de la planète.

— Je vous fais confiance mais le grand public doit savoir que ce meurtre n'est que la partie émergée de l'iceberg !

— Que voulez-vous dire ?

— Eh bien, vous vous souvenez pourquoi je vous ai appelé ?

— Oui, vous m'avez parlé d'une affaire de harcèlement sexuel sur une jeune femme.

— Mais il se trouve que depuis tout à l'heure, nous avons découvert que c'est beaucoup plus grave que ça. Laissez-moi juste m'occuper de cet appareil et je vous expliquerai toute l'histoire depuis le début.

Barbier tapota sur la « pieuvre » qui trônait au centre de la table, puis entra un code sur son propre smartphone. Ceci fait, il invita le journaliste à quitter la salle.

Ils étaient maintenant dans le bureau du responsable syndical. Celui-ci commença son récit tandis que Fulgence lançait l'enregistrement.

« Les deux hommes que vous avez aperçus dans l'ascenseur sont deux pilotes qui traînent depuis longtemps une réputation de dragueurs. Ulrich Mayer est un Allemand qui travaillait pour Lufthansa avant le regroupement. C'est un aviateur chevronné, il fut un des plus jeunes commandants de bord à être nommé sur A380. Il a toujours été connu pour être un grand séducteur mais plutôt dans le bon sens du terme : je dirais même que ce sont les femmes qui lui courent après.

Claude Hurlier, de son côté, c'est le gros lourd qui a l'impression que le fait d'avoir, à l'époque, volé sur Concorde lui donne tous les droits, notamment sur les petites nouvelles. Malheureusement, son statut l'a toujours protégé et tous les signalements de mauvais comportement sont restés sans suite, que ce soit du temps où il travaillait pour Air France ou même depuis la fusion.

Mais récemment, nous avons reçu pas moins de trois courriers anonymes pour dénoncer les deux hommes qui se seraient rendus coupables de harcèlement sexuel sur la personne de Martine Costa, une toute jeune hôtesse de l'air, pendant une escale à Buenos Aires.

Pour en avoir le cœur net, mais surtout pour ne pas risquer de se faire taxer de laxisme en cette période post-Weinstein, la direction les a convoqués tous les trois à un entretien pour avoir la version de chacun. Les deux accusés ont témoigné en premier et, chacun à leur tour, nous ont ri au nez en expliquant qu'il s'était effectivement passé quelque chose mais que c'était parfaitement consenti et ils nous ont présenté la jeune femme comme une nymphomane qui faisait ce boulot uniquement pour avoir la possibilité "de se taper des pilotes". Ils ne sont restés que quelques minutes et sont repartis, l'esprit tout à fait tranquille.

Mais il se trouve que lorsque Mademoiselle Costa a ensuite pris la parole, rassurée par ma présence et celle de Madame Reggiali, la directrice des ressources humaines, elle a complètement craqué. Elle nous a expliqué que le premier soir à l'hôtel pendant la période de repos, les deux hommes l'avaient droguée et violée à tour de rôle pendant une grande partie de la nuit. Elle nous a montré les certificats qui lui ont été délivrés le jour suivant par l'hôpital où elle s'était rendue, avec notamment l'analyse de sang qui révélait une forte dose de GHB, la drogue des violeurs, dans son organisme. Malheureusement, comme elle se sentait seule, loin de tout soutien, elle n'a pas osé porter plainte en dépit de l'insistance des policiers qui avaient été appelés par le personnel médical.

157

Ce sont probablement ses collègues féminines présentes lors de la même escale qui nous ont envoyé les courriers car elles se doutaient que quelque chose d'anormal s'était passé sans pour autant réussir à la faire parler.

Totalement consternés, nous avons continué, Madame Reggiali et moi-même à discuter avec Martine pour lui assurer que nous étions de son côté et nous l'avons bien évidemment incitée à déposer une plainte. À cet instant, le directeur des opérations qui assistait lui aussi à l'entretien a hurlé que nous n'avions pas à nous mêler des affaires des autres et est sorti précipitamment de la salle. Je viens juste de mener ma petite enquête à l'aide de quelques coups de fil et je peux vous affirmer qu'il a rejoint nos deux lascars dix étages plus bas pour dialoguer avec eux pendant un long moment.

De notre côté, nous étions certains d'avoir convaincu la malheureuse mais quand elle nous a quittés en nous promettant d'aller immédiatement au commissariat, nous ne pouvions imaginer que le hasard allait la mettre encore une fois sur la route de ses bourreaux ! »

— Fulgence Versailles ouvrit de grands yeux :

— Vous voulez dire que la morte de l'ascenseur, c'est elle ?

— Hélas, oui !

— Mais pourquoi…

— Pourquoi ne l'ai-je pas accompagnée au commissariat ?

— Non… enfin, je…

— Si. Vous avez raison, cette question tourne en boucle dans ma tête depuis que j'ai appris le drame. Bien sûr que j'aurais dû l'accompagner. C'est évident quand j'y repense. Pourtant, ça ne m'est pas venu à l'esprit…

Le téléphone de Barbier qui était posé sur son bureau fit soudain entendre un bruit de porte qui s'ouvrait et des voix :

— *Asseyez-vous.*

— …

— *Nom, prénom, profession ?*

— *Hurlier, Claude, Commandant de bord pour Europ'Air.*

Le journaliste regarda son interlocuteur avec un air complètement ahuri.

— J'ai donné des consignes pour que les policiers utilisent la petite salle où nous nous sommes rendus. Et j'ai lancé une audioconférence à laquelle nous sommes maintenant connectés, ajouta-t-il avec des yeux pleins de malice. Il faut absolument que tous les détails de cette ignoble affaire soient dans les journaux. Je vous fais confiance, Monsieur Versailles !

— Comptez sur moi, je ne vais pas m'en priver.

— *Monsieur Hurlier, je veux que vous me racontiez tout ce qui s'est passé, depuis le début.*

— *Eh bien, Mayer et moi, nous étions convoqués à la direction à propos d'un comportement déplacé que nous aurions eu avec Martine Costa. C'est Mayer qui est entré en premier. Ça a duré à peine cinq minutes et il est sorti en souriant. Ensuite, quand ce fut mon tour, j'ai expliqué que nous avions juste passé une soirée un peu arrosée qui s'était finie dans la chambre de Martine, comme cela*

159

arrive souvent lorsqu'on se retrouve coincés à l'hôtel entre personnels navigants. Rien de particulier : un bon moment entre adultes consentants.

Puis nous sommes descendus tous les deux voir des potes pilotes au vingt-quatrième et c'est là que Jean Romeur, le chef des opérations qui avait participé à l'entretien est venu nous prévenir qu'elle comptait porter plainte pour viol et qu'elle avait la preuve qu'on lui avait donné du GHB. Nous nous sommes retrouvés complètement abasourdis tous les deux et nous avons immédiatement décidé d'aller consulter un de mes amis qui est avocat dans une autre tour de La Défense, pas très loin d'ici. Nous avons appelé l'ascenseur et lorsqu'il s'est ouvert devant nous, Martine Costa était seule dans la cabine !

Moi, je n'ai pas voulu monter et j'ai dit à Mayer qu'on prendrait le suivant. Mais il m'a tiré par le bras et m'a forcé à entrer avec lui.

Une fois la porte refermée, elle nous a regardés à tour de rôle. On voyait bien qu'elle n'osait pas nous parler et puis, à peine l'ascenseur avait-il commencé à descendre que toutes les lumières se sont mises à scintiller. On a senti comme un gros soubresaut et la cabine s'est arrêtée, bloquée entre deux étages.

Martine a tout de suite paniqué. Elle s'est précipitée sur le téléphone de secours et on aurait pu penser qu'elle allait s'évanouir tellement elle semblait angoissée. J'ai bien tenté de la rassurer mais j'ai vite compris que ce n'était pas la panne qui la terrorisait : en fait, c'était Mayer !

Il la fixait d'un air si menaçant que même moi, je me suis senti très mal à l'aise.

— Ulrich, arrête ça, s'il te plaît ! lui lançais-je.

— *Mais tu te rends compte de ce que nous risquons si elle porte plainte pour viol ?*

— *Allons, tu sais bien qu'elle ne va pas faire ça ! N'est-ce pas Martine ?*

La jeune femme était pétrifiée par la peur. Elle ne répondit pas.

— *Tu vois bien qu'elle va le faire !*

— *Mais Martine, ce n'est pas sérieux... Pour le GHB, vous étiez d'accord, on en a tous les trois pris une toute petite dose, juste pour être détendus ! Reconnaissez que ça a bien marché, on s'est bien éclatés, non ?*

Elle se tourna vers moi, avec le regard perdu d'un lapin hypnotisé par les phares d'une voiture... toujours muette.

Le silence pesant dura une éternité qui fut interrompue par une voix sortant du téléphone que Martine n'avait pas lâché depuis le début :

« Allô, vous m'entendez, je voulais vous informer que tout va rentrer dans l'ordre d'ici cinq minutes. Encore désolé pour le dérangement. »

Alors qu'elle s'apprêtait à répondre, Mayer arracha le combiné des mains de la jeune femme et raccrocha violemment. Il resta un moment à la fixer de son regard le plus menaçant... puis brusquement, il a disjoncté.

****

Métro, ligne 8, le lendemain matin.

Dans son élégant gilet en tweed, l'homme au chapeau lisait son journal tranquillement assis dans la rame bondée. Il était tellement absorbé par sa lecture qu'il n'avait pas conscience d'attirer un grand nombre de regards. Soudain, des cris éclatèrent lorsque deux jeunes femmes se précipitèrent simultanément sur un exemplaire de ce même journal qu'un passager venait d'abandonner en quittant son siège. L'émeute s'étendit bientôt aux autres voyageurs qui se trouvaient à proximité.

S'interrompant brièvement, il leva la tête. En tant que vieil abonné du grand quotidien dans lequel officiait Fulgence Versailles, lui n'avait pas eu besoin de participer à l'hystérie déclenchée par la parution de ce numéro illustré par la photo du crime dans l'ascenseur. Dès huit heures du matin, la totalité du tirage avait été épuisée. Pourtant, en prévision de l'engouement, le nombre habituel d'exemplaires avait été quintuplé. Peine perdue.

La dernière fois que des gens s'étaient battus pour un journal, c'était lorsque Charlie Hebdo avait publié son numéro spécial après les attentats. Heureusement, l'atmosphère de recueillement avait alors grandement tempéré les ardeurs et on n'avait déploré que de très rares incidents.

Ce matin, rien n'avait atténué la folie. Tous les kiosques à journaux de la capitale, sans exception, avaient été témoins d'altercations qui avaient parfois nécessité l'intervention des forces de l'ordre.

Mais dans cette zone de la rame, le costume singulier de notre dandy inspirait une telle sympathie et joie de vivre que personne n'aurait osé l'importuner pendant sa lecture. Un homme pourtant se permit une question étonnante :

— Excusez-moi, Monsieur, est-ce que vous pourriez enlever votre chapeau ?

L'élégant le regarda, très surpris…

— Ne vous méprenez pas, c'est juste pour que je puisse lire l'article par-dessus votre épaule.

Tout en s'exécutant, il éclata de rire :

— Vous avez raison, c'est très important de se tenir informé. Et pour ceci, rien de tel que la presse écrite.

Sentant que le sympathique passager ne savait que faire de son couvre-chef, l'importun se proposa :

— Donnez, je vais vous le garder.

Très satisfait d'embarquer de nouveaux lecteurs avec lui, notre homme reprit le fil de l'interrogatoire du commandant Hurlier là où il s'était interrompu…

— *J'ai essayé de calmer Ulrich mais il m'a repoussé et a plaqué ses mains lourdement sur les épaules de Martine. Il a alors approché son visage à un centimètre du sien et a continué à vociférer :*

— *« Mais on t'a fait jouir au moins dix fois, salope ! Ose répéter que tu n'étais pas consentante ! Allez, vas-y, dis-le !*

— *Mais tu te rends compte qu'on risque dix ou quinze ans de taule à cause de tes états d'âme ! Tu t'en rends compte ? Mais réponds ! Réponds ! »*

— *C'est à ce moment que la pauvre Martine a craqué : elle s'est mise à crier avec un hurlement strident qui m'a vrillé les tympans et glacé d'effroi.*

— *Mayer s'est bouché les oreilles en lui intimant d'arrêter mais elle ne l'a probablement même pas entendu. Puis, soudain, sans que je puisse anticiper quoi que ce soit, il a saisi l'écharpe de Martine et a tiré de toutes ses forces sur les deux extrémités. Sa rage était telle qu'il avait une force décuplée : je n'ai rien pu faire, ses mains étaient bien plus puissantes que les miennes. J'ai bien tenté de desserrer l'écharpe après que la pauvre fille se soit écroulée mais je n'ai pas réussi, et puis j'ai bien vu qu'elle était morte.*

— Puis, quand j'ai relevé les yeux vers ce monstre de Mayer, il m'a annoncé, avec un grand sourire de psychopathe :

— « Je suis désolé mon vieux mais tu ne pourras jamais prouver que c'est moi qui l'ai tuée ! On est dans le même bateau, mon pote... ou plutôt, le même ascenseur ! »

J'étais tellement horrifié par ce qui venait de se produire qu'à mon tour je me suis retrouvé dans l'incapacité de lui rétorquer quoi que ce soit. La cabine a alors redémarré pour rapidement finir sa course au rez-de-chaussée...

L'homme qui n'avait plus son chapeau ressentit le besoin de faire une pause après la lecture de cet horrible récit. Il imaginait la terreur de la jeune femme piégée dans l'étroitesse de cette cabine d'ascenseur sans aucune possibilité de fuir. Les auréoles de transpiration apparues sur son gilet révélaient l'angoisse qui l'avait tenaillé en s'identifiant à la malheureuse. Dès qu'il s'en rendrait compte, il ferait probablement demi-tour pour retourner se changer mais pour l'instant son attention restait focalisée sur la suite de l'article :

Il va de soi qu'avant de vous proposer ce terrible témoignage, nous avons longuement discuté en conférence de rédaction sur l'opportunité de couper le

164

passage le plus difficilement supportable. Mais notre devoir est de vous informer et il nous a paru essentiel, pour rendre justice à Martine Costa, et à travers elle à toutes les femmes victimes de violences, de pouvoir vous proposer cette retranscription garantie cent pour cent fidèle et intégrale de l'interrogatoire de Claude Hurlier.

Et sachez que, par la même source, nous avons pu également récupérer la déposition d'Ulrich Mayer mais nous ne vous la proposerons pas. Ce n'est pas qu'elle est inintéressante... au contraire. Il se trouve juste que la description du déroulement des événements faite par Mayer est en tous points identique à celle de son acolyte. Identique, à ceci près que dans son récit, les rôles sont inversés. D'après l'Allemand, c'est Claude Hurlier qui aurait étranglé la malheureuse et qui l'aurait menacée de façon totalement similaire, mot pour mot :

« Je suis désolé mon vieux mais tu ne pourras jamais prouver que c'est moi qui l'ai tuée ! On est dans le même bateau, mon pote... ou plutôt, le même ascenseur ! »

Nous avons donc deux hommes qui s'accusent mutuellement. Ils ont le même mobile, lié à cette dénonciation de viol. Ils étaient tous les deux sur les lieux au moment du meurtre, ils ont chacun eu la possibilité de tuer. Il est donc évident que l'un dit la vérité et l'autre ment en imputant à son collègue ses propres actions.

Et la police ne dispose d'aucun moyen de savoir qui est le menteur ! Pas de caméra de surveillance dans la cabine d'ascenseur. Les traces ADN que l'on retrouvera sur l'écharpe seront forcément celles des deux hommes sans que l'on puisse distinguer qui a serré de qui a tenté de desserrer.

Chers lecteurs, je sais que ce terrible fait-divers va devenir le feuilleton de l'été dans nos colonnes et celles de nos concurrents. Je sais que vous serez tous passionnés par les pseudo-rebondissements qui ne manqueront sans doute pas. Mais je dois cependant être honnête avec vous : cette affaire est malheureusement déjà bouclée !

Aucun de nos deux protagonistes n'a le moindre intérêt à modifier son témoignage : l'innocent, parce qu'il est innocent, le coupable, parce qu'il est coupable.

Aucune preuve ne pourra jamais incriminer l'un des deux suspects. L'impasse est totale et définitive, aussi bien pour le viol que pour le meurtre de Martine Costa.

C'est terrible à dire, mais... Vous avez tous été témoins d'un crime abominablement parfait...

Fulgence Versailles.

Notre dandy était arrivé à destination. Encore choqué par ce qu'il venait de lire, il se leva et tenta de glisser le journal dans son gilet.

— Eh Monsieur ! N'oubliez pas votre chapeau !

Il allongea le bras pour vite récupérer son bien et réussit à sauter hors de la rame au moment où les portes se refermaient. La réception sur le quai bondé fut très délicate mais il parvint de justesse à éviter la chute tout en conservant son couvre-chef fétiche. Néanmoins, dans la bousculade, le journal tomba à ses pieds, sans même qu'il ne s'en rende compte.

Sur le sol s'affichait la première page du quotidien avec la fameuse photo, prise par le journaliste à l'ouverture de l'ascenseur, qui occupait tout l'espace. Et, en surimpression, ce titre qui allait devenir légendaire :

« VOUS ÊTES TOUS TÉMOINS ! »

Alors qu'il s'éloignait, toujours à ses pensées, l'homme ne fit même pas attention à la nouvelle émeute que son journal abandonné venait de déclencher…

Généalogie appliquée... la suite

Matteo ouvrit la porte et lança d'un air enjoué :

— Diane, ma chérie ? Tu es là ?

Allongée sur son canapé, la jambe dans le plâtre depuis maintenant un mois et demi, elle lui répondit avec une voix légèrement tremblante :

— Non, je suis sortie ! Pas de bol, tu tombes juste au moment de mon jogging...
— Mais qu'est-ce qui se passe ? Pourquoi tu pleures ?
— C'est rien. Je ne pleure pas vraiment, je suis juste émue.
— Peut-être mais tu as les yeux pleins de larmes.
— Oui, bon... Tu te souviens le carton que j'ai ramené lorsque nous sommes allés faire l'inventaire de la maison de ma mère, dans le cadre de la succession ?
— Celui où tu avais mis les papiers et les photos ?
— Oui. J'ai tout trié cet après-midi.
— Génial ! Ce sont les photos qui t'ont mise dans cet état ? Tu as découvert des images de ton richissime grand-père ?
— Non, enfin si, j'ai trouvé un cliché de mon père à l'âge de quatre ou cinq ans, entouré de ses parents. Mais ce n'est pas ça qui m'a le plus marquée.
— Et alors, c'est quoi ?
— J'ai lu le journal intime de ma grand-mère, la mère de ma mère.

— …

— Elle y raconte notamment tout ce qu'elle a fait entre 1939 et 1945.

— Ah oui, quand même !

— Assieds-toi, je vais te faire un résumé et tu vas comprendre pourquoi je suis dans cet état.

— Antoinette avait dix-sept ans quand la guerre a commencé, quatre ans de moins que son grand frère, Pierre. Lorsque la mobilisation générale est déclarée, le 2 septembre 1939, il se trouve à Paris où il va faire sa première rentrée à la fameuse École centrale des arts et manufactures

— Cette école, c'est bien celle que je pense ?

— Oui, j'ai vérifié, c'est effectivement l'ancien nom de Centrale Paris. C'est une fierté immense pour ses parents qui, hélas, ne va pas durer longtemps… Le déploiement des troupes aux frontières s'effectue en un temps record et très rapidement, Pierre se retrouve à Roubaix où il va rester stationné pendant six mois. Contre l'avis de leurs parents, Antoinette décide de le rejoindre là-bas et elle va en profiter pour suivre une formation accélérée d'infirmière. En mars 1940, après des mois d'inaction qui commencent à lui peser, son frère demande à être affecté au 225ème régiment d'infanterie qui se trouve non loin de là. En mai, les Allemands envahissent les Pays-Bas, le Luxembourg et la Belgique et Pierre implore alors sa sœur de s'éloigner de la zone frontalière. Elle finit par lui obéir mais refuse néanmoins de rentrer à Montpellier. Passant des semaines harassantes sur les routes remplies de civils totalement perdus, elle aboutit au Havre le 14 juin sans savoir que la veille, les Allemands avaient pris possession de la ville. Mais

170

pendant ce temps, le régiment de Pierre rejoint la poche de Dunkerque où s'organise l'évacuation de l'armée anglaise encerclée par les Allemands.

— Eh mais c'est le film de Christopher Nolan !

— Oui, si ce n'est que dans ce film, on n'évoque quasiment pas le rôle de l'armée française qui a tenu plusieurs jours à un contre dix, voire pire à certains endroits, pour que le maximum d'Anglais puisse embarquer.

— Et alors, Pierre ?

— Il a été tué le 3 juin. Le lendemain, les trente-cinq mille soldats français toujours en vie seront faits prisonniers. Antoinette n'apprendra sa mort qu'un mois plus tard suite à un échange de courriers avec ses parents. Mais malgré son immense tristesse, elle décide de rester au Havre car elle a décroché un poste d'infirmière à l'hôpital de la ville dont une moitié a été réquisitionnée par les Allemands et l'autre demeure accessible pour les Français.

— J'imagine que l'occupation a dû être une période très éprouvante pour elle…

— Oui, elle raconte d'ailleurs des dizaines d'anecdotes très poignantes sur cette époque. Tu pourras les lire, si tu veux.

Matteo se montrait très touché par cette grande marque d'amour à son endroit. À son tour, il sentit des larmes monter mais prit bien garde de se retenir. Diane sourit en voyant son manège mais enchaîna néanmoins.

— Je ne sais pas ce qui fut le plus difficile à vivre. Le rationnement extrême matérialisé par ces horribles rutabagas qu'elle devait manger pendant que les Allemands se goinfraient de charcuterie ou la menace permanente des bombes alliées ? Elle a dû déménager pas moins de quatre fois car tous ses logements successifs ont été détruits. Deux de ses amies infirmières avec qui elle habitait en colocation sont mortes. Jusqu'au mois de mai 1944, Le Havre a subi pas moins de cent trente bombardements : c'est carrément inimaginable ! Est-ce que tu te rends compte que pendant toutes ces années, il était presque impossible d'avoir des carreaux à ses fenêtres vu qu'ils étaient régulièrement soufflés par les déflagrations et que les vitres étaient aussi difficiles à dénicher que la nourriture. Et ce fut encore pire après le débarquement, lorsqu'ils ont commencé à noyer toutes les villes importantes de Normandie sous des déluges de bombes pour faire fuir les Allemands. Tu verras, certains passages dans l'hôpital souterrain sont vraiment à la limite du supportable. Mais j'ai également trouvé ces trois feuillets pliés en quatre et glissés dans le journal. Ils ne sont pas de l'écriture de ma grand-mère et il n'y a aucune inscription qui permettrait d'identifier l'auteur.

Diane tendait les feuilles jaunies à Matteo qui comprit qu'il devait les lire maintenant. Il les déplia avec précaution. Le texte s'intitulait « Les libératueurs » :

Le Havre – mercredi 6 septembre 1944.

L'homme s'arrêta incertain. Il lui était difficile de se repérer dans ce décor...

Tout n'était que cendres et ruines dans un grossier carré de quinze cents mètres de côté. Même le tracé des rues n'était plus reconnaissable malgré les premières tentatives de déblaiement. Le déluge de bombes déversées par les bombardiers anglais pour faire capituler la garnison allemande avait successivement détruit puis incendié tout le centre historique. Les pompiers avaient éteint l'immense brasier tant bien que mal, en pompant de l'eau de mer dans le bassin du commerce puisqu'il n'y avait plus la moindre canalisation intacte. Néanmoins, la plupart des zones rasées étaient encore fumantes. Ironiquement, le seul point de repère toujours debout était le monument aux morts de la guerre 14-18. Grâce à lui, il savait qu'il se trouvait à peu près sur l'emplacement de ce qui avait été l'immeuble où il vivait avec sa femme et ses deux jeunes fils.

Machinalement, il tenta de soulever un bloc de pierre, puis d'autres en s'aidant avec de la ferraille et des linteaux de bois. Mais il s'arrêta soudain, glacé par l'apparition d'un petit bras arraché dont la main serrait encore une poupée.

Il fallait qu'il sache ce qu'il était advenu de sa famille lors du bombardement de la veille.

173

Certes, ce n'était pas le premier que subissait la ville. Depuis le début de la guerre, Le Havre avait été touché par cent trente bombardements de plus ou moins faible intensité. Mais suite au débarquement du 6 juin, les alliés utilisaient en France les méthodes de destructions qu'ils avaient appliquées jusque-là uniquement en Allemagne. Le « carpet bombing », par définition, ne s'embarrassait pas des dégâts collatéraux.

Lui-même et son groupe de résistants avaient pourtant transmis aux Anglais un plan extrêmement précis de la ville rempli de détails cruciaux sur les fortifications, les canons, les champs de mines et les différents bâtiments occupés par la garnison. Ils avaient même indiqué les emplacements des villas luxueuses confisquées par les membres de l'état-major allemand sur la côte. Pourtant déjà, le bombardement du 12 juin dernier avait détruit des centaines d'immeubles entre le centre-ville et le port qui était l'objectif principal, avec la flotte allemande. À chacun son boulot, mais il avait beaucoup de mal à comprendre qu'on puisse confondre des bateaux et des habitations...

Un papier vola au-dessus de lui. C'était un de ces tracts signés d'Eisenhower que les alliés larguaient par milliers depuis plusieurs jours pour inciter les soldats allemands à déserter.

Il le suivit du regard alors qu'il continuait son vol, quand il aperçut un homme qu'il crut reconnaitre.

— *Henri ! s'écria-t-il.*

L'homme se retourna, c'était bien Henri, un de ses compagnons résistants, mais aussi un copain d'enfance, Havrais pure souche, comme lui. À la vue de son ami, il accourut.

— *Louis ! Tout le monde pensait que tu étais mort !*
— *Non, mais c'est un vrai miracle. Jusqu'à hier, j'étais prisonnier dans l'annexe de la mairie, surveillé par ces enfoirés de la milice et au moment où ils venaient me chercher pour me conduire aux boches, les bombes ont commencé à pleuvoir. Il paraît qu'ils sont tous morts autour de moi. Je me suis réveillé il y a deux heures à l'hôpital et je suis venu tout de suite chez moi.*
— *Eh mais c'est vrai, c'est ici que tu habitais ! Et Suzanne ? Et les enfants ?*
— *Je ne sais pas...*

Sentant le désarroi de son ami, Henri marqua une pause. Mais malheureusement, il était porteur d'une terrible nouvelle.

— *Tu sais qu'on a perdu plus d'une centaine de gars ?*
— *Oh non ! s'exclama Louis, anéanti.*
— *Il y avait principalement le groupe de Jules et celui du rital. Pour échapper aux bombes, ils se sont planqués dans les caves du théâtre. Tout a flambé...*
— *Mais pourquoi ont-ils visé le centre-ville, ces cons de rosbifs ? hurla-t-il.*

— *À l'hôpital, ils m'ont dit qu'il y avait probablement un millier de morts dont la plupart ont été laissés sur place dans les rues. Et le pire, c'est qu'il n'y a pas un seul Allemand parmi les victimes puisqu'ils sont tous basés en périphérie, sur les hauteurs.*

— *Personne ne comprend ce qu'ils font. Les nôtres ont intercepté des messages : ils ont balancé mille neuf cents tonnes de bombes et malgré ça, Wildermuth ne veut pas se rendre. Tu m'étonnes, il a dû bien se marrer le colonel, bien à l'abri dans sa forteresse.*

C'est alors qu'ils entendirent un avion. Comme il ne subsistait plus un seul immeuble encore debout pour leur cacher la vue, ils l'aperçurent immédiatement survolant le port. Il s'agissait d'un Mosquito qui se dirigeait vers le nord de la ville. Soudain, le ciel s'illumina sous l'appareil qui venait de larguer une multitude de fusées éclairantes.

— *Un marqueur ! C'est un avion-marqueur ! Ils vont encore bombarder !*

Henri était paniqué alors que Louis, de son côté, ne parvenait pas à penser à autre chose qu'à sa famille. Ils entendirent des gens crier au loin : « Le tunnel Jenner ! Il n'y a que là qu'on pourra se planquer ! Dépêchez-vous ! »

Ils détalèrent, slalomant entre les débris fumants, et les dizaines de corps simplement enveloppés dans des draps

176

qui attendaient d'être inhumés dans des cimetières de fortune. Tout en courant, Louis ne pouvait s'empêcher de scruter un par un tous ces linceuls blancs, se demandant si sa femme ou ses fils pouvaient être à l'intérieur.

Ils arrivèrent rapidement en vue du tunnel routier dont la construction avait commencé en 1939. Tout avait été stoppé par la guerre mais, petit à petit, le boyau de gauche avait été aménagé en abri antiaérien qui avait maintenant atteint une capacité de sept cents places. Une foule de gens était massée à l'entrée du refuge. Ils tentèrent de se frayer un chemin mais c'était impossible. La panique était visible sur tous les visages traumatisés par l'attaque de la veille.

Un homme s'extirpa avec peine de la foule agglutinée. Son regard s'illumina à la vue des deux résistants.

— Louis, Henri ! Ça fait plaisir de voir qu'il reste des gars à nous !
— Salut, José, tu sais ce qui se passe ?
— Le tunnel est déjà plein à craquer. La rumeur d'un autre bombardement courrait depuis ce matin et comme c'est le seul endroit un peu sûr...
Une femme, invisible au milieu de l'attroupement, cria furieuse : « Entre les boches qui se sont réservé la moitié de la place et les abrutis qui ont amené leurs meubles, forcément que c'est plein ! »

— Et le boyau de droite ? demanda Luis
— L'accès est interdit, il n'est pas aménagé, ce serait trop dangereux.

— *Plus dangereux que de rester là ?*

José réfléchit un court instant.

— *Oui, tu as raison. Venez, on va dégager le passage.*

Les trois hommes contournèrent la foule avec peine et arrivèrent devant l'entrée du deuxième tunnel. Il ne leur fallut que quelques minutes pour arracher les planches qui en bloquaient l'accès, d'autant que très rapidement, d'autres hommes vinrent leur prêter main forte.

On entendit crier : « Les bombardiers ! Ils arrivent ! »

Instantanément, tout le monde se rua à l'intérieur. Certains des premiers entrés se firent piétiner lorsqu'ils s'arrêtèrent au bout de quelques mètres freinés par l'obscurité. Louis courut récupérer une dizaine de lampes de mineur qui étaient stockées à l'entrée du premier tunnel et les distribua aussi vite qu'il le pouvait. Quelques hommes restèrent avec lui pour tenter de canaliser la foule paniquée.

Soudain, il faillit chavirer lorsqu'il entendit deux petites voix l'appeler :

— *Papa ! Papa !*

Il sentit des mains qui l'agrippaient et il se retrouva plaqué au sol par ses deux fils qui pleuraient sans discontinuer.

— *Oh, mes grands, comme j'ai eu peur ! Où est maman ?*

— *C'est bon papa, elle est avec nous. Tu sais, on croyait que tu étais mort !*

L'espace d'une seconde, entre les bras de ses enfants, il put apercevoir Suzanne, sa femme, qui elle aussi était en train de pleurer.

Se retrouver ainsi par terre avec ses fils fit ressurgir en lui les magnifiques souvenirs de leurs derniers congés payés avant la guerre. À l'été 1939, ils avaient passé deux semaines entières à Saint-Jean-de-Luz. C'était la première fois qu'ils quittaient la Normandie, la première fois qu'ils se baignaient dans de l'eau bouillante comme disait Jean qui avait fêté ses huit ans le premier jour des vacances. René, le plus jeune, et surtout le plus frileux, en avait profité pour apprendre à nager. Mais Louis se souvenait surtout de leurs batailles incessantes dans l'eau et sur le sable auxquelles il adorait se mêler sous le regard tout autant désapprobateur que complice de leur mère. C'est d'ailleurs cet été qu'Henri leur avait prêté son appareil photo : Suzanne avait pris un magnifique cliché de ses trois hommes jouant sur la plage. Elle l'avait encadré elle-même et depuis, il trônait sur la commode de la salle à manger.

Il était tellement heureux d'avoir retrouvé les siens qu'il en avait même oublié que sa salle à manger n'existait plus !

179

Les premières explosions retentirent à quelques centaines de mètres vers le sud. Louis agrippa ses fils et les entraîna vers l'entrée du tunnel. Il vérifia que Suzanne suivait.

Ils furent les derniers à pénétrer dans le refuge.

Après avoir progressé de quelques mètres, ils s'arrêtèrent et il eut enfin le temps d'embrasser sa femme. Leurs yeux étincelaient du bonheur de s'être retrouvés après avoir tant pensé au pire.

— Louis, ils ont dit que tu avais été fusillé. Je croyais t'avoir perdu !

— Ne t'inquiète plus mon amour, je suis là et je ne vous laisserai plus. La guerre est presque gagnée : on va récupérer notre vie d'avant.

— Mais notre appartement ?

— On se débrouillera, on ira quelque temps à la campagne, chez ma sœur. Et puis il y aura plein de travail pour la reconstruction. On ne sera pas les seuls à repartir de zéro.

Suzanne arbora un grand sourire. Elle avait retrouvé l'homme qui l'avait séduite quinze ans auparavant : un optimiste forcené qui voyait toujours le bon côté des choses. Son prince charmant...

Une série de bombes tomba non loin et toute la zone trembla. Un étai céda et une partie du plafond s'effondra sur un vieillard qui s'était assis là, épuisé. La masse de poussière fit suffoquer tous ceux qui étaient à proximité.

On entendit alors le sifflement caractéristique de la mort qui arrivait. Après douze secondes d'une descente vertigineuse, une bombe de cinq cents kilogrammes larguée d'un Lancaster anglais termina sa course pile sur l'entrée du deuxième tunnel. La déflagration fut telle que les cinquante premiers mètres du boyau s'effondrèrent instantanément sur tous ceux qui étaient entrés parmi les derniers.

Louis, sa femme et ses fils furent de ceux-là...

Le sort de ceux qui avaient échappé à l'explosion ne fut guère plus enviable. Le lendemain matin, lorsque les secours arrivèrent enfin à creuser un accès, seuls sept survivants purent être extraits de cet enfer. Heure après heure, minute après minute, tous les autres étaient morts asphyxiés dans ce cul-de-sac qui n'avait jamais été prévu pour pouvoir les accueillir en sécurité.

Au total, ils furent 319 à périr dans ce lieu où ils croyaient être à l'abri du déluge de feu allié.

Epilogue :

Une semaine plus tard, suite à une nouvelle vague de bombardements enfin dirigés vers des cibles stratégiques, les Allemands capitulèrent.

Les alliés disposaient maintenant du grand port par lequel pourrait transiter tout le ravitaillement nécessaire à la reconquête de la Normandie, puis de la France.

Quatre-vingt mille Havrais se retrouvaient sans abri. Plus de deux mille avaient trouvé la mort... pour quatre cents pertes côté allié et guère davantage côté allemand.

Désormais, Le Havre était libre... Libre de panser ses plaies.

Ce coup-ci, Matteo ne put retenir ses larmes en repliant les trois feuillets avant de les rendre à Diane :
— C'est horrible ! Tu crois que c'est une histoire vraie ?
— J'en ai bien peur. J'ai cherché sur internet : c'est l'histoire du tunnel Jenner, aucun doute possible.
— Et les personnages ? Ils sont réels ou romancés d'après toi ?

— Je ne sais pas… Mais si on continue la lecture du journal, on voit que le 7 septembre, à l'hôpital, ma grand-mère s'est occupée d'un rescapé du tunnel, un certain Henri, peut-être l'ami de Louis, impossible d'en avoir la certitude. Ils sont rapidement tombés follement amoureux et ils ont décidé de quitter la ville qui était presque entièrement détruite pour aller s'installer à Montpellier, chez les parents d'Antoinette.

— Donc ce fameux Henri, c'est ton grand-père ?

— Non. Tout comme les autres survivants du tunnel, il souffrait d'importantes séquelles respiratoires et malheureusement, l'année 1945 a vu se succéder des vagues de chaleur de plus en plus éprouvantes. Dès le mois d'avril, les températures sont montées à trente degrés pour s'effondrer quelques jours plus tard avec même des chutes de neige. Puis, à partir de la mi-mai, c'est reparti dans l'autre sens : trente-cinq degrés et jusqu'à quarante, fin juin. Malgré tous les soins prodigués par Antoinette, Henri était trop faible pour pouvoir supporter cette folie climatique. Il est mort dans ses bras le 2 juillet 1945.

Diane avait de plus en plus de mal à parler. Matteo la sentait toute proche de s'effondrer. Il la prit par la main, en silence.

— Matteo, je veux que tu m'amènes au Havre

— Si tu veux. On pourra se faire un séjour en Normandie quand tu n'auras plus ton plâtre.

— Non, maintenant. Je veux y aller tout de suite !

— Mais tu es folle ! On ne peut pas faire de longs trajets en voiture : tu sais bien que tu dois maintenir ton pied en hauteur !

— Arrête avec tes conseils, tu n'es pas méd…

— Oui, je sais, je ne suis pas médecin, je ne suis qu'un bouseux d'infirmier, tout juste bon à te sauver la vie…

— Pardon, Matteo, ce n'est pas ce que je voulais dire.

****

Le lendemain soir.

Diane enlaça tendrement Matteo en évitant soigneusement de lui donner un coup de béquille.

— Merci de m'avoir amenée ici, mon Amour.

— Quoi de plus romantique que le port du Havre… soupira-t-il.

— Il fallait absolument que je voie tous ces lieux où ma grand-mère a passé ces terribles années. Même si quasiment tout a été reconstruit…

— Oui, je comprends. Mais maintenant, nous devrions peut-être trouver un endroit où dormir, tu ne penses pas ?

— Je ne sais pas, je crois que je serais bien incapable de fermer l'œil…

— Tu es bien gentille, mais moi j'ai conduit toute la nuit dernière… je commence à être un tout petit peu épuisé !

— Oh, regarde !

Des lumières venaient de jaillir sur la mer, au loin.

— Un feu d'artifice ! Remarque, c'est un peu normal, nous sommes le 15 août...

— Allez, s'il te plait, on le regarde et après on cherche un hôtel ! S'il te plaiiit, mon Matteo !

— Comme toujours, il soupira et accepta...

— D'après toi, c'est quelle ville, là-bas ?

— De l'autre côté de l'estuaire, je crois que c'est Deauville, non ?

— Oui peut-être bien... Attends, je regarde sur mon application.

— ...

— Ah mais en fait, ce n'est pas la direction de Deauville. C'est Cabourg !

— Cabourg... Cabourg... enfin un peu de romantisme ! lâcha-t-il dans un énième soupir.

Lorsque le bouquet final illumina le ciel, au large, Diane remercia encore son bel infirmier et l'embrassa sauvagement !

... comme dans ses rêves les plus fous !

La croûte du siècle

L'ambiance dans la petite salle de vente de Perpignan était vraiment bon enfant, très loin des enchères guindées que l'on pouvait observer dans les grandes salles parisiennes. La séance allait se terminer par un enchaînement d'une dizaine de tableaux pas très folichons dont la plupart allaient certainement partir au prix du cadre, à l'exception du premier de la série qui lui, n'était même pas encadré.

Auguste Lebrun, le commissaire-priseur, soulagé de voir la fin se rapprocher se lança sans grand enthousiasme :

« Lot numéro 241. Une toile représentant un paysage, probablement un parc. L'auteur est inconnu, nous avons juste les initiales R.A. en bas à droite. L'époque et la provenance sont incertaines, les seuls indices étant des inscriptions et un morceau de journal collé visibles au dos de la toile qui peuvent laisser penser à une origine espagnole et à l'année 1902. Estimation à cent cinquante euros. Nous allons démarrer à cinquante. »

Il était certain que personne ne voudrait de ce machin et pour gagner du temps, il répétait déjà dans sa tête l'annonce du prochain lot mais aussitôt, cinq bras se levèrent quasi simultanément.

Il était clairement désarçonné mais pour ne rien laisser paraître, il choisit l'enchérisseur le plus proche :

« Monsieur pour cinquante, cent euros, Madame, deux cents, trois cents, cinq cents, mille ici, deux mille… »

Tout le monde parmi la cinquantaine de spectateurs se demandait ce qui était en train de se passer. En à peine quelques secondes, la folie avait gagné la petite salle.

« Cinquante mille, cent mille… »

Lebrun tremblait comme une feuille en confirmant la dernière offre. Il n'arrivait même pas à calculer sa commission tellement il était tétanisé par l'émotion :

« Un million six cent mille, une fois… deux fois… ».

Norbert, son associé, hurla alors avec une voix stridente totalement incontrôlée :

« Un million sept cent mille sur internet ! »

Lebrun était pétrifié. C'était reparti !

— Deux millions pour Monsieur dans la salle
— Deux millions cent mille sur internet
— Deux millions deux cent mille
— Deux millions trois cent mille sur internet
— Monsieur ?

L'homme dans la salle baissa la tête en la hochant. Il semblait effondré.

— Nous avons donc deux millions trois cent mille une fois... deux fois... Adjugé pour deux millions trois cent mille euros !

Le commissaire-priseur était en sueur, épuisé. Il ne savait même pas s'il devait être heureux, tellement certain que cette vente n'avait rien de normal. Son précédent record personnel était à deux cent dix mille euros pour une esquisse de Joan Miró. Il l'avait multiplié par dix ! Un tel montant était tout simplement impensable pour ce truc qui ne ressemblait à rien. Où était le piège ?

******

Paul Saintonge se fraya tant bien que mal un chemin entre les gendarmes occupés à fouiller la maison. La femme de Lucien Gentil était assise dans sa cuisine, la tête dans les mains. D'infimes soubresauts laissaient transparaître ses sanglots.

— Madame Gentil, je suis désolé de tout ce qui vous arrive. Je suis le lieutenant Saintonge de l'OCBC, l'office central de lutte contre le trafic de biens culturels. Je dois vous interroger au sujet du tableau qu'a acheté votre mari.

189

Les yeux rougis, elle redressa lentement la tête :

— Mais pourquoi vous êtes tous là ? Qu'est-ce que vous cherchez chez moi ?

— Vous savez que la semaine dernière votre mari a remporté aux enchères une toile sans aucune valeur pour la somme de deux millions huit cent mille euros si on inclut tous les frais.

— Quoi ? Mais n'importe quoi ! Comment voulez-vous qu'il ait pu trouver une somme pareille ? C'est du délire.

— Nous avons contacté votre banquier. Il lui a bien octroyé un prêt de ce montant avec votre maison et la société de votre mari en garantie.

— Comment ça, la maison ? hurla-t-elle.

— Je suis vraiment désolé, Madame Gentil.

— Mais mais… il n'y a qu'à le revendre ce tableau ! Mais pourquoi l'a-t-il acheté Bon Dieu ! Pourquoi ? Pourquoi ? Mais je ne comprends rien à ce que vous me dites !

Elle s'était levée et tournoyait sur elle-même comme un automate déréglé. Saintonge ne pouvait s'empêcher d'éprouver une immense pitié pour cette femme.

— Calmez-vous, restez assise. Je vais essayer de tout vous expliquer même s'il s'agit d'une affaire très… atypique.

« Il y a un an, une analyse scientifique menée avec les méthodes les plus modernes a démontré qu'un tableau de Picasso de la période bleue, "La miséreuse accroupie" avait été peint, en 1902, par-dessus une œuvre existante d'un artiste inconnu mais probablement de Barcelone car le paysage représenté était celui du Parc au labyrinthe d'Horta situé dans cette ville. Cette publication a été mondialement reprise et est maintenant connue de tous les amateurs d'art.

Et quelques mois plus tard, sur plusieurs sites internet à tendance conspirationniste, une information est apparue de façon plutôt discrète sans se répandre davantage car jugée trop fantaisiste par les experts. Dans les années soixante, un artiste français du nom de Pierre Mielon aurait publié sa biographie en cinquante exemplaires à compte d'auteur. Dans un passage, il expliquerait qu'en 1902, alors qu'il était lui-même à Montmartre en compagnie de Picasso, celui-ci, sans un sou, n'ayant plus les moyens de s'acheter des toiles avait volé un tableau d'un autre artiste catalan, prénommé Raul pour peindre par-dessus. Ce dernier avait été mis au courant et fou de rage était venu à son tour réclamer une peinture de Picasso pour pouvoir y recréer son œuvre détruite. Pour éviter tout problème avec la police, le génie avait accepté à la condition de pouvoir poser au préalable un épais vernis sur son tableau car, persuadé de son talent, il savait que plus tard, il aurait les moyens de le racheter pour le faire réapparaître. On y apprend également qu'il aurait tenté de faire changer Raul d'avis quant au choix de la toile, ce qui tendrait à prouver qu'il y tenait et que cela pourrait donc être une œuvre majeure.

Cette histoire a déclenché des milliers d'échanges sur certains forums peu recommandables et des recherches ont été lancées dans le monde entier pour retrouver ce paysage représentant le parc d'Horta avec pour éléments principaux un petit temple romain abritant une statue ainsi qu'un pilier soutenant un grand vase. Cette œuvre mystérieuse qui dissimulerait un chef-d'œuvre de la période bleue est vite devenue l'objet d'une chasse au trésor pour initiés. Il va de soi que rien n'a pu les arrêter, pas même la possibilité que Picasso ait pu lui-même la récupérer comme il se l'était promis.

Puis, il y a un mois de cela, la maison Faber a présenté dans le catalogue d'une de ses futures ventes la photo d'un tableau ressemblant en tous points au fameux paysage, daté peut-être de 1902, signé par un certain R.A. peut-être espagnol… Cette information n'a évidemment pas été reprise sur les forums car les rares personnes au courant l'ont gardée pour eux.

Votre mari faisait partie de ces rares personnes, Madame. »

— Mais combien ça vaut un Picasso de la période bleue ?
— C'est difficile à dire, ça dépend bien sûr de la qualité de l'œuvre mais on peut donner une fourchette entre cinquante et cent cinquante millions d'euros.

« Cent cinquante millions ! »

Forcément, maintenant elle voyait très bien ce qui avait pu passer par la tête de son mari. Des étoiles apparurent dans ses yeux.

— Nous avons découvert tout ceci en interrogeant les quatre autres individus qui ont fait monter les enchères. Ils nous ont tous raconté exactement la même histoire.
— Mais pourquoi ne m'en a-t-il pas parlé ? Pourquoi ?
— Nous avons également questionné la personne qui a mis le tableau en vente. De son côté, elle a affirmé ne pas du tout être au courant.
— Forcément, sinon elle ne l'aurait pas vendu.
— Peut-être. Cependant, il y aurait également la possibilité que…
— Attendez ! Mais alors, le Picasso ? Il l'a…

Un gendarme vint brusquement interrompre la conversation :

— On l'a trouvé !

Il brandissait fièrement un tableau sans cadre sur lequel on pouvait apercevoir en partie gauche le fameux temple romain abritant une statue mais le côté droit était manquant : il avait été gratté très proprement, comme effacé par une gomme magique, laissant apparaître la toile brute…

Celle-ci était blanche… vierge… immaculée : pas la moindre trace d'un chef d'œuvre révélé. Madame Gentil comprit instantanément et lâcha un hurlement.

Le lieutenant fit un gros effort pour ne pas se boucher les oreilles et tenta de rester stoïque face à la détresse de cette pauvre femme qui venait de réaliser qu'elle n'avait plus rien. Mais il devait néanmoins enfoncer le dernier clou.

— Je dois vous avouer que je suis persuadé que la personne qui a vendu le tableau est elle-même à l'origine de cette rumeur fantaisiste d'un Picasso dissimulé et qu'elle a tout manigancé depuis le début. Mais je dois également vous dire que nous ne pouvons absolument rien contre elle. Aucune loi n'a été enfreinte. Le descriptif du lot était exact, son estimation à cent cinquante euros était justifiée. Personne n'a obligé les enchérisseurs à grimper jusqu'à cette somme complètement folle. C'est l'arnaque la plus machiavélique que j'aie jamais vue dans ma carrière et malheureusement, c'est tombé sur votre famille. Croyez bien que j'en suis vraiment désolé.

— …

Fabienne Gentil ne savait même pas quoi répondre. Elle pensait à ses enfants qui étaient chez sa mère. Elle pensait à sa maison qu'elle venait de perdre. Elle pensait au choix de son mari.

Elle n'eut pas un regard pour la civière qui emportait la house noire soigneusement refermée.

De son côté, Paul Saintonge ne put s'empêcher de jeter un dernier coup d'œil vers le mur du bureau pendant que les gars de la scientifique décollaient les morceaux de cervelle un par un pour les mettre dans des petits sachets...

Foutu métier...

Tueurs en parallèle

Insensible à la beauté des premiers rayons de soleil de la journée qui léchaient amoureusement le mur gris de l'église Saint-Geniès, Julien reposa rageusement son journal sur la petite table qui occupait un coin de la terrasse de son bar fétiche :

« Mais qu'est-ce qu'il comprend à la psychologie des tueurs en série, cet abruti ? Il aurait mieux fait de rester dans sa cambrousse, au lieu de partir étaler sa pseudo science dans une feuille de chou pour parigots présomptueux ! »

Le seul autre client de la terrasse le regarda du coin de l'œil et continua sa lecture. Pour une fois qu'on parlait de leur village dans un grand quotidien national.

Un deuxième tueur en série terrorise la région toulousaine !

Après le fameux tueur des fêtes foraines qui a violé et éventré quatre jeunes femmes l'an dernier, dans les petites villes de Tournefeuille, Lespinasse, Castelmaurou et Quint-Fonsegrives, c'est une nouvelle menace qui vient d'apparaître dans ce magnifique département de la Haute-Garonne. En moins d'un mois, ce sont trois hommes sans liens apparents qui ont été sauvagement égorgés dans un périmètre assez similaire. Le dernier a été retrouvé hier à Saint-Geniès-Bellevue, dans la caravane qu'il occupait depuis son divorce. Le meurtrier n'a laissé aucune chance à Jean-Michel Boulais, cet agent de sécurité au chômage de 48 ans. Comme pour ses précédentes victimes, il lui a tranché la gorge avec une arme extrêmement précise, peut-être un scalpel de chirurgie. Il n'aura fallu que quelques secondes au malheureux, exsangue, pour rejoindre Philippe Martel et Jacques Robert au tableau de chasse du nouveau tueur de Toulouse. Un des policiers chargés d'examiner la scène aurait parlé de vision d'horreur en évoquant les litres de sang qui tapissaient les murs et le plafond de l'abri de fortune.

Pour l'instant, la police n'a découvert aucun lien susceptible de rapprocher les trois victimes et ne dispose donc d'aucun élément sur les motivations du serial killer. On peut cependant être surpris par le court laps de temps entre chaque meurtre qui est très atypique dans ce genre d'affaires. Aurait-il engagé une compétition avec son macabre collègue ? Serait-il pressé de rejoindre le terrible score de 4 ?

Mon rôle n'est évidemment pas de créer une psychose. Néanmoins, je ne saurais trop conseiller aux hommes habitant Toulouse et sa banlieue d'éviter de se retrouver seul avec un inconnu dans les jours qui viennent. D'ailleurs, s'il s'agit vraiment d'un concours, il ne faudrait peut-être pas oublier le désormais célèbre « tueur au tournevis » qui reste aujourd'hui encore largement en tête avec ses 9 trophées glanés il y a maintenant cinq ans ! Après tout, Auch n'est qu'à une heure de voiture de Toulouse...

Fulgence Versailles

Julien fulminait encore :

« Mais il n'a qu'à faire son boulot, ce con, au lieu de raconter n'importe quoi ! En fouillant un peu, ce n'est pas difficile de savoir ce que ces trois enfoirés ont en commun. Il aurait suffi d'enquêter un minimum, minable ! Je suis sûr que les flics ont déjà découvert le lien mais qu'ils le gardent pour eux... »

Son voisin de terrasse se leva prestement. Tout le monde l'aimait bien Julien dans le village. On connaissait le drame subi par sa famille, cette terrible histoire. Mais depuis qu'ils l'avaient laissé sortir de son établissement psychiatrique, on avait tendance à l'éviter. C'est qu'il était bizarre le Julien ! La rumeur disait qu'il était atteint du syndrome d'Asperger. Souvent, il parlait dans le vide en faisant de grands gestes. Les gens d'ici avaient beau s'y habituer, son attitude pouvait parfois être effrayante. Quant à sa transformation physique, que dire ? Ce n'était clairement plus le petit Juju qu'ils avaient connu ! Pour autant, grâce à ce que lui avaient légué ses grands-parents, il vivait seul, en totale indépendance. Et même si tout le monde se demandait comment son état pouvait être compatible avec la conduite d'une voiture, il avait obtenu son permis du premier coup !

Julien se leva à son tour et rejoignit sa Mini Cooper flambant neuve. Il marmonnait toujours : « Et cette idée de concours : mais comment peut-on écrire de telles inepties dans un journal sérieux comme celui-ci ? La prochaine fois, je prendrai La Dépêche !

****

199

La fête de Villeneuve-Tolosane battait son plein. Victor adorait cette ambiance. Les barbes à papa, les machines à pièces, le tir à la carabine et toutes sortes de manèges avec leurs musiques ringardes juste ce qu'il faut.

Il finissait toujours par s'installer devant une attraction à sensation pour observer les adolescents qui riaient, et hurlaient aussi fort qu'ils pouvaient quand la nacelle tombait dans le vide. Certaines filles pleuraient même parfois. Mais ce n'étaient surtout pas celles-ci qui l'intéressaient. Pour amorcer son désir, elles devaient avoir autour de vingt ans, jolies bien sûr, mais surtout ne pas avoir froid aux yeux.

Ce genre d'endroit était vraiment idéal pour repérer les filles peu farouches...

Pourtant, après une année entière de perte de contrôle, ses pulsions avaient enfin disparu grâce à la naissance de sa fille. Sa petite Léa l'avait métamorphosé, accaparant toutes ses pensées, transformant le monstre en père attentionné. Oubliées, ces envies irrépressibles, plus besoin de résister en permanence : il était redevenu un homme normal !

Normal, jusqu'à l'arrivée de ce nouveau tueur. Normal jusqu'à ce qu'une jalousie imprévue s'empare de lui : « C'est moi le seul tueur de Toulouse, putain con ! Pas question que ce guignol vienne empiéter sur mes terres. Il croit qu'il va faire mieux que moi, peut-être ? »

L'article paru hier dans ce grand journal avait joué le rôle du catalyseur qu'il attendait inconsciemment. Victor

savait déjà au fond de lui qu'il devait repartir en chasse...
par jalousie certes, mais aussi pour le plaisir. Il se
souvenait maintenant de cette sensation incomparable...
comment avait-il pu s'en passer si longtemps ?

****

Pourtant, Julien ne souhaitait absolument pas concourir
avec le tueur des fêtes foraines, non, pas du tout !
Il voulait seulement l'éliminer...

Il exécrait les hommes qui profitaient ainsi de leur
force pour abuser des jeunes filles.
Il n'avait pas supporté d'assister, impuissant, au viol
de Sabrina, sa petite sœur. Il n'avait pas supporté les cris
de sa mère lui enjoignant de se taire quand il lui avait juré
que c'était leur propre père le coupable. Il n'avait pas
supporté qu'elle se réfugie dans la folie quand la police
était venue arrêter son détraqué de mari.
Et il ne pourrait jamais supporter la vision de sa petite
sœur adorée, les bras en croix, flottant dans la piscine où
elle avait décidé d'en finir.

Insupportable, insupportable, insupportable...

Suite à ces terribles événements, il n'avait jamais pu se
résoudre à l'absence de sa sœur. Il continuait à lui parler,
à rire avec elle. Il avait alors reçu un soutien très
réconfortant de la part d'un des policiers qui avaient
arrêté son père. Il venait très souvent le voir à l'hôpital
psychiatrique. Ils discutaient de choses et d'autres, de
l'actualité mais Julien appréciait surtout de pouvoir

disséquer avec lui les affaires judicières en cours. C'est donc lors d'une de ces visites qu'ils avaient évoqué le tueur des fêtes foraines, son profil psychologique, les raisons qui avaient pu le pousser à s'arrêter. Le flic lui avait aussi révélé quelques informations inconnues du grand public. Par exemple, il savait que pour chacun des quatre meurtres, plusieurs personnes avaient repéré un homme bizarre qui prenait des photos avec son smartphone. C'était l'avantage des fêtes foraines, on pouvait y trouver des tas de témoins potentiels. Malheureusement, si à chaque fois, ils avaient bien pu dresser un portrait-robot validé par la plupart de ces témoins, ils se retrouvaient, en fin de compte, avec quatre versions tellement différentes les unes des autres qu'elles en étaient strictement inutilisables. Quant à vouloir surveiller tous les hommes qui sortaient leur smartphone dans une fête foraine... même pas la peine d'y penser.

Ce mystère fascinait tant Julien qu'il avait d'emblée développé une obsession vis-à-vis de cet homme : il devait découvrir qui était ce violeur, il le fallait absolument ! Et quand Julien avait une idée en tête, il ne pouvait passer à rien d'autre avant d'avoir atteint son objectif...

Il avait donc fait ses propres recherches et s'était rapidement dressé une liste de suspects. Il n'avait éprouvé aucune difficulté à mener cette enquête : sa maladie comportait beaucoup d'inconvénients mais en contrepartie, son cerveau était une vraie machine à résoudre les énigmes. Certains Asperger étaient capables de prouesses mathématiques, d'autres avaient une mémoire infinie, Julien, de son côté, possédait un don exceptionnel pour créer des algorithmes.

Partant sur le principe du logiciel ANB utilisé par la police, notamment pour relancer l'affaire du petit Gregory, il avait développé son propre outil, bien plus puissant et performant car il combinait des algorithmes génétiques et des réseaux de neurones qui lui permettaient de traiter de façon automatique et dans un temps raisonnable les milliards d'informations dont il disposait. En effet, comme aucun serveur ne lui résistait, il avait réussi à pirater toutes les bases de données dont il avait besoin, en plus de celles de la police : cartes bancaires, autoroutes, caméras de surveillance, réseaux sociaux, clubs sportifs, associations, et surtout serveurs téléphoniques... Heureusement que l'hôpital était équipé de la fibre optique !

Fort de cette masse gigantesque de données, il avait effectué un immense et génial recoupement.

D'un côté, les lieux et les dates des meurtres, de l'autre, une simulation des parcours de tous les individus habitant dans un rayon de cinquante kilomètres autour de Toulouse. Dire que la plupart des gens ne connaissaient même pas la notion de « Big data »...

Au bout d'une semaine de calculs ininterrompus, son extraordinaire outil avait craché soixante-seize noms d'hommes qui avaient pu se trouver sur chacun des lieux à l'heure des crimes. Pour chacun d'entre eux, patiemment, il avait dressé un profil psychologique en fonction d'un nombre impressionnant de critères sur leur vie familiale, sociale, associative, leur état de santé (le serveur des cartes vitales était celui qui lui avait donné le plus de mal), leur parcours scolaire, et une foule d'autres choses.

Finalement, à peine dix jours plus tard, Julien n'avait conservé que cinq noms qu'il avait soigneusement recopiés sur une liste...

« Regarde bien cette liste, Sabrina. Le salaud que nous recherchons est là... sous nos yeux ! »

****

Victor adorait son métier. Il dirigeait une entreprise de fabrique de perruques. Il était très fier que ses créations aient le pouvoir de redonner confiance à des femmes malades, en grande détresse. Il s'occupait toujours personnellement de ces âmes très fragiles : il savait leur parler, les rassurer et les mettre à l'aise. Bien sûr, à part ces malheureuses qui perdaient leurs cheveux, il avait toutes sortes d'autres clients. Des théâtres, des artistes, quelques célébrités... La palette était large : jusqu'aux drag queens ! Mais pour ce genre-là, il préférait déléguer à ses employées. Il aimait trop les femmes nature.

Ce soir, il portait un modèle basique, châtain effet « broussaille » qui dissimulait parfaitement ses cheveux blancs. Une simple perruque de couleur et d'aspect différents à chacun de ses forfaits avait suffi à brouiller les pistes... pauvres couillons de flics !

****

Lorsque Julien s'était intéressé de plus près au premier suspect de sa liste, un examen plus minutieux de son emploi du temps l'avait vite innocenté pour la série de meurtres. Néanmoins, si le nom de Philippe Martel était ressorti, ce n'était pas sans raison. Cet homme était un ancien décathlonien de haut niveau dont la carrière avait été stoppée net quand il avait été accusé de viol sur une athlète polonaise pendant des championnats d'Europe. Après avoir bénéficié d'un non-lieu, il avait quitté le milieu pendant plusieurs années avant de s'installer en banlieue toulousaine et de proposer ses services d'entraîneur dans le club local d'athlétisme où il était maintenant responsable de l'équipe des cadettes.

Quand Julien s'était mis à l'observer, il avait vite compris que Martel passait beaucoup plus de temps que nécessaire dans le vestiaire avec ses élèves. Puis lorsqu'il avait essayé de discuter avec l'une d'entre elles, il avait bien senti qu'elle se bloquait et ne voulait pas parler.

Le soir même, avec un scalpel posé sur la carotide, Philippe Martel s'était montré bien plus loquace. Avant de se taire définitivement...

****

Elle n'était pas vraiment belle, mais elle avait un truc en plus. Sa chevelure rousse flamboyante... peut-être. Sa façon provocante de lever les bras lorsque la nacelle du manège tombait à pleine vitesse... sûrement. Et puis, à quoi bon savoir : de toute façon, son rire grave et cristallin à la fois l'avait subjugué en quelques secondes.

Mais plus important que tout : en descendant du Turbo Drop, elle ne s'était dirigée vers personne, elle était manifestement seule !

Victor tenait sa cible, il ne restait qu'à la ferrer.

— Il s'approcha d'elle en lui montrant son smartphone :

— Mademoiselle, si ça peut vous intéresser, j'ai pris des photos de ma sœur sur le manège et il se trouve que vous étiez dans la même nacelle : ça vous dit ? Regardez, sur celle-ci, vous êtes magnifique !

— La jeune femme toisa Victor avec un air moqueur :

— Celle-là, on ne me l'avait jamais faite ! Et je suppose que vous allez me demander mon numéro de portable pour me l'envoyer ?

— Oui, c'est plus simple. Mais si vous préférez, vous pouvez me donner votre adresse mail...

Avec un de ces grands éclats de rire qui avaient hypnotisé Victor, elle lui griffonna les dix chiffres tant convoités.

— Super, je vous envoie la photo tout de suite.

— C'est bon, je l'ai ! Et j'ai votre numéro aussi... C'est quoi votre nom ?

— Euh... Jacques, vous n'avez qu'à mettre Jacques. Et vous ?

— Eh bien, on va dire que je préfère rester discrète. Vous avez mon 06, c'est déjà pas si mal, non ?

— OK, je vais mettre « Mystérieuse », alors...

— Elle affichait un sourire radieux. Encore un tout petit coup de poignet et l'hameçon lui transpercerait la lèvre !

— Je peux quand même vous inviter à boire un verre, chère inconnue ?

— Mais... et votre sœur ?

— Ma sœur ? Ah oui, ma sœur ! Elle fait de nouveau la queue au Turbo Drop : je pense qu'on a tout notre temps. C'est une vraie mordue de ce genre d'attractions !

Il cria vers la file d'attente en brandissant son téléphone :

« Gigi ! Tu m'appelles quand tu as fini ! OK ? »

— C'est bon, on peut y aller, elle m'a vu.

La jeune femme n'avait pas réussi à distinguer la fameuse Gigi mais ne s'en formalisa pas davantage.

— D'accord, mais vite fait alors. J'allais rentrer...

— C'est vous qui décidez !

****

Pour le deuxième suspect, Jacques Robert, il ne lui avait fallu que quelques heures pour clore l'affaire. La balafre qui lui barrait la joue gauche n'avait été signalée par aucun témoin. De plus, son visage dégageait un tel air menaçant qu'il lui était strictement impossible de passer inaperçu : aucune chance qu'il soit le tueur. Par contre, en fouillant dans les dossiers médicaux de sa femme et de son fils aîné, il avait trouvé de trop nombreuses fractures. La mâchoire, le plancher orbital pour l'une ; des côtes, le nez, la pommette pour l'autre. Toutes traitées dans des hôpitaux différents : il ne fallait pas être Sherlock Holmes pour comprendre à quel genre d'homme on avait affaire...

Bizarrement, sa plus jeune fille semblait être passée entre les gouttes. Mais en creusant davantage, Julien avait trouvé un élément encore plus inquiétant que des fractures. Elle qui était une élève extrêmement brillante, toujours première de sa classe depuis la sixième, avait vu ses résultats s'effondrer au deuxième trimestre de l'an dernier. Elle avait même fini par redoubler avant que ses parents ne la changent d'établissement pour cette nouvelle année scolaire.

Il savait trop bien ce qui pouvait provoquer une telle métamorphose.

« Toi aussi Sabrina, tu le sais, n'est-ce pas ? »

C'est fou ce que les gens sont bavards avec un scalpel sous la gorge. Après lui avoir fait avouer les violences répétées sur sa femme et son fils, cela avait été une formalité de lui faire reconnaître ce qu'il faisait subir à sa fille depuis plusieurs mois. Jacques Robert s'était effondré, le visage noyé sous un flot incessant de larmes. Malheureusement, l'autisme de Julien avait beau être relativement léger, il demeurait totalement insensible aux émotions et encore plus aux larmes. Il fut juste surpris de constater qu'elles pouvaient continuer à couler pendant de longues secondes, même après la mort : il adorait apprendre de nouvelles choses.

Il restait trois noms sur la liste...

****

Victor jubilait. Sa conquête frétillait sur la chaise en plastique crasseuse de la buvette, ravie de se sentir ainsi désirée. Elle lui parla avec passion de ses études de psychologie, il lui raconta brièvement qu'il dirigeait un supermarché. Elle lui détailla tous les défauts de son petit ami qu'elle venait de larguer, il lui expliqua qu'il était divorcé depuis longtemps.

— On prend une autre bière, beauté ? Elle est passée trop vite, celle-ci !

— Je ne sais pas, je dois rentrer...

— Ne bougez pas, je vais les chercher !

D'un mouvement invisible qu'il maîtrisait parfaitement, il versa un sachet de poudre dans l'un des verres qu'il ramenait.

La discussion continua. Volubile pour elle, stoïque pour lui. Elle était impatiente de voir la suite des événements, il était impatient que son produit fasse effet. Un quart d'heure plus tard, elle lui rappela bien qu'elle devait rentrer mais elle ne contrôlait déjà plus ses paroles ni ses gestes. Il paya rapidement les consommations. Elle le suivit docilement, sans un mot, sans la moindre conscience de ce qui les entourait. Un homme parmi tant d'autres qui raccompagnait une fille bourrée parmi tant d'autres. Le camouflage était parfait.

Victor enroulait tranquillement son moulinet... Il allait pouvoir déguster sa prise.

****

Le troisième suspect possédait une particularité qui pouvait facilement expliquer l'arrêt des meurtres : il était décédé un mois après Elsa Martin, la dernière victime. Et en plus, sa présence était attestée sur les lieux au moment des troisième et quatrième crimes. Enquêter sur un mort s'avérait très compliqué pour Julien. Quant à lui extorquer des aveux...

Rien de ce qu'il avait pu découvrir sur cet homme ne l'avait convaincu, ni sur son innocence, ni sur sa culpabilité. Il l'avait donc rapidement mis de côté, quitte à y revenir plus tard, en cas d'échec pour les autres noms de la liste.

Jean-Michel Boulais était l'avant-dernier.

Sa femme avait déposé pas moins de cinq plaintes pour violence mais également pour viol conjugal. Depuis deux ans que durait l'enquête, le mari avait toujours nié. Son épouse avait cependant pu obtenir le divorce assorti d'une injonction d'éloignement.

Cette décision avait été prise la veille du premier meurtre qui s'était produit lors de la fête de Tournefeuille, là même où résidait la famille Boulais...

Après avoir été licencié à cause de l'affaire, le suspect avait enchaîné les courts séjours chez des amis, des anciens collègues, puis à l'hôtel ou en camping. Son parcours comportait de nombreux trous car, rapidement sans ressource, il avait cessé d'utiliser sa carte bancaire et était donc devenu très difficile à pister pour Julien. Mais par un hasard assez extraordinaire, il avait finalement retrouvé une trace très récente de visite chez le médecin, ainsi qu'un achat de médicaments à la pharmacie de Saint-Geniès-Bellevue : l'homme habitait dans le même village que Julien ! La coïncidence semblait trop belle, il tenait enfin le tueur.

« Je le sens, Sabrina, c'est lui ! »

Sa proie le suivait sans résistance, avec un petit rire nerveux. Victor lui mit la main dans le dos pour l'inviter à passer devant. Il put ainsi observer tranquillement sa silhouette. Sous ses collants multicolores, elle semblait avoir de jolies jambes élancées. Sa mini-jupe en cuir complétait magnifiquement le tableau : quel cul ! Rien à voir avec toutes ces filles à hanches trop larges auxquelles il s'était habitué. Certes, sa démarche était beaucoup trop chaloupée, mais rien d'étonnant avec ce qu'il lui avait donné...

Et puis, il y avait cette chevelure majestueuse qui lui tombait sur les épaules, avec ces ondulations aux sublimes reflets de feu qui...

Pris d'un doute, il accéléra soudain pour se retrouver à sa hauteur et examina discrètement son front.

Mais oui ! Elle portait une perruque ! Et peut-être même de sa fabrication. Il aurait tout le loisir de vérifier plus tard...

Quelle coïncidence ! Décidément, cette fille était faite pour lui...

Ils arrivèrent devant son fourgon qu'il avait pris soin de garer bien à l'écart de l'agitation. Après avoir vérifié que les alentours étaient déserts, il ouvrit les portes arrière et invita la jeune femme à monter. Avant qu'elle n'émette la moindre remarque, il lui expliqua :

— J'ai aidé un ami à déménager hier. Je n'ai pas eu le temps d'enlever les bâches de protection. Par contre, ce qui est sympa, c'est qu'il reste également des couvertures...

En éclatant de rire, elle se jeta dans le tas de couvertures qui semblaient étonnamment propres :

— Trop cool ! C'est tout doux ! Et puis les plastiques, c'est rigolo... j'aime bien.

À chaque sortie, il fallait presque une heure à Victor pour soigneusement installer ces protections destinées à recueillir toutes les giclures de sang. La remarque incongrue de sa future victime le fit sourire...

Mais assez perdu de temps. Il se positionna debout, les jambes écartées au-dessus d'elle, et commença à déboutonner son pantalon.

Elle se mit alors à rire encore plus fort !

****

Dans son village qu'il connaissait sur le bout des doigts, il ne lui avait pas fallu très longtemps pour découvrir la caravane dans laquelle Boulais s'était réfugié.

Il attendit la nuit pour agir.

La porte n'était pas verrouillée. L'homme dormait dans sa couchette et cria de surprise lorsque Julien lui braqua une lampe sur le visage tout en le menaçant de son scalpel. Il était tellement agité que, accidentellement, la lame l'entailla profondément avant même que Julien n'ait commencé à le questionner.

Le sang se mit à gicler tel un arroseur automatique. Boulais voulut hurler, mais aucun son ne sortit car ses cordes vocales étaient salement touchées. Une lutte inégale s'engagea. Julien qui n'était pas préparé à ce genre de situation se retrouva rapidement plaqué contre la porte des toilettes et l'homme profita de l'effet de surprise pour lui saisir le cou. Et il serra de toutes ses forces !

Julien suffoquait, ses yeux se voilaient... Il pensa : « Sabrina, s'il te plaît, aide-moi ! Sabrina... Sabrina... »

Et puis, plus rien.

La lumière du jour lui fit reprendre connaissance. Boulais était étendu sur lui, mort. Il avait fini par se vider de son sang. Il suffisait de voir l'état des murs et du plafond. Une vraie boucherie !

Et pourtant, Julien n'était pas plus avancé. Il ne trouva pas le moindre indice en fouillant la caravane. Il avait beau être persuadé que Jean-Michel Boulais était le tueur des fêtes foraines, il n'avait aucune preuve. Le bide total !

Peut-être était-il innocent... Pire, peut-être que sa femme avait menti !

« Je suis désolé, ma petite Sabrina. J'ai complètement merdé... »

Il se sentait tellement abattu qu'il ne savait même plus s'il devait passer au cinquième nom de sa liste. Ce n'est que le lendemain matin, après la lecture du journal, qu'il retrouva le moral.

« Une intuition, Sabrina... une intuition. »

****

Pour faire cesser ce rire idiot qui risquait d'ameuter le quartier, Victor se jeta sur elle et lui plaqua une main sur la bouche.

— Arrête de rire comme une bécasse, ça me coupe toutes mes envies !

Puis ses doigts partirent en exploration, remontant sous le chemisier.

— Merde, c'est pas vrai, c'est du silicone ! Putain, j'aime pas ça ! Tu fais chier !

Il s'attaqua rageusement à la jupe, puis au collant.
Sourire aux lèvres, il enfourna sa main dans la culotte de la malheureuse.

Son rictus pervers se figea instantanément.

****

Les premières étapes ne nécessitaient aucun entretien psychologique. Il avait donc foncé. Épilation, chirurgie faciale, féminisation de la voix, perruque, et pour finir, augmentation mammaire. En à peine un mois, il s'était déjà transformé. Pour la touche chirurgicale finale, il verrait plus tard... peut-être à l'étranger. Julien voulait tant ressentir ce que sa sœur avait ressenti. Il voulait être Sabrina.

Il était Sabrina.

Sa main agrippa celle de Victor qui se laissa faire volontiers, dégoûté par ce qu'il venait de toucher. Celui-ci en profita néanmoins pour saisir son couteau dissimulé dans un étui sanglé sur son avant-bras. Mais Julien/Sabrina qui avait tout anticipé lui asséna un coup violent sur le poignet, lui faisant lâcher son arme. Le bref combat intense qui s'en suivit vit les deux perruques voler mais rapidement, Sabrina prit le dessus et se retrouva à califourchon sur le dos de son adversaire, lui tenant les cheveux d'une main et lui pressant son scalpel sur la carotide de l'autre.

— Finalement, il a suffi d'un bête article de journal pour faire tomber le fameux tueur des fêtes foraines...

— Comment ça ?

— Ça fait des mois que j'étudie ta psychologie. J'ai eu l'intuition que tu ne pourrais pas résister à cette provocation... ce concours.

— Mais tu es qui, toi ?

— Et comme il n'y avait qu'une seule fête foraine ce week-end autour de Toulouse, je n'ai pas trop eu de mal à te repérer... et à te ferrer !

Connasse, connard ! Sale tapette de mes deux ! C'est moi qui t'ai ferrée ! Je les saigne les pouffes comme toi ! Je vais te...

Avec délectation, Sabrina fit lentement glisser la lame le long du cou. Puis elle tira la tête par les cheveux vers l'arrière pour agrandir l'orifice au maximum. La pression dans les artères sectionnées projeta le sang à grande vitesse sur les protections plastiques dans une splendide composition artistique. Même le bruit du liquide chaud qui s'écrasait sur les bâches lui sembla d'une harmonie irréelle...

Du beau travail, bien fait.

****

Elle ne put s'empêcher de regarder les papiers de sa dernière victime car, sur les soixante-seize noms issus du premier filtre de recherche, elle n'avait pas le souvenir d'un Victor.

Et pourtant, c'était bien son vrai prénom. Mais Victor Beffroy avait une bonne raison de ne pas se trouver sur la liste : même s'il venait passer régulièrement des week-ends chez sa sœur, à Blagnac, il résidait à Carcassonne ! Bien au-delà du cercle de cinquante kilomètres...

Dès le départ, le génie des énigmes avait pris une mauvaise hypothèse. Quelle farce !

« Autiste, transsexuelle et très conne en plus…
Il va m'en falloir du courage mon Julien ! »

Conquistadors

29 avril 1969 - Mediano, nord de l'Espagne

De l'eau jusqu'aux genoux, Eugenio regarda une dernière fois sa maison. Le lent remplissage du lac avait commencé et plus rien ne l'arrêterait. Le village où il avait toujours vécu s'apprêtait à disparaître dans les profondeurs. La place était déserte, les rues vides, les batisses abandonnées. Terminé le linge étendu aux fenêtres, les enfants criant dans la cour de l'école, les dimanches de fête après la messe : Mediano venait de mourir, assassiné par la marche du progrès.

Seul le clapotis de la pluie venait troubler cette ambiance de fin du monde.

Cela faisait si longtemps que les villageois refusaient obstinément de quitter les lieux que plus personne ne croyait à la mise en service du barrage. Mais ironiquement, les responsables de la centrale hydro-électrique avaient profité des pluies diluviennes qui tombaient depuis deux jours : « De toute façon, le village va être inondé, alors autant y aller franco et en profiter pour mettre le lac en eau ! »

Ce comportement avait beau être totalement inhumain, l'Espagne, en pleine mutation, avait absolument besoin de l'énergie produite par ces barrages qui permettaient également une meilleure régulation de l'irrigation pour subvenir aux cultures pendant les périodes de forte sécheresse. La raison d'État alliée à la nécessité de faire évoluer le pays et ses trente millions d'habitants n'avait évidemment que faire de quelques centaines de paysans qui avaient le tort de vivre au mauvais endroit.

Toute la journée d'hier et jusqu'à tard dans la nuit, ils avaient donc organisé leur fuite. Les plus chanceux avaient pu embarquer tous leurs meubles dans des camions. Les autres n'avaient emporté que le strict nécessaire. De toute façon, la plupart d'entre eux n'avaient nulle part où aller : en refusant les sommes misérables proposées pour leur expropriation, ils avaient certes sauvé la face, mais au prix d'un énorme risque sur l'avenir. Maintenant, agriculteurs sans-terre, ils devraient quémander des aides gouvernementales pour survivre. Plus que leur village, c'était leur fierté qui avait finalement pris l'eau.

Même les morts avaient été abandonnés. Plus personne n'irait se recueillir sur leurs tombes submergées. Pourtant, le dernier enterrement avait eu lieu l'avant-veille : deux jours de repos éternel, tu parles !

Eugenio ne put s'empêcher de laisser couler une larme avant d'aller rejoindre sa famille et tous les autres sur la berge du futur lac. Tous ensemble, ils allaient veiller leur vieil ami agonisant.

****

Quarante-cinq ans plus tard, à l'endroit même où il avait regardé les eaux monter, des bancs ont été installés. Vision surréaliste : comme tous les étés, la baisse du niveau du barrage laisse émerger le clocher de l'ancienne église. Eugenio sait que sa maison se trouve à cinquante mètres, vers la droite, juste là. Il revient ici régulièrement pour pleurer son village. Mais le spectacle de ce clocher qui résiste encore et encore demeure son meilleur soutien : une image persistante et inaltérable de ses racines, de son histoire…

Au même moment, à neuf mille kilomètres de l'autre côté de l'Atlantique, un homme observe lui aussi les restes de son village ressurgis des eaux. Utapai est un Indien de la jungle brésilienne, proche de la frontière bolivienne. Il est le chef d'une tribu composée d'une centaine d'âmes qui n'a jamais été répertoriée et n'a jamais entretenu le moindre lien avec la civilisation.

Le lieu où il se tient est le berceau de son peuple. Ils ont toujours vécu ici. La tradition orale fait remonter l'apparition du village à plus de cinq cents ans. Des sarbacanes aux flèches imprégnées de curare pour le gibier et le poisson, de petites parcelles cultivées pour les fruits et les légumes : rien n'a jamais pu perturber la vie de cette paisible tribu. Lorsqu'un sage meurt, sa tête est tranchée, desséchée et déposée avec toutes les autres dans le kapalaka, immense autel de bois avec son toit en feuilles de bananiers. C'est là qu'est emmagasinée toute la connaissance de son peuple depuis ses origines.

Quand les membres du conseil doivent prendre une décision cruciale pour l'avenir, ils se réunissent autour du kapalaka, fument de l'herbe à rêves, et attendent pendant des heures, parfois des jours, qu'un des crânes mystiques leur envoie un message.

Il y a six mois, ils ont bien reçu un signal de danger imminent, mais personne n'a su l'interpréter. Le lendemain, de gigantesques inondations ont submergé leur jungle. Seuls les plus vigoureux ont pu s'échapper : tous les anciens sont morts, emportés par le torrent d'eau et de boue, ainsi que deux jeunes enfants et leur mère.

Après avoir fui sur des dizaines de kilomètres, ils se sont arrêtés sur les bords du premier cours d'eau encore dans son lit et ont reconstruit un village. La vie a repris tant bien que mal malgré ce sentiment terrible d'avoir été dépossédés de leurs origines. Mais très rapidement, des hommes blancs sont arrivés par la rivière. Ils se sont mis à détruire minutieusement les berges avec d'étranges machines au bruit assourdissant. Et c'est lorsque l'un d'entre eux a voulu emmener de force la jeune nièce d'Utapai en échange d'un minuscule caillou jaune que tout a dégénéré. La bataille fut brève mais terriblement meurtrière.

Après une nouvelle fuite, ils se sont terrés des jours durant, perchés dans les arbres. C'est à ce moment que le mal est apparu. Les uns après les autres, les enfants ont contracté la fièvre. Tous sont morts en moins d'une semaine.

Surmontant la douleur et le désespoir, Utapai a nommé de nouveaux sages parmi les survivants et provoqué la tenue d'un conseil qui a duré deux jours et deux nuits. Ils ont alors décidé de revenir sur la terre originelle, car ils étaient tous d'accord sur un point : seul le kapalaka pouvait encore les sauver.

Les exploitants des grands barrages du Rio Madeira ont beau nier leur responsabilité, jamais telle catastrophe ne s'était produite avant leur édification. Tout ce qu'ils se bornent à répondre est : « L'énergie hydro-électrique est la plus écologique qui soit ! »

Grâce à ce genre d'arguments et à la corruption qui a gangréné le pays, même le barrage géant de Belo Monte a vu sa construction reprendre. Après des années de combat, le chef Raoni a finalement perdu la bataille. Mais c'est le monde entier qui a perdu cette guerre...

Utapai est bien loin de ces conflits : il ne sait même pas ce qu'est un barrage. Il a été envoyé en éclaireur sur le sol de ses ancêtres pour tenter de récupérer leur pouvoir et sauver sa tribu. Il promène longuement son regard sur la zone où se trouvait son village. La boue charriée par le torrent s'est asséchée et a tout recouvert sur une épaisseur d'environ deux mètres. Les maisons ont été emportées, les cultures ensevelies : il ne reste rien. Rien, sauf peut-être…

Le chef sourit car il sait maintenant que l'esprit de ses ancêtres a survécu : le kapalaka a résisté ! Seul son toit avec ses feuilles de bananiers émerge encore mais l'autel est toujours là, sous la terre.

L'Indien ne peut pas en avoir conscience, mais ce toit, avec ses quatre côtés très pentus, ressemble étrangement à un clocher…

****

29 avril 2029 – Épilogue

Ils sont une quinzaine d'anciens, venus célébrer les soixante ans de la submersion de Mediano. Ce devait être une fête mais le seul sujet de discussion est la disparition du vieux clocher. Jesús, le petit-fils d'Eugenio vient de remonter après avoir plongé sur le site et il leur a confirmé que les restes de l'église gisaient au fond du lac. Elle s'est effondrée sur l'ancien cimetière, probablement pendant l'hiver.

Ils sont tous bouleversés par cette nouvelle. L'un après l'autre, ils se mettent à pleurer. Jesús, les yeux embués, se dirige vers son grand-père, assis sur le banc. Eugenio ne comprend rien à ce qui se passe : il a été diagnostiqué Alzheimer deux ans plus tôt. Il se sent apaisé par ce paysage… les eaux du lac… immaculées…

Dans son village, Utapai est le dernier survivant mais il ne s'en rend pas compte car il a tout oublié de sa vie d'avant. Il exécute machinalement des gestes centenaires. Il n'est plus capable de manier sa sarbacane avec suffisamment de précision : il se contente de ramasser du maïs et des bananes mais continue ainsi, sans le savoir, à empoisonner son cerveau.

Lors de l'inondation, les flots ont arraché puis transporté les quantités énormes de mercure utilisé par les orpailleurs illégaux dans toutes les rivières des alentours. Par un hasard terrible, la plus grosse concentration a terminé son voyage ici.

Les poissons ont été contaminés, mais également les cultures. Tous les enfants nés dans les deux ans qui ont suivi la résurrection du village ont rapidement présenté des troubles neuronaux très graves qui sont venus s'ajouter à des cas de malformation tels que l'absence d'un bras ou d'une jambe. Lorsque les adultes ont commencé eux aussi à ressentir les effets de l'empoisonnement, les comportements violents se sont multipliés et les hommes les plus forts qui constituaient l'ossature du conseil des sages se sont presque tous entretués. Puis les femmes qui n'étaient pas encore devenues stériles ont refusé d'avoir d'autres enfants. La tribu s'est progressivement éteinte.

Depuis qu'il est seul, Utapai discute souvent avec l'esprit des ancêtres. Ce sont eux qui lui ont dicté le cérémonial qu'il exécute soigneusement tous les jours depuis un mois.

Chaque matin, à l'aube, il choisit un crâne dans le kapalaka, et court le fracasser en le jetant de toutes ses forces sur la pierre de feu. Il récupère patiemment les dents qu'il expédie une à une, à l'aide de sa sarbacane, le plus loin possible dans la forêt. Il regroupe ensuite les os restants dans un bol pour les réduire en poudre à coups de pilon à manioc et s'en va disperser le résultat dans la rivière.

Le mercure l'ayant peu à peu transformé en zombie, Utapai n'a pas la moindre idée de ce qu'il fait réellement. Mais, ce matin, il a bien vu que c'était le dernier crâne.

Demain, il s'occupera du sien.

Je vais à Rio...

Cela faisait maintenant dix ans que Joris avait été embauché comme mécanicien chez Air France. Il adorait son boulot et était très heureux de voir que la récente fusion au sein de la nouvelle méga compagnie Europ'Air n'avait apporté aucun changement, à part le logo sur son badge.

Ce poste à la maintenance de nuit lui avait permis de s'épanouir pleinement : son caractère solitaire, sans doute. Ce caractère qui l'avait amené à se convertir, puis à se radicaliser progressivement tout en prenant suffisamment de précautions pour être certain que personne dans la boîte ne soit au courant de son engagement, ni même de son mariage, et encore moins de son nouveau nom, Ahmed. Même dans ses rêves les plus secrets, il n'avait jamais imaginé qu'une femme pourrait vouloir de lui, mais en tant que combattant de la foi, on lui avait offert la possibilité de choisir Raïssa dans une liste de jeunes filles toutes plus belles les unes que les autres : un avant-goût du Paradis ! Aujourd'hui, le mécanicien avait l'occasion de mener à bien sa première mission. Il devait être discret : sa position clé au sein de la compagnie était une aubaine pour la cause et il devait absolument la conserver le plus longtemps possible.

Seul dans le cockpit du long-courrier, il vérifia que personne ne s'approchait et procéda rapidement à l'échange comme on le lui avait ordonné. Ahmed ne comprenait pas du tout l'intérêt de faire cette substitution car normalement ce système n'était jamais utilisé... mais il n'avait pas à réfléchir, juste agir.

****

— Vous aussi, vous avez peur en avion, n'est-ce pas ?

Sylvain Fontanel releva la tête qu'il tenait entre ses mains et vit un homme qui souriait, debout devant lui. Il n'avait pas vraiment envie de parler mais il succomba immédiatement à la sympathie qui émanait du personnage.

— Cela se voit à ce point ?
— Oui, mais rassurez-vous, vous êtes loin d'être le seul dans cette salle d'embarquement.
— Je ne suis pas certain que cela puisse me rassurer
— Excusez-moi, je suis un peu sourd, vous disiez ?
— Je disais que je m'en fous un peu de ne pas être le seul !
— Vous savez, je travaille dans l'aéronautique. En fait, la plupart des gens ont peur par simple méconnaissance des avions.
— Tout ce que je sais, c'est qu'il peut s'écraser et que dans ce cas, on n'a quasiment aucune chance d'en réchapper.

— Ah non, une fois à bord, vous ne pourrez pas vous échapper !

— Non, je disais… Oh et puis zut, ce n'est pas grave.

— Ah oui, c'est indéniable mais pour autant, même si le trafic aérien augmente d'environ cinq pour cent par an, le nombre d'accidents est en constante diminution. Savez-vous que, statistiquement, un passager prenant l'avion tous les jours devrait attendre cent vingt-trois mille ans avant de mourir dans un crash et que c'est exactement ce même nombre d'années au bout desquelles il aurait les six bons numéros du loto en jouant une grille à chaque tirage.

— C'est bien beau les statistiques mais vous en parlerez aux familles des victimes du Rio-Paris[3] !

Pour être certain d'être entendu par son interlocuteur, Sylvain avait hurlé ces derniers mots. Plusieurs personnes se retournèrent vers eux, roulant des yeux pour leur faire comprendre qu'il y a des sujets qu'on n'évoque pas dans un aéroport. Ils auraient eu des croix qu'ils les auraient brandies vers ces deux mécréants. Totalement hermétique à ce qui se passait autour de lui, l'homme répondit avec un petit air malicieux :

— Je ne voudrais pas faire du mauvais esprit mais justement, grâce à cet accident, le risque statistique diminue encore sur notre vol…

---

[3] Le 1er juin 2009, le vol 447 d'Air France reliant Rio à Paris s'est abîmé dans l'Océan Atlantique causant la mort des 228 personnes à bord de l'A330.

Une annonce retentit soudain : « Les passagers du vol Europ'Air EA714 à destination de Rio sont priés de se présenter dès maintenant pour embarquement porte L22 ». La salle d'attente du terminal 2E de l'aéroport Charles de Gaulle s'agita immédiatement et les voyageurs qui s'étaient assoupis se réveillèrent en sursaut.

Parmi eux, une jeune femme s'écria en regardant sa montre qui marquait deux heures trente du matin :

— Enfin ! Ce n'est pas trop tôt ! Trois heures de retard, bon sang, ça commence bien !

L'homme, beau comme un dieu, qui l'accompagnait l'enlaça tendrement :

— Je sais, ma chérie, je sais. Mais comme dans l'année qui vient, nous allons prendre l'avion presque toutes les semaines, j'ai peur que tu doives t'habituer à patienter dans les aéroports...

Un autre passager s'approcha soudain du jeune couple :

— Eh Matteo ! Tu te souviens de moi ?
— Vincent ! Mais c'est dingue ! Ça fait tellement longtemps ! Qu'est-ce que tu fais là ?

Les deux compères s'empoignèrent chaleureusement.

— Diane, ma chérie, je te présente Vincent. Nous étions ensemble à l'école d'infirmière.

— D'infirmière ?

— Eh oui, vu le nombre de garçons, on l'appelait comme ça.

— Donc, question filles, vous deviez avoir l'embarras du choix tous les deux, non ?

Ils se regardèrent avec un sourire complice qui en disait long.

— Ouais, bon, allez... Je ne préfère pas savoir.

Vincent désigna l'alliance de son ancien camarade de promotion :

— Vous êtes mariés ?

— Depuis un mois : nous démarrons aujourd'hui un tour du monde pour notre voyage de noces.

— Un tour du monde ?

— Oui, il se trouve que Diane vient d'hériter et...

Elle le tira sèchement par le bras, Matteo s'interrompit.

— Ça alors, c'est marrant, moi aussi, je viens d'avoir une rentrée d'argent imprévue !

— Raconte !

— Eh bien, figure-toi que j'ai gagné un million d'euros sur un ticket à gratter !

— Toi ? Un jeu de grattage ? Tu ne voulais jamais participer quand on jouait au loto avec les filles de l'école ! Tu n'arrêtais pas de nous pourrir en nous traitant de lapins de trois semaines qui engraissaient l'état.

231

— Euh oui, c'est vrai, je m'en souviens… Mais tu sais, c'est complètement dingue car c'était la première fois de ma vie que j'achetais un ticket !

— Effectivement, c'est une sacrée chance ! Et donc, tu as commencé à claquer ton pognon avec un petit voyage à Rio ?

— Non, pas du tout : pour l'instant, j'ai tout placé. En fait, chaque année, je me prévois un voyage en dehors des vacances scolaires, pendant les périodes les moins chères : ça fait dix mois que j'ai réservé ce séjour à Rio.

— C'est trop cool ! Donne-moi ton numéro de portable, on essaiera de s'organiser une soirée sympa, là-bas.

****

En attendant l'embarquement, Fulgence Versailles, le célèbre journaliste savourait une coupe de champagne dans le salon VIP. L'une des hôtesses d'accueil s'approchant discrètement lui glissa dans l'oreille :

— Je vous confirme qu'ils font bien partie de l'équipage…

Il lui répondit par un sourire. Jusqu'ici, tout se déroulait comme prévu.

****

Le remplissage de l'A330 suivait son cours. Les passagers se présentaient un par un avec leur carte d'embarquement et leur pièce d'identité.

— Bon voyage Madame.
— Bon voyage Monsieur.
— Bon voyage… euh…

Le regard de l'hôtesse fit plusieurs allers-retours entre le passeport et le visage de la passagère, plutôt jolie d'ailleurs, qui se trouvait en face d'elle. Pas de doute, la photo correspondait parfaitement. Pourtant, la pièce d'identité était au nom de Julien Combes, sexe masculin.

— Excusez-moi, je dois vérifier quelque chose.

Elle tapota rapidement sur son terminal et trouva ce qu'elle cherchait. L'hôtesse qui avait procédé à l'enregistrement avait laissé une petite note : « Controlé : TRANS ».

Avec un grand sourire, elle rendit son passeport à ce passager plutôt singulier :

— Bon voyage !

****

Tous les passagers étaient maintenant installés. Malgré l'heure très tardive, la plupart étaient parfaitement réveillés. Que l'on ait peur ou pas, le décollage est toujours un moment stressant.

Le personnel de cabine passait dans toutes les rangées pour vérifier que chaque ceinture était bien attachée.

Siège 1K – Fulgence Versailles

Grâce à ses contacts au sein de la compagnie, le journaliste avait réussi à obtenir un siège parfaitement placé, à proximité du cockpit, afin de tenter d'apercevoir Ulrich Mayer et Claude Hurlier, les deux pilotes sur lesquels il enquêtait. Son rédacteur en chef n'avait même pas tiqué quand il lui avait annoncé le prix du billet en classe affaire : depuis sa célèbre une « Vous êtes tous témoins ! », tirée à cinq cent mille exemplaires, Fulgence sentait bien que son statut avait changé. Ce n'était pas pour lui déplaire, il était certain qu'il n'aurait aucun mal à s'habituer au luxe…

Siège 3E – Julien Combes

Le jeune homme sortit sa tablette pour lancer le petit logiciel qu'il s'était codé lui-même et qui lui permettrait de localiser l'avion en temps réel. Une hôtesse lui fit remarquer en passant qu'il allait devoir l'éteindre pour le décollage puis poursuivit en souriant :

— D'ailleurs si c'est pour suivre notre position, vous avez la possibilité de le faire sur l'écran tactile, juste en face de vous !

Julien se sentit ridicule d'avoir perdu autant de temps à développer un outil déjà existant. Mais il passa vite à autre chose. Il était tellement heureux d'avoir enfin pu organiser le séjour qui allait marquer le début de sa nouvelle vie. Pour lui, le Brésil représentait le Paradis. Pas besoin d'entretien psychologique ni de test de personnalité. Dans une semaine, il aurait ce qu'on lui refusait depuis des mois en France : un vagin ! Il prendrait alors définitivement possession du corps de Sabrina…

Sièges 30A et 30B – Matteo et Diane Maldini

— Nous sommes en voyage de noces et toi, la première chose que tu trouves à faire c'est organiser une beuverie avec un pote infirmier ! C'est une blague ou quoi ?

— Diane, ma chérie, je te rappelle que notre tour du monde va durer trois cent vingt-six jours. Et là on parle d'une seule soirée… Je ne suis pas sûr qu'il y ait matière à en faire un fromage.

— Et évidemment, tu n'as pas pu t'empêcher de fanfaronner sur l'héritage !

— Mais ce n'est pas un crime d'hériter, quand même !

Le regard noir que lui lança sa femme mit fin à la conversation.

Siège 40F – Caroline Leduc

À l'arrière de l'avion, la rangée centrale ne comportait que trois sièges. Caroline était installée à droite, l'emplacement du milieu était vide et celui de gauche était occupé par un homme d'environ quarante ans qui s'affairait sur son ordinateur portable.

Des prises USB au dos des sièges, sous les écrans tactiles, permettaient aux passagers de recharger leurs divers appareils. La jeune femme essayait désespérément d'y brancher son téléphone :

— Mais c'est pas vrai ! Bon sang !

Elle refit une tentative, cette fois-ci avec le siège d'à côté mais cela ne fit qu'accroître son énervement. L'homme, dérangé par les ronchonnements insistants de sa voisine, releva les yeux de son ordinateur. Elle était vraiment très séduisante. Suffisamment en tout cas pour qu'il ait envie de s'enquérir de son problème.

— Je peux vous aider ?
— J'ai besoin de recharger mon smartphone et mon câble ne rentre pas dans ces fichues prises !
— Ça arrive souvent quand l'embout est tordu. Vous pouvez me le montrer ?
— Si vous voulez, c'est gentil. Mais je peux juste essayer quelque chose avant ?
— Oui bien sûr, allez-y.

Elle se pencha rapidement au-dessus du siège inoccupé et, sans que l'homme ait eu le temps de réagir, planta sa fiche dans un des ports USB de son ordinateur.

— Cool, regardez, ça marche ! Ça ne vous embête pas ?
— Euh… non, non.

Il était trop content de pouvoir l'aider. Il aurait ainsi un prétexte pour entamer la conversation demain matin, avant l'atterrissage.

Caroline, de son côté, savourait. Son application-espionne était en train de siphonner le disque dur de Mathieu Mangin, directeur technique chez Evergy mais surtout responsable du projet d'un futur barrage géant, sur

237

le fleuve Taparós, en pleine forêt amazonienne. Le montant qu'elle pourrait extorquer à la multinationale en échange de la non-divulgation de ces informations stratégiques dépendrait évidemment de ce qu'elle parviendrait à décrypter mais elle était plutôt confiante. Elle savait très bien que si elle transmettait ce genre de dossier aux associations de défense de l'Amazonie, le programme risquait de prendre des années de retard. La direction d'Evergy le savait aussi… Et puis quelques malheureux millions dans un projet à trois milliards : la pilule passerait sans encombre, noyée dans le budget des commissions diverses.

À mille lieues d'imaginer ce qui se tramait, Mangin était en train de peaufiner son plan drague…

— C'est très joli ce fond d'écran sur votre smartphone, c'est un Picasso ?
— Oui, bravo. Vous avez l'air de vous y connaitre !
— Période bleue, je suppose. (Il n'en savait strictement rien mais les couleurs de la toile lui avaient soufflé cette triviale déduction.)
— En effet, il s'intitule « La miséreuse accroupie »… C'est un peu mon porte-bonheur !

Siège 25A – Mathieu Boulanger

— En fait, les gens ignorent que, lors de la conception d'un avion, on prévoit toutes les pannes qui peuvent arriver. Vous savez, cet A330 avec ses deux réacteurs Rolls-Royce, eh bien même si l'un des deux s'arrête pendant le décollage, vous ne risquez rien : tout a été calculé pour que, en fonction du moment où la panne se produirait, l'appareil puisse soit décoller avec un seul moteur, soit freiner. Et figurez-vous que...

Siège 24A – Sylvain Fontanel

Ce maudit avion comptait plus de deux cents places et il avait fallu que cet emmerdeur se retrouve juste derrière lui ! Cet homme avait bien sûr de très louables intentions mais, apparemment, il ne comprenait pas que lorsque qu'on a une telle phobie de l'avion, on est dans l'incapacité d'écouter sereinement ce genre de discours, ni quoi que ce soit d'autre. Le cerveau de Sylvain passait progressivement en mode panique, il n'était déjà plus en mesure de déchiffrer correctement les sons. Les paroles de son voisin de derrière se transformaient en un bruit insupportable comme un tambour de machine à laver dans lequel on a oublié un briquet. Il en venait même à souhaiter que le décollage se déroule au plus tôt pour que ce zouave se taise enfin. Pourtant, il savait que, dès que l'accélération se ferait ressentir, son ventre allait se tordre dans tous les sens, son corps entier transpirer à l'excès et les veines de son cou se gonfler à en éclater…

Le pire, c'est qu'il n'osait pas lui demander d'arrêter de peur qu'il comprenne le contraire à cause de son insupportable surdité.

Siège 30K – Mohammad Younes al Janabi

L'homme s'amusait des regards fuyants que les autres passagers lui portaient. Même s'il arborait un costume occidental impeccablement taillé, son crâne rasé et sa longue barbe faisaient immanquablement penser à un terroriste islamiste. Il l'avait d'ailleurs volontairement laissée se transformer en broussaille pendant les dernières semaines : avec ce physique, il serait forcément pris au sérieux lorsqu'il déciderait d'agir. Il vérifia encore une fois qu'il avait bien programmé l'alarme sur son smartphone et ferma les yeux pour dormir…

Dans le cockpit – Les commandants de bord Claude Hurlier et Ulrich Mayer, le copilote Jean-Jacques Bertolli

— Jean-Jacques, tu pourras aller roupiller après le décollage, on va gérer Ulrich et moi. Il faudra juste que tu te réveilles dans cinq heures avant qu'on atteigne le pot au noir[4].

— OK, pas de souci les gars, je programme l'alarme sur mon téléphone répondit celui qui occupait le siège central situé à l'arrière du cockpit.

Bertolli était l'un des seuls pilotes à accepter de travailler avec les deux parias :

— Alors ça y est : ils vous ont mis à un seul aller-retour par mois ?

— Oui, de toute façon, ils ne peuvent pas nous en donner moins sans nous faire perdre la qualification sur A330 !

— C'est combien le minimum ?

— On doit faire chacun au moins trois décollages et trois atterrissages dans un intervalle de quatre-vingt-dix jours. Donc, chaque mois, je pilote une rotation à l'aller, Ulrich au retour et on est bon.

— J'ose à peine imaginer votre taux horaire !

— Ah ah ! Gros jaloux !

---

[4] Zone de forte turbulence météorologique située au milieu de l'Atlantique et proche de l'Équateur. Depuis l'accident du vol Rio-Paris, la plupart des compagnies aériennes imposent la présence de trois pilotes dans le cockpit pour la traverser.

****

De l'autre côté de la cloison, Fulgence Versailles feuilletait son carnet et repassait un à un tous les éléments de son dossier.

Après que toutes les charges contre les deux pilotes avaient été abandonnées faute de preuves suffisantes, que ce soit pour le meurtre ou le viol de la jeune hôtesse Martine Costa, ils avaient saisi les prudhommes pour être réintégrés chez Europ'Air qui les avait licenciés suite aux événements survenus au siège de la compagnie. Et, tout comme la justice civile, le tribunal des prudhommes leur avait donné pleinement raison.

Ils étaient donc revenus à leur poste au sein d'une entreprise où quatre-vingt-dix-neuf pour cent des salariés refusaient ne serait-ce que de les croiser dans un couloir. Les responsables des plannings de vols s'étaient rapidement arraché les cheveux car, en tant que pilotes long-courriers, les deux hommes devaient forcément faire partie d'un équipage de trois voire quatre pilotes. La seule solution qu'ils avaient trouvée était de les faire voler le minimum règlementaire, et toujours ensemble. Restait ensuite à s'arranger pour les mettre sur un trajet pas trop long pour pouvoir se contenter d'un seul autre pilote supplémentaire qu'il fallait dénicher parmi les rares qui acceptaient cette « collaboration ». Un vrai casse-tête !

Mais si le journaliste avait été recontacté par des membres de la compagnie, ce n'était pas uniquement pour évoquer ces problèmes d'organisation. Non, la véritable raison de sa présence à bord était qu'ils avaient osé recommencer ! Un mois auparavant, dans le même hôtel que la dernière fois, lors de l'escale à Buenos Aires, une jeune hôtesse avait été droguée et abusée par les deux monstres. Mais malgré l'insistance de ses collègues, elle n'avait pas voulu porter plainte en les prenant à témoin : « Vous avez bien vu que ça ne sert à rien ! Et puis je n'ai pas envie de finir dans un ascenseur ! ».

Fulgence posa son carnet sur le siège libre à côté du sien car une des hôtesses qui connaissaient la raison de sa présence à bord venait de s'approcher en lui tendant un bout de papier :

— Je vous ai mis le nom de l'établissement où nous allons séjourner pendant l'escale. On vous y a réservé une chambre.
— Merci beaucoup. Dites, je peux vous demander quelque chose ?
— Oui bien sûr !
— Cet homme un peu âgé, là-bas, au quatrième rang : sa tête me rappelle quelque chose mais je n'arrive pas à me souvenir où je l'ai vu...

Elle répondit en souriant :

— C'est Paolo Vivone, le célèbre musicien, vous savez celui qui a composé la bande originale du film sur Mozart !

— Mais oui, bien sûr ! Merci !

— Il se trouve d'ailleurs que notre compagnie utilise certains de ses thèmes pour l'habillage sonore en cabine et dans toutes ses publicités.

— C'est vrai, maintenant que vous me le dites…

— Eh bien, il paraîtrait qu'il nous en a cédé les droits contre la possibilité de voyager gratuitement sur nos lignes, à vie ! Et en première classe !

— Ah quand même ! répondit le journaliste en repensant au prix de son billet.

L'hôtesse conclut avec un clin d'œil :

— Si je peux me permettre… il ne se prend pas pour de la merde, celui-là ! Quel con ! Heureusement qu'on a aussi des passagers comme vous ! Mais chut… ça reste entre nous…

****

L'A330 avait débuté le roulage pour rejoindre le seuil de la piste 27 L.

— Regardez l'aile : vous voyez cette partie qui se déploie à l'avant, ce sont les becs et à l'arrière, vous avez les volets. Lorsqu'ils sont sortis comme ceci, c'est comme si l'aile était plus grande. Cela permet à l'avion de voler plus lentement pour les phases d'atterrissage et de décollage : environ deux cents kilomètres à l'heure, alors qu'en croisière nous irons jusqu'à neuf cents kilomètres-heure !

Maintenant qu'il était assis avec sa ceinture attachée, Mathieu Boulanger ne pouvait plus parler à son sympathique voisin de devant. Il s'était donc rabattu sur un Brésilien pure souche qui se trouvait à sa droite et qui ne comprenait pas le moindre mot de français...

— Regardez, je vous dis, en plus nous avons la chance d'être à la meilleure place pour observer les ailes. Vous voyez ce petit triangle noir au-dessus de notre hublot ? Et bien, cela marque l'emplacement du siège Shatner, qui s'appelle comme ça car, en 1963, dans un épisode de la Quatrième Dimension intitulé « Cauchemar à 20 000 pieds »...

Sylvain Fontanel, de son côté, était à la limite de la syncope et n'était plus vraiment conscient de ce qui l'entourait. Finalement, ce n'était pas plus mal car il ne ressentit même pas la montée en poussée des moteurs suivie de l'accélération.

******

Dans le cockpit, la voix synthétique du système annonça en anglais « V1 », Ulrich confirma instantanément par un « Go » : Claude Hurlier savait que maintenant il devait continuer le décollage quoiqu'il advienne. Un court instant plus tard, lorsqu'il entendit l'Allemand qui lançait « Rotate », il tira tranquillement sur le mini-manche pour lancer la rotation de l'avion. Ce n'est qu'une bonne dizaine de secondes après que les roues quittèrent le sol.

Tout en activant la rentrée des trains, Ulrich hurla à son collègue :

— Putain Claude, tu le fais exprès ou quoi ? Ta rotation est beaucoup trop lente ! On a eu deux séries de formation pour ça : ce sont des mauvaises habitudes, il faut les changer sinon, un jour on arrivera au bout de la piste avant d'avoir décollé ! Souviens-toi de Bogota ![5]
— Arrête ton cirque Ulrich, Bogota, c'était sur un A340 !
— Tu sais très bien que c'est pareil sur un A330 !
— Tu sais très bien que non ! On a plus de marge !
— Je m'en fous, c'est la procédure : tu dois la respecter !

---

[5] Incident survenu le 11 mars 2017. Un A340 d'Air France décollant de Bogota a franchi le bout de la piste à seulement un mètre cinquante de hauteur. Suite à l'analyse de cet événement et plusieurs autres similaires, la compagnie a mis en place une campagne spécifique de formations pour sensibiliser ses pilotes sur l'importance d'avoir une cadence de rotation soutenue lors du décollage.

— Eh oh, ça va, la Luftwaffe ! Tu m'emmerdes avec tes procédures à la con ! Tu comptes m'apprendre à piloter, peut-être ?

****

La montée suivait tranquillement son cours. Maintenant que le décollage était passé, presque tous les passagers s'activaient à trouver la meilleure position pour s'endormir. À l'abri des regards, le troisième pilote, après avoir descendu l'escalier menant à la soute, s'étendit confortablement dans une des couchettes de l'espace de repos réservé à l'équipage.

Sylvain Fontanel, lui, ne cherchait pas le sommeil : il voulait juste que cette insupportable douleur aux oreilles disparaisse. Il avait beau tenter de se les boucher en y enfonçant ses auriculaires aussi loin qu'il le pouvait, rien n'y faisait. Il souffrait atrocement. Il sentit alors des mains lui saisir les bras pour les écarter. Mathieu Boulanger, tout sourire lui expliqua :

— C'est un problème de mauvais équilibre de pression entre l'intérieur de votre crâne et l'extérieur. Comme nous montons, la densité de l'air diminue, même si à l'intérieur de la cabine, la pressurisation de l'avion permet d'en atténuer l'effet. Vous devez également réduire la pression dans votre tête comme avec la soupape d'une cocotte-minute. Bouchez-vous le nez, fermez la bouche et soufflez.

Sylvain avait tellement mal qu'il écouta le savant de service sans rechigner et suivit ses consignes à la lettre. Il souffla fort à s'en faire couler des larmes et à peine avait-il ressenti un énorme craquement dans ses oreilles que la douleur disparut comme par magie.

Il se retourna vers son voisin de derrière et lui fit en souriant un signe du pouce vers le haut.

La cabine s'enroba soudain d'une lumière bleutée pour signaler qu'il était l'heure de dormir à Rio et qu'il valait mieux s'y adapter dès maintenant pour résister au décalage horaire (moins trois heures en ce mois de novembre). Très rapidement, seul le bruit sourd et relaxant des moteurs se fit encore entendre.

C'est dans cette quiétude feutrée que le vol EA714 volait vers son destin...

****

Huit heures du matin, heure française (cinq heures à Rio) : Jean-Jacques Bertolli éteignit prestement son alarme au cas où un membre du personnel de cabine dormirait dans une couchette à proximité. Il alla se passer un petit coup d'eau sur le visage et entreprit de rejoindre le cockpit.

À la même heure exactement, le téléphone qui vibrait dans la poche intérieure de sa veste réveilla Mohammad Younes al Janabi. Il avait dormi comme un bébé et se sentait en pleine forme pour la fin du voyage !

****

— Alors ? Vous vous en êtes sortis sans moi, les filles ?
— Nickel ! Tu sais, maintenant avec Ulrich, nous sommes un peu comme un vieux couple, à s'engueuler tout le temps mais sans pouvoir se passer l'un de l'autre...
— Je vois, si vous avez besoin d'intimité, je peux vous laisser !
— Nein, il faut être trois dans le cockpit pour traverser les turbulences !
— Mais bien sûr mon Ulrich chéri, ne t'inquiète pas, on va la suivre la procédure ! Jean-Jacques, reste avec nous : GROUPIR !

Le copilote éclata de rire sans que l'Allemand ne puisse comprendre pourquoi. Décidément, il adorait voler avec ces deux lascars…

Soudain, un appel de Nicole, la chef de cabine retentit dans les casques des trois hommes :

— Commandant, commandant ! IL Y A UNE BOMBE DANS L'AVION !

****

Profitant du sommeil quasi général dans la cabine, Mohammad avait pu coller un petit pain d'explosif sur son hublot sans être inquiété. Deux fils électriques, un rouge et un bleu, étaient plantés dedans pour aboutir à son smartphone. Celui qui venait de se révéler comme étant un terroriste souleva le détonateur improvisé au-dessus de sa tête et hurla aussi fort qu'il le pouvait :

« Dans cinq minutes, ça va exploser ! Si vous essayez de m'arrêter, je déclenche la bombe tout de suite, si vous tentez d'arracher les fils, elle sautera toute seule ! Tout ce que vous pouvez faire, c'est prier avec moi pour tous mes frères syriens : ALLAHOU AKBAR ! »

Des cris fusèrent parmi tous les passagers qui étaient suffisamment proches pour entendre son discours. Sans qu'il fasse le moindre geste pour les retenir, les voyageurs qui étaient assis à proximité de la bombe se levèrent pour s'éloigner. La plupart d'entre eux se précipitèrent vers l'avant de l'avion ce qui eut pour effet de généraliser la panique dans toute la cabine. Seuls un homme et une femme qui avaient probablement des bouchons de très bonne qualité dans les oreilles continuaient paisiblement à dormir sur leurs sièges situés juste derrière le hublot piégé.

Diane et Matteo qui se trouvaient sur la même rangée que l'homme, mais côté opposé, se serrèrent l'un contre l'autre sans quitter leurs places. Sur l'écran de son téléphone que l'islamiste brandissait toujours à bout de bras, de gros chiffres rouges marquaient le compte à rebours qui venait de commencer. Il restait quatre minutes et trente-quatre secondes avant l'explosion. Les ongles de Diane transpercèrent la main de Matteo.

04:34

— Sur le hublot, vous dites ?
— Oui commandant, siège 30K, Mohammad Younes al Janabi : il a collé une espèce de pâte au milieu du

251

hublot et elle est reliée à son téléphone par des fils. Je vois le décompte d'ici : il reste quatre minutes trente.

— OK, merci, ne bougez pas et attendez nos consignes !

— Puis, s'adressant à ses deux collègues :

— Les gars, vous en pensez quoi ?

— Rien qu'avec un nom pareil, on n'aurait jamais dû l'accepter à bord.

— Merci, Jean-Jacques, mais avec le temps qu'il nous reste, on va peut-être essayer d'être un peu plus productif…

— Si le hublot cède à cette altitude, la décompression va désintégrer l'avion.

— Ulrich a raison, il faut descendre !

— Tout le monde est d'accord ? Descente d'urgence ?

— Pas à discuter, c'est la meilleure solution, même si ça explose entre temps.

— OK, on y va ! Jean-Jacques, tu t'occupes de joindre l'ATC[6] et de lancer un MAYDAY[7], Ulrich tu monitores tous les paramètres. Mais avant tout, vous mettez vos masques à oxygène !

Les trois hommes saisirent chacun le masque qui se trouvait à proximité et le fixèrent soigneusement. Ils savaient que c'était vital en cas de dépressurisation. Claude Hurlier activa également un bouton au-dessus de sa tête pour déclencher la descente des masques dans la cabine, pour les passagers et les membres de l'équipage.

---

[6] Air Traffic Control : l'organisme de contrôle aérien qui gère la zone où évolue l'avion.

[7] Message de détresse : contraction anglicisée de l'expression française « Venez m'aider »

— Je programme dix mille pieds pour la fin de la descente. À cette altitude, la structure devrait pouvoir résister à l'explosion. J'accélère vers MMO[8]. Et je sors les airbrakes[9] ! C'est parti, accrochez-vous ! On va le niquer, Mohamed !

03:53   Altitude : 35 000 pieds[10]

La sortie des masques amplifia encore la panique. Mais que dire de la soudaine mise en descente ? Des cris éclatèrent dans tous les coins. Ils avaient l'impression d'être lancés dans la pente vertigineuse d'une montagne russe.

Mohammad qui continuait à haranguer les passagers, debout devant son siège, fut déséquilibré et bascula sur le côté. Dans sa chute, il lâcha son téléphone qui se retrouva sous la rangée et glissa brusquement vers l'avant entraîné par la forte inclinaison. L'instant d'après, l'appareil

---

[8] Mach Maximal Opérationnel : vitesse maximale autorisée sans risque sur la structure de l'avion.

[9] Aérofreins : surfaces mobiles sur l'aile qui, en se déployant, dégradent fortement l'aérodynamique de l'avion et lui permettent donc de descendre plus facilement et plus vite.

[10] Pour avoir l'altitude en mètres, il suffit de diviser par 10 et multiplier par 3 : 35 000 pieds = 10 500 mètres

émergea au niveau de l'issue de secours et s'arrêta net, stoppé par la tension des deux fils électriques.

Les rares passagers qui avaient observé la scène tournèrent immédiatement leur regard vers le hublot, persuadé que les fils allaient lâcher et provoquer la destruction de l'avion. Mais pour l'instant, la fixation tenait bon… Pour combien de temps ?

Diane prit le bras de Matteo :

— Je m'occupe du téléphone et toi du bonhomme ! Je t'aime.

Ils se détachèrent prestement tous les deux et coururent vers leurs objectifs respectifs.

03:03   Altitude : 31 000 pieds

Claude Hurlier ajusta la vitesse, passant de Mach 0,86 à 330 nœuds[11] pour rester dans les limites acceptables.

— Ulrich, tous les paramètres sont OK ?

---

[11] La vitesse d'un avion peut être donnée soit en nombre de Mach (Mach 0,86 = 0,86 fois la vitesse du son) soit en vitesse indiquée par rapport à l'air (en nœuds comme pour les bateaux : 330 nœuds = 610 kilomètres à l'heure). Le suivi de vitesse en Mach est réservé aux altitudes les plus hautes.

— …

— Ulrich, bordel, les paramètres !

Se tournant vers son collègue, il aperçut celui-ci, la tête en avant, inconscient, le corps retenu uniquement par sa ceinture de sécurité. À travers le masque il distingua parfaitement les yeux fermés de son ami.

— Jean-Jacques ! Occupe-toi d'Ulrich, il a fait un malaise !
— Je m…

La tête du troisième pilote bascula elle aussi vers l'avant…

Malgré son immense expérience, le commandant Claude Hurlier sentit tous ses muscles se contracter tandis que la panique l'envahissait :

— Putain de putain de p… !

02:25   Altitude : 28 000 pieds

Diane avait récupéré le téléphone et le tenait délicatement tout en tentant d'apercevoir l'issue du combat entre Matteo et le terroriste.

Sylvain Fontanel avait l'impression que sa tête allait éclater. La douleur aux oreilles était si intense et sa mâchoire tellement crispée qu'il n'arrivait même pas à parler. Derrière lui, Mathieu Boulanger lui criait :

— Avalez ! Avalez ! Il faut remonter la pression à l'intérieur de votre crâne !
— Avaler ? Mais avaler quoi ?
— De l'air ou même votre salive ! Ne vous arrêtez surtout pas !

Les hurlements de certains passagers couvrirent les paroles de l'expert en aéronautique : l'islamiste avait réussi à planter un doigt dans l'œil de Matteo et s'était dégagé de son emprise. Il descendit calmement l'allée et se dirigea vers Diane avec un sourire moqueur :

— Vous avez retrouvé mon téléphone ? C'est trop gentil !

 **Altitude : 21 000 pieds**

La jeune femme n'hésita pas un instant. Elle déposa délicatement le smartphone sur le siège devant elle, s'assurant que les fils n'étaient pas trop tendus. Une fois certaine qu'il ne glisserait pas, elle courut vers l'avant de l'appareil en hurlant :

— Éloigne-toi Matteo, ça va péter !

Mohammad, sans se presser, toujours souriant, reprit son téléphone et en faisant tranquillement passer les fils au-dessus des sièges, entreprit de regagner sa place.

Au même moment retentit l'annonce de la chef de cabine qui demandait à tous les passagers d'enfiler leur gilet de sauvetage…

00:21   Altitude : 17 000 pieds

À la vision du compte à rebours qui arrivait à son terme, quelques passagers arrachèrent leur masque à oxygène et coururent vers l'avant de l'A330 pour s'éloigner de la bombe, les autres se disaient qu'ils devaient absolument rester à leur place car, sans masque, ils n'avaient aucune chance de survivre à l'explosion imminente.

Ceux qui avaient choisi de se déplacer parvinrent au niveau des premières rangées en hurlant « Ça va sauter ! ». Fulgence Versailles regarda plusieurs hôtesses qui s'étaient regroupées non loin de lui et il vit la terreur dans leurs yeux.

En un instant, tout le monde se mit à envisager sa propre mort…

00:01   **Altitude : 15 000 pieds**

Mohammad Younes al Janabi observa paisiblement le décompte parvenir à sa fin. Il exultait en scrutant les regards horrifiés des voyageurs autour de lui. Au moment même où les quatre zéros apparurent simultanément, tous fermèrent les yeux en grimaçant et puis…

****

Lorsque Mathieu Boulanger rouvrit les yeux, tout étonné d'être encore assis sur son siège, il vit le terroriste qui, après avoir brutalement arraché les fils électriques, était en train de décoller la pâte du hublot. Il en attrapa un petit bout et, à la stupéfaction générale, le fourra dans sa bouche :

— Quelqu'un en veut ? Chewing-gum à la menthe douce... très bon. Ça me rappelle le pays... Mmmmm !

La surprise passée, deux hommes se précipitèrent sur lui et le saisirent sans ménagement :

— Il faut quelque chose pour l'attacher ! cria l'un d'eux.
— Chérie, envoie-moi tes bas de contention de rechange !

Un autre passager s'écria :

— Bonne idée, je vous donne les miens également !

En un rien de temps, le faux terroriste se retrouva saucissonné et allongé sur une rangée de sièges.

La nouvelle se répandit dans tout l'avion comme une traînée de poudre et au même moment, comme l'avait programmé Claude Hurlier au début de la descente, le pilote automatique rétablit tout doucement l'A330 avant de rejoindre progressivement l'altitude de dix mille pieds.

Entre l'absence d'explosion et la fin de la chute infernale, les rires succédèrent rapidement aux larmes et, conscients de ce qu'ils venaient de traverser, tous les passagers se mirent à congratuler leurs voisins. Les gens se prenaient dans les bras, des applaudissements fusaient. Même les hôtesses prenaient part aux réjouissances : tout le monde était simplement heureux d'être encore en vie !

La chef de cabine appela sans attendre le cockpit pour les prévenir :

— Commandant, finalement, il s'agissait d'une fausse alerte, la bombe était factice. Quelles sont les…

Profitant des scènes de joie, un passager de classe affaires, qui imaginait sans doute que le prix de son billet lui donnait plus de droits que les autres, se colla contre elle et l'embrassa fougueusement tout en lui plaquant une main sur les fesses. Fulgence Versailles se précipita pour l'aider mais la jeune femme n'eut pas besoin de lui : d'un coup de genou là où ça fait le plus mal, elle plia en deux son agresseur qui s'écroula sur le sol en gémissant.

— Waouh, vous m'impressionnez !
— La compagnie a mis en place des cours de self-défense pour toutes les hôtesses suite au drame de Martine Costa…

— Efficace en tout cas : si jamais cet individu vous cause le moindre souci, ne vous inquiétez pas, je témoignerai en votre faveur.

— Merci Monsieur Versailles.

****

Mathieu Boulanger devait être le seul à ne pas partager l'allégresse générale. Cela faisait bien quinze minutes qu'il avait appuyé sur le bouton situé au-dessus de sa tête pour appeler un membre du personnel de cabine. Son regard ne quittait pas l'aile qu'il apercevait parfaitement à travers le hublot.

— Mais qu'est-ce qu'ils font ? Pourquoi ne rentrent-ils pas les aérofreins ? Et pourquoi on ne remonte pas ?

Sylvain Fontanel, comme la plupart des passagers, avait les tympans percés et du sang qui dégoulinait par les oreilles mais lui aussi ne pensait qu'à congratuler ses voisins. Voyant que son emmerdeur préféré ne se joignait pas aux festivités, il changea de place pour s'assoir à côté de lui :

— Eh bien, mon ami, qu'en dites-vous ? Tout est bien qui finit bien, pas vrai ?

— Il faut qu'on remonte !

— Bien sûr, bien sûr. Mais je dis : tout est bien qui finit bien !

— Entre la faible altitude, la vitesse excessive et les aérofreins toujours sortis, la consommation est sans doute multipliée par dix ou vingt !

— JE VOUS DIS QUE…

Sylvain s'interrompit. De fait, dans ces conditions totalement anormales, le bruit de l'A330 était assourdissant. Ajouté à ses tympans perforés, il n'était pas certain d'avoir parfaitement compris ce que lui disait son voisin :

— Comment ça, multipliée par vingt ?

— Boire du vin ? Mais vous n'y pensez pas : si les pilotes ne font rien, nous allons très vite tomber à court de carburant ! Écoutez le boucan des moteurs, ils doivent être proches de leur poussée maximale afin de compenser la traînée des airbrakes ! On ne peut pas continuer comme ça !

Comme pour confirmer ses dires, l'avion se mit soudain à vibrer très fort, provoquant l'ouverture de tous les coffres à bagages les uns après les autres.

Sylvain saisit soudain l'expert par le bras et l'entraîna avec lui en faisant bien attention d'éviter la multitude de sacs et de valises qui tombaient un peu partout. Ils arrivèrent très vite au niveau des premières rangées où Nicole aidée par Fulgence Versailles installait son harceleur dans un siège.

Désignant son expert de voisin, Sylvain s'adressa à eux :

— Vous devez écouter cet homme, il est ingénieur en aéronautique : il doit parler au pilote !
— Monsieur, je sais que les circonstances sont spéciales mais ce n'est absolument pas le bon moment !
— Mais si nous continuons à voler comme ça, nous serons bientôt à sec !

L'hôtesse afficha son plus beau sourire, celui qui servait à rassurer les passagers stressés :

— Calmez-vous, le commandant a les choses bien en main.
— Mais pourquoi ne remonte-t-il pas ? Et pourquoi laisse-t-il les freins sortis ? Vous voyez bien que ces vibrations ne sont pas normales !

Mathieu Boulanger l'interrompit :

— Pas les freins, les aérofreins : nous sommes en train d'épuiser notre carburant, Mademoiselle, il faut absolument rentrer les aérofreins !

Lors de sa déjà longue carrière, la jeune femme avait eu l'occasion d'assister à des formations de sensibilisation à l'aéronautique et elle comprit immédiatement. Elle se dirigea vers l'interphone :

— Commandant ? Vous m'entendez ?
— …

— Commandant ?

Fulgence Versailles vint se joindre à la petite troupe :

— Que se passe-t-il ?
— Personne ne répond dans le cockpit !
— C'est une blague ?

Il fallut moins d'une minute pour que toute la cabine soit au courant. Mohammad, que personne n'avait voulu bâillonner, hurla avec satisfaction :

— Ils ne répondront pas ! Les morts ne parlent pas ! Et vous aussi, vous allez mourir ! Nous allons tous mourir ! Ah ! Ah !

L'homme savait à présent que son plan avait fonctionné : grâce à la réaction des pilotes qui avaient entamé une descente d'urgence exactement comme il l'avait prévu, les bonbonnes de monoxyde de carbone que Joris avait installées dans le cockpit à la place de celles d'oxygène avaient joué leur rôle à la perfection. En inhalant à fond ce poison inodore, les trois hommes étaient morts en moins de deux minutes. Tout ça grâce à un fil bleu, un fil rouge et deux paquets de chewing-gum qui avaient bien entendu passé les contrôles de sécurité sans le moindre problème…

Et maintenant, leurs cadavres étaient enfermés : inaccessibles derrière la porte blindée qui gardait l'entrée du poste de pilotage comme la règlementation l'imposait sur tous les avions commerciaux depuis le 11 septembre 2001…

******

Mathieu Boulanger s'adressa à Nicole :

— Il faut que vous ouvriez la porte !

Fulgence Versailles lui répondit sur un ton très agressif :

— Mais vous savez bien qu'on ne peut pas : sinon, le vol de la Germanwings[12] ne se serait jamais crashé !

Les yeux de l'expert et la chef de cabine se croisèrent puis, tout en acquiesçant du regard, Nicole se dirigea vers le digicode situé à côté de la porte.

Elle expliqua au journaliste :

---

[12] Le 24 mars 2015, le copilote Andreas Lubitz de la compagnie allemande Germanwings s'est enfermé dans le cockpit et a programmé volontairement la descente de son A320 pour qu'il finisse par s'écraser contre un massif alpin provoquant la mort des 150 occupants. Personne n'a réussi à ouvrir la porte pour pouvoir l'en empêcher.

— Il existe un code de secours qui permet de solliciter l'ouverture de la porte. Si personne dans le cockpit ne refuse la requête, alors le déverrouillage s'obtient au bout d'une minute. Dans le cas d'Andreas Lubitz, il se trouve qu'il a systématiquement rejeté toutes les demandes. C'est la raison pour laquelle elle est demeurée fermée jusqu'à la fin… C'est bon, j'ai composé le code : désormais, il faut attendre et prier pour que cela fonctionne !

— Il vaudrait mieux que ça marche car je viens de faire quelques calculs et en prenant en compte notre vitesse trop grande, notre altitude de vol trop faible et le fait que les airbrakes sont maintenant sortis depuis vingt-sept minutes, d'après moi nous allons tomber en panne sèche d'ici peu.

Tous se retournèrent vers Sabrina qui venait de les rejoindre avec sa tablette à la main.

La chef de cabine qui avait jeté un coup d'œil à toutes les informations particulières concernant les passagers ne put s'empêcher :

— Mais vous êtes…
— Transsexuelle ? Oui, je confirme.
— Désolé, je ne voulais pas vous…
— Bien sûr que si, vous vouliez ! Mais sachez que ce n'est pas ma seule tare : je suis également autiste Asperger. Or, il se trouve que grâce à cette maladie, je suis capable de beaucoup de choses étonnantes, comme de…

266

Les vibrations cessèrent soudain et tout le monde ressentit une forte décélération. Un passager hurla : « Le moteur ! Le moteur ! Il s'est arrêté ! »

Effectivement, le réacteur de gauche, privé de carburant, venait de perdre toute sa puissance. Sur ce, Sabrina termina laconiquement sa phrase :

— ... comme de prévoir que nous serons vraiment dans la merde si cette porte ne s'ouvre pas !

À peine avait-elle prononcé ces mots qu'un petit déclic se fit entendre au niveau de la serrure.

Enfonçant le battant comme une furie, Nicole se précipita dans le cockpit et poussa un cri glaçant. Les trois pilotes gisaient comme des pantins dans leurs sièges et aucun ne donnait signe de vie. Elle leur prit rapidement le pouls et cria :

— Ils sont morts ! Ils sont tous morts !

Elle était envahie par la panique déclenchée par la disparition des seules personnes capables de piloter l'avion. Aucune tristesse, aucune compassion envers ces deux gros porcs, à peine une petite pensée pour Bertolli dont l'unique tort avait été de soutenir ouvertement ces salauds...

Fulgence et Sabrina se tournèrent vers Mathieu Boulanger :

— Apparemment, vous vous y connaissez en aéronautique ?

Il eut un mouvement de recul :

— Je sais ce que vous allez me demander mais je ne suis pas pilote, moi ! Ça fait même des années que je n'ai pas mis les pieds dans un simulateur !
— À moins d'un miracle, j'ai peur que nous soyons obligés de nous en contenter répliqua Nicole en saisissant l'interphone :

« Mesdames et messieurs, votre attention s'il vous plait. Si une personne à bord possède des notions de pilotage, nous lui serions reconnaissants de bien vouloir rejoindre l'avant de l'appareil. Merci de votre attention… Ladies and gentlemen, please … »

Les hurlements couvrirent la suite de son annonce en Anglais…

Elle reposa le combiné :

— Monsieur l'expert, si dans une minute personne ne s'est proposé, vous allez pouvoir prendre place !

Le visage de Mathieu Boulanger vira au blanc, comme la carlingue de l'A330 en perdition :

— Mais, mais… les… les… les cadavres !

Fulgence Versailles s'avança dans le poste de pilotage :

— Je m'en occupe !

Sabrina le suivit aussitôt :

— Je vais vous aider !

En un rien de temps, ils détachèrent les ceintures, ôtèrent les masques à oxygène et transportèrent les corps hors du cockpit. Tous les sièges du premier rang étaient libres. Ils les installèrent là, comme des passagers qui seraient en train de dormir. Pourtant, ils n'étaient pas dans les bras de Morphée : ils avaient sans aucun doute rejoint le royaume d'Hadès, le maître des Enfers…

Les autres les avaient observés, médusés, se faisant tous la même réflexion, sans oser parler à voix haute : « On dirait qu'ils ont manipulé des cadavres toute leur vie, ces deux-là ! ».

Bluffé par leur sang-froid, le désormais commandant de bord les interpella :

— Je vais avoir besoin d'aide : suivez-moi !

C'est à ce moment qu'un grand silence s'installa dans l'appareil : le second moteur venait à son tour de s'arrêter…

269

L'éclairage bleuté de la cabine s'éteignit. Tous les écrans de divertissement intégrés aux sièges étaient maintenant noirs. Les cris avaient laissé place à la stupéfaction…

Dans le cockpit, quatre des six écrans d'aide au pilotage s'étaient également éteints. Après avoir pris soin de rentrer les aérofreins, Mathieu Boulanger s'était instinctivement installé dans le siège de gauche en face du seul écran vraiment utile, vu que le second présentait les différents paramètres des moteurs, tous à zéro... Prenant les commandes de ce qui était dorénavant un énorme planeur, il se contenta de laisser filer l'avion afin d'éviter toute manœuvre intempestive. Puis, il ajusta la position de quelques boutons parmi les centaines présents autour de lui. Mais c'est surtout lorsqu'ils le virent activer un interrupteur sur le panneau supérieur, au-dessus de sa tête, que la confiance de ses deux copilotes remonta en flèche. Il expliqua ensuite la situation à Sabrina qui s'était installée à droite et Fulgence Versailles qui avait opté pour le troisième siège, à l'arrière :

— En conditions normales, la puissance hydraulique et électrique est fournie par les moteurs.

— C'est pour ça qu'on a perdu presque tous les écrans ?

— Oui, néanmoins, si tout se passe bien, la RAT a dû sortir.

— La rate ? Vous vous foutez de nous !

— Oui, la Ram Air Turbine. C'est une sorte de petite éolienne qui se déploie sous l'aile droite et qui en tournant avec la vitesse permet de générer un minimum de puissance pour qu'on puisse récupérer un peu d'hydraulique et d'électricité. Grâce à elle, nous conservons les systèmes essentiels au contrôle de l'avion. Par contre, nous avons perdu tout ce qui concerne la navigation, le pilotage automatique, le système principal de freinage, la sortie des volets, l'extension du train d'atterrissage, les inverseurs de poussée et surement beaucoup d'autres choses qui ne me viennent pas à l'esprit...

— Mais c'est surtout la perte de la navigation qui m'inquiète : nous n'avons aucun moyen de savoir où nous sommes. Il faudrait appeler le contrôle aérien pour qu'ils nous guident vers l'aéroport le plus proche mais j'avoue que lors de mes vols en simulateur, je n'ai jamais appris à utiliser la radio ! D'ailleurs ce signal insistant doit signifier qu'ils cherchent à nous joindre. Il doit y avoir un bouton qui...

— Pas besoin ! répondit Sabrina en brandissant sa tablette. J'ai une appli pour suivre notre position en temps réel !

— Très bien ! Dites-moi tout de suite où se situe la terre la moins éloignée ! Il doit y avoir l'Afrique sur notre gauche, non ?

— Faites demi-tour ! Vite ! cria Sabrina.

— Demi-tour ? Vous êtes sure de vous ? Nous sommes au milieu de l'océan !

— Faites demi-tour, je vous dis, nous venons juste de survoler l'archipel du Cap Vert !

— OK ! Étant donné que je suis archinul en géographie et que je n'ai pas la moindre idée de l'endroit où ça se situe, je vais vous faire une absolue confiance. À quelle distance sommes-nous ?

— À peine une cinquantaine de kilomètres.

— D'accord, nous sommes à neuf mille pieds, la finesse[13] vaut probablement autour de vingt, c'est jouable si je ne perds pas trop d'altitude pendant le virage.

— Et si on n'a pas trop de vent de face, compléta Sabrina.

— Oui, sinon, nous sommes bons pour un amerrissage ! Et dans cette éventualité, même avec un pilote chevronné, les chances de s'en sortir sont quasi nulles… alors avec moi…

Un silence pesant s'installa quelques secondes puis Mathieu Boulanger se reprit :

— Allez ! On va l'atteindre cette putain de piste ! martela-t-il. On va l'atteindre, je vous le promets !

Il n'avait jamais fait un virage de toute sa vie, même en simulateur où il s'était toujours contenté de décoller ou d'atterrir quand les pilotes d'essai voulaient bien le laisser faire. Il inclina doucement le manche vers la gauche tout en faisant attention de ne pas piquer du nez. Il savait bien qu'il aurait également dû agir avec son pied sur le palonnier mais comme il n'était pas du tout certain de choisir le bon côté où appuyer, il préféra s'abstenir. De

---

[13] Coefficient représentatif de la performance aérodynamique globale de l'avion : la distance de vol plané sera égale à la finesse multipliée par l'altitude de départ.

toute façon, l'avion changeait de cap et c'est bien tout ce qui comptait !

— Sabrina, vous voyez l'iPad du copilote qui a glissé par terre devant vous ?
— Oui je l'ai.
— Essayez de l'allumer, nous allons en avoir besoin.
— Je ne peux pas, il est verrouillé par un code... à moins que... attendez, je reviens !

Elle quitta le cockpit en courant, sous les yeux stupéfaits de Fulgence Versailles tandis que transpirant aux commandes, notre pilote improvisé avait l'impression de s'en sortir plutôt bien.

— Monsieur Versailles, prenez l'autre tablette, celle qu'elle a laissée sur le siège et regardez si vous trouvez une piste d'atterrissage sur une des îles de l'archipel.
— Euh oui, bien sûr, je m'en occupe. Mais je peux vous poser une question ?
— Je vous écoute.
— Quand vous dites qu'on a perdu la fonction d'extension du train d'atterrissage, vous voulez dire qu'on va devoir se poser sur le ventre ?
— Non, non ! Ne vous inquiétez pas. Il faudra juste que je pense à utiliser cette commande de secours, ici. Ainsi, il sortira tout seul, par gravité. C'est son propre poids qui le fera descendre. D'ailleurs, je vais soulever le cache de protection. Comme ça, ce sera fait.
— D'accord, merci. Vous me rassurez un peu...

Sabrina était retournée au premier rang et testait un à un les index des trois cadavres pour tenter de déverrouiller l'iPad à l'aide de leur empreinte digitale. Peine perdue, ça ne fonctionnait pas !

Nicole, comprenant ce qu'elle voulait faire, l'interpela :

— Si je me souviens bien, le commandant Hurlier est gaucher... en tout cas, je revois parfaitement avec quelle main il m'a déjà tripotée... Non, c'est lui, là au milieu !

Sabrina posa l'index gauche de l'homme sur le capteur et l'écran s'alluma. Elle retourna en courant dans le cockpit sans même prendre le temps de remercier l'hôtesse.

En revenant dans le poste de pilotage, elle aperçut nettement en face d'elle un magnifique cône surmonté d'un large cratère. Cette image d'un avion arrivant sur une île volcanique lui rappelait bien quelque chose, mais impossible de savoir quoi. Pour parachever la beauté unique de ce panorama, la limite jour-nuit se déplaçait au même moment devant eux, révélant rapidement toute la partie de l'île encore obscure à la gauche du volcan, là où se dirigeait l'A330.

— Ah, vous voilà ! Une envie pressante ?
— Oui, j'étais pressée d'utiliser cette tablette : je fais quoi maintenant ?
— Vous me la passez et vous prenez les commandes.

— VOUS PLAISANTEZ ? crièrent en même temps Sabrina et Fulgence.

— Je me suis aligné pile dans l'axe de l'aéroport de cette magnifique île de Fogo que Monsieur Versailles a bien voulu m'indiquer en votre absence. Donc pour l'instant, vous vous contentez de ne toucher à rien.

— Pour l'instant ?

— Et quand j'aurai fini de calculer notre distance d'atterrissage, je vous promets que je reprendrai la main.

— OK, tenez, dit Sabrina en lui tendant la tablette.

— Je crois que j'ai réussi à établir le contact avec la tour de contrôle ! annonça le journaliste. Il y a juste un petit souci…

— Un souci ? demanda Sabrina

— C'est-à-dire que… je ne parle pas vraiment anglais répondit Fulgence Versailles tout penaud. Ah mais si, attendez, j'entends une série de nombres, ça j'arrive à comprendre… Ne bougez pas, je vous les donne… Alors c'est : quatre – huit – quinze – seize – vingt-trois – quarante-deux et ça recommence, quatre – huit…

— Je n'ai pas la moindre idée de ce que ça peut être mais ce n'est pas grave ! cria l'ingénieur, les yeux toujours rivés sur la tablette du commandant de bord. On n'a pas besoin d'eux ! Bon maintenant, voyons si je me souviens comment on fait… Quelle est notre masse ? À vide, un A330-200, je crois bien que c'est dans les cent trente tonnes. La quantité de fuel dans les réservoirs, ça ne sera pas trop compliqué à calculer, reste les passagers… Nicole ! cria-t-il.

— Oui ? répondit-elle en passant la tête dans la porte du cockpit.

— Combien sommes-nous à bord ?

— Alors, attendez, il y a cent soixante-cinq passagers et quatorze membres d'équipage… enfin onze, je veux dire.

— On va rester sur quatorze si vous voulez bien : disons cent quatre-vingts personnes à cent kilogrammes chacune en comptant les bagages. Ça nous fait dix-huit tonnes. On a donc une masse prévue pour l'atterrissage de cent quarante-huit tonnes.

— L'altitude : nous sommes au niveau de la mer, donc zéro. La température : mettons vingt degrés. La piste, on va espérer qu'elle est sèche. Et pour finir, on n'oublie pas de sélectionner la panne des deux moteurs : « ALL ENGINES FLAME OUT ». Elle est trop chouette cette application, vous savez que j'ai contribué à son développement ?

— Grouillez-vous, la piste approche !

— C'est bon, j'ai fini : notre distance prévue pour l'atterrissage est de…

Le petit aéroport venait enfin de surgir dans la partie éclairée de l'île ! La piste lui parut courte, vraiment très courte !

— Euh, Monsieur Versailles, je n'ai pas pensé à vous demander : vous pouvez me donner la longueur de la piste s'il vous plait ?

— Oh, à vue de nez, je dirais mille deux cents ou peut-être mille trois cents mètres. Ça ira ?

— Ah la vache ! C'est-à-dire que… attendez, je sors un cran de becs.

Les deux compagnons de fortune du pilote se regardèrent, mais sentant la tension monter, ils préférèrent ne pas poser de questions, ni pour les becs… ni pour la vache.

— Au fait Nicole, cria-t-il, prévenez les passagers que nous allons atterrir d'ici une minute et que ça va drôlement secouer !

La jeune femme, tout en se sanglant elle-même sur un strapontin, lança immédiatement un message pour que tout le monde s'attache et se mette en position de sécurité.

— Vous aussi, dans le cockpit : attachez-vous ! demanda-t-il également à ses deux acolytes.

Lui seul savait maintenant que, pour se poser à la vitesse recommandée de cent soixante-dix nœuds, l'A330 aurait besoin d'environ mille huit cents mètres…

Et il savait aussi qu'ils arrivaient à la vitesse folle de deux cent vingt-cinq nœuds !

Une alarme lugubre retentit soudain : « Landing gear not down ![14] Landing gear not down ! Landing gear… ».

— MERDE, LE TRAIN !

---

[14] Train d'atterrissage non sorti !

Il avait complètement oublié de sortir le train d'atterrissage : c'est pour cette raison que la vitesse restait si élevée. Il actionna immédiatement la commande, mais il savait que l'extension en chute libre serait certainement beaucoup plus lente que la normale…

La piste était là, devant eux, trop courte, beaucoup trop courte. L'A330 arrivait vite, beaucoup trop vite. Et le train d'atterrissage descendait lentement, beaucoup trop lentement. Fulgence cria en désignant sa tablette :

— Regardez ! Il y a environ six cents mètres de terrain dégagé après le bitume… et avant les premières habitations !
— Compris ! répondit Mathieu Boulanger qui, la main gauche crispée sur la commande, sentait déjà la crampe monter.

Ses derniers mots furent : « ACCROCHEZ-VOUS ! »

Juste après avoir réduit les gaz dans un réflexe totalement inutile, il tira un grand coup sur le manche de façon à cabrer sa machine pour arrondir la trajectoire avant l'impact. À peine une seconde avant de toucher le sol, le train termina sa lente extension. Le choc fut d'une violence inimaginable. Tout ce qui n'était pas correctement arrimé dans l'avion se souleva et se transforma en projectile. Malheureusement, ce n'était pas fini car l'atterrissage était si peu académique que l'A330 rebondit pour se reposer une seconde fois sur la piste, subissant une force presque équivalente au premier coup. Sonné mais conscient, Mathieu Boulanger appuya de toutes ses forces sur les pédales de frein mais seul le système de secours était disponible, sans aucune possibilité de régulation : deux secondes plus tard, les huit roues du train principal se bloquaient et les pneus éclatèrent les uns après les autres.

Le bout de la piste arrivait et l'avion était toujours lancé comme un obus. Soudain, ils se sentirent attirés vers le sol comme par un aimant.

Beaucoup trop sollicités par les deux terribles secousses puis par le freinage sur les jantes, les deux trains d'atterrissage principaux, qui n'avaient pas eu le temps de se verrouiller, s'effacèrent simultanément, projetant la carlingue vers le macadam dans des gerbes d'étincelle et brisant net le train avant qui était pourtant sorti correctement. Heureusement qu'il ne subsistait plus une seule goutte de kérosène susceptible de s'enflammer car les moteurs en contact direct avec l'asphalte se mirent à ressembler aux deux flotteurs d'un trimaran, stabilisant la folle glissade.

Le bruit du crissement de la tôle sur la piste termina d'exploser les rares tympans qui avaient résisté à la descente d'urgence. Ironiquement, le freinage était maintenant beaucoup plus efficace grâce au frottement continu du métal sur le bitume. Mais malgré cette aide providentielle, l'appareil dépassa rapidement le bout de la

279

piste, traversant un grillage, une route, puis pulvérisant un mur avant de se retrouver dans une zone terreuse semi-désertique. La masse de l'avion commença à s'enfoncer très progressivement dans le terrain relativement meuble. Même si, à ce moment précis, la vitesse restait encore supérieure à cent cinquante kilomètres à l'heure, les passagers ressentirent enfin un semblant de décélération. C'est à cet instant que l'attache d'un des deux réacteurs décida qu'elle n'en pouvait plus de supporter tous ces efforts déraisonnables : elle céda soudainement, éjectant son moteur dans la nature, immédiatement imitée par sa collègue du côté opposé. Désormais orpheline de ses deux stabilisateurs, et commençant à perdre de la vitesse, l'énorme machine incontrôlable s'inclina légèrement sur la gauche, puis de plus en plus, jusqu'à ce que le bout de l'aile vienne s'enfoncer à son tour dans la terre.

Dans un bruit assourdissant, l'A330 pivota brutalement pendant que l'aile, plantée dans le sol, s'arrachait. L'appareil amputé parcourut encore une centaine de mètres en dérapant, creusant un immense et profond sillon dans la terre, avant de s'arrêter dans une posture d'équilibre précaire, tel un unijambiste.

Après quelques secondes d'hésitation, il bascula finalement sur son côté droit entraîné par le poids de la seule aile rescapée. Celle-ci se plia, tel un roseau géant, mais réussit tant bien que mal à soutenir le poids de l'épave.

Les premières maisons de la petite ville de São Filipe se dressaient fièrement, à vingt mètres de là. En provoquant un ultime changement de direction, la rupture improbable de l'aile avait miraculeusement épargné les habitants paisiblement endormis.

Dans l'avion en partie disloqué, un silence de mort régnait…

****

La voix puissante de Nicole, la chef de cabine, résonnant à travers les haut-parleurs, brisa le silence : « PNC aux portes ! Ne désarmez surtout pas les toboggans et ouvrez les portes ! Mesdames et messieurs les passagers, veuillez évacuer dans le calme, par la porte la plus proche de vous, et n'emportez rien avec vous. Merci. »

En moins d'une minute, tous les passagers valides avaient quitté l'avion par l'une des huit issues de secours. Quelques personnes groggy qui avaient probablement été percutées par des bagages lors du premier impact eurent besoin de l'aide du personnel de bord. Néanmoins, la descente en toboggan se déroula sans encombre pour eux aussi. Après que tous ses collègues eurent vérifié qu'il ne restait personne à bord, ils abandonnèrent à leur tour l'A330. Nicole, demeurée seule, put alors se rendre dans le poste de pilotage.

La tension nerveuse était retombée d'un seul coup : les trois compères rigolaient comme des fous sans pouvoir s'arrêter. Nicole dont le stress venait également de s'envoler après l'évacuation parfaitement maîtrisée ne put résister à leur bonne humeur communicative. Le fou rire général dura cinq longues minutes avant que la jeune femme ne puisse retrouver ses esprits :

— Messieurs-dame, il est temps de sortir ! En tant que pilotes, vous aurez le privilège de quitter l'appareil en dernier, juste derrière moi.

Les trois héros se levèrent et, parvenant eux aussi à se contrôler, ils suivirent l'hôtesse.

Elle se jeta dans un des toboggans situés à l'avant de l'appareil et une fois arrivée en bas se retourna vers tous les passagers en criant :

— Écoutez-moi, je vous demande à tous votre attention ! Ils sont là-haut et vont pouvoir enfin quitter l'appareil ! Une ovation pour ceux qui nous ont sauvés : VOICI LES PILOTES !

À ce moment, Mathieu Boulanger se présenta au niveau de la porte de l'avion. Il fut immédiatement pétrifié en entendant les cris, les hourras et les applaudissements que tous les miraculés lui destinaient en se massant en bas du toboggan. Cette épreuve lui sembla soudain presque pire que celles qu'il venait de traverser mais avant qu'il puisse s'échapper, il sentit qu'on le poussait violemment dans le dos.

Sa glissade terminée, il fut happé par des centaines de bras qui voulaient l'enlacer. Tous les passagers, sans exception, brulaient de le remercier personnellement. C'était de la pure folie !

Peu soucieux de subir le même sort, Fulgence Versailles et Sabrina, ravis du tour qu'ils avaient joué à leur sauveur, retournèrent s'assoir dans le cockpit. Une atmosphère étrange s'installa entre ces deux individus que tout éloignait et qui pourtant se sentaient si proches. Ils se regardèrent un long moment, silencieux. Puis, avant que le journaliste ne puisse prendre la parole, Sabrina se lança :

— Monsieur Versailles, il faut absolument que je vous parle : j'ai beaucoup de choses à vous avouer…
— Je vous laisse commencer si vous voulez, mais il se trouve que j'ai également un certain nombre de secrets dont je voudrais me soulager et je crois bien que vous êtes la personne idéale…

****

Une demi-heure plus tard, alors que les pompiers leur hurlaient de quitter l'avion, ils apparurent enfin à la porte.

Sabrina ressentait un immense réconfort d'avoir pu se confier ainsi. C'était donc ça un ami ? Seul l'avenir le confirmerait mais elle avait une étrange impression de plénitude pour la première fois de sa vie. Se pouvait-il que cette sensation, qu'elle interpréta comme un probable sentiment, représente les prémices d'une guérison de son autisme ? Avant de s'élancer dans le toboggan, elle lança à Fulgence avec un grand sourire :

— C'est quand même chouette d'être vivant, non ?

Fulgence partageait la même émotion, si bien qu'en se jetant à son tour, il lui vint une idée pour le titre de l'article qui allait relater leur folle aventure :

« ON A TOUTE LA VIE POUR MOURIR ! »

« Eh, c'est plutôt pas mal », se dit-il en savourant pleinement son retour sur la terre ferme...

SECRETS DE FABRICATION

Je fais partie de ces personnes qui adorent les « making of » sur les DVD. J'ai toujours aimé pouvoir explorer les coulisses pour comprendre comment c'est fait. Et ceci est valable pour le cinéma mais également pour la bande dessinée qui est ma grande passion. Je suis friand des albums qui contiennent des bonus. Je ne rate jamais un ouvrage qui décrypte la création de mes BD favorites. Et si, en plus, je peux découvrir des esquisses ou des crayonnés, alors là, mon plaisir atteint des sommets !

Bizarrement, ce genre de suppléments existe très peu en littérature. Les écrivains seraient-ils frileux à dévoiler leurs petits « trucs » ? Ou peut-être pensent-ils que ça n'intéresse pas les lecteurs ?

Je vous laisse en juger en parcourant ces notes reprenant mes souvenirs liés à la création de chacune de ces nouvelles. Sachez cependant que les plus courageux d'entre vous auront l'occasion de découvrir un vrai bonus caché au cœur de ces secrets de fabrication. Un peu comme dans les génériques des films Marvel, vous voyez ?

Marche funèbre *(avril 2017)*

Ce texte, écrit pour le concours de nouvelles organisé à l'occasion des dix ans de la médiathèque du pays viganais, devait obligatoirement commencer par « Jamais je n'aurais cru que dix ans plus tard,… » et faire moins de six pages. Cette contrainte m'a tellement inspiré que j'ai imaginé trois histoires différentes sur des idées relativement similaires, à chaque fois avec la découverte d'un cadavre dix ans après. Mais, aucune ne fonctionnait vraiment comme je le souhaitais. Donc, après quelques nuits à tout ressasser, j'ai démembré chacun de ces embryons de nouvelle pour tenter d'en assembler une quatrième. Et comme par magie, certains morceaux se sont parfaitement emboîtés pour aboutir à un résultat dont j'étais particulièrement satisfait. Cette histoire recomposée m'a tout de suite paru évidente et le titre est venu également de façon très naturelle. Il ne restait plus qu'à fignoler avec quelques petits éléments additionnels.

Tout d'abord une fausse piste. Mais pourquoi insister sur la dextérité avec laquelle le père manie son fauteuil ? Je voulais juste ne pas trop focaliser l'attention sur le personnage resté dans le salon et laisser penser que le père avait encore un rôle à jouer. C'est d'ailleurs dans le même but que j'ai fait rater à Justin l'enterrement de sa mère : son père doit excessivement lui en vouloir !

On enchaîne avec un clin d'œil : monsieur Boullu ne vous rappelle-t-il pas une lecture de votre enfance ? Vous êtes sûrs ? *« Cette satanée marche !... Toujours pas réparée !... Quand donc viendra ce marbrier de malheur ?... »* Vraiment pas ? Vous le faites exprès ?

Sinon, pour ceux qui ont trouvé, aviez-vous remarqué que ce sacré Isidore Boullu est présent dans la fanfare à la page 29 avec Monsieur Sanzot, le boucher ?

Et pour les autres, maintenant c'est bon, non ?

En ce qui concerne la pièce disparue derrière la salle de bain, je n'ai absolument rien inventé : j'ai juste repris la configuration du premier étage chez mes beaux-parents, dans la maison d'enfance de ma femme. Personnellement, j'ai toujours trouvé extrêmement bizarre l'emplacement de cette porte, à côté du lavabo, qui donne dans un immense débarras… Je me suis donc dit que ce serait idéal pour planquer un cadavre (on y cache bien les cadeaux en attendant Noël !).

Pour finir, j'ai osé le petit hommage au maître de la nouvelle qui a écrit en 1845 « Petite discussion avec une momie ». Je sais, je sais… plutôt gonflé de se comparer à Edgar Allan Poe dès ma troisième œuvre : je crois que j'étais un tout petit peu trop content de moi…

Mais je peux vous dire que ce n'était encore rien par rapport à la joie que j'ai ressentie quand on m'a appelé pour me dire que j'avais remporté le concours ! C'est vraiment là que j'ai commencé à me dire que si un jury pouvait me classer premier sur quatre-vingt-trois postulants, alors je pouvais sans doute persévérer dans l'écriture. Rien que pour ceci, je ne remercierai jamais assez les membres de ce jury du pays viganais…

Sachez enfin que la nouvelle originale, celle qui a remporté le premier prix, comportait cette phrase supplémentaire à la fin : « Trois morts pour une foutue marche ! ». Une lectrice un peu tatillonne m'ayant fait remarquer que celle-ci était de trop, ma première réaction fut de me dire : « Eh, oh ! J'ai gagné un concours, alors tu es bien gentille… ». Puis, en relisant le recueil, je me suis rendu compte qu'une autre des nouvelles, « La croûte du siècle », se concluait par une expression trop similaire (« Foutu métier »). Donc, finalement, j'ai profité de cet excellent conseil de ma chérie !

Le sapin de Noëlle *(décembre 2016)*

Celle-ci est forcément très spéciale pour moi puisque c'est la première que j'ai écrite. Je vais donc m'étendre un peu plus que pour les autres.

À la mi-décembre 2016, j'avais lu, dans le journal de mon comité d'entreprise, un article de rappel à propos d'un concours de nouvelles lancé par l'atelier d'écriture de ma boîte.

Non seulement j'ai découvert à cette occasion qu'il existait des concours de nouvelles mais, en plus, en lisant les modalités, j'ai trouvé le challenge vraiment intéressant : bâtir une histoire du genre polar ou noir en respectant le thème « Avis de vents violents » en moins de douze mille caractères.

J'ai commencé à réfléchir en remontant vers mon bureau et le contexte s'est très rapidement imposé.

Vents violents : tempête. Tempête : Noël 1999. Beaucoup de victimes : facile de dissimuler un meurtre.

Quant au sujet du mari qui tue sa femme, je préfère ne pas savoir comment il est venu…

Première difficulté : comment faire croire à une mort due à la tempête ? A priori facile, il suffirait qu'un truc lui dégringole sur la tête, comme un arbre. À Noël, qui dit arbre dit sapin, mais forcément un sapin suffisamment grand pour tuer. Donc, il est à l'extérieur. Mais qui serait assez fou pour aller dehors par ce temps. Il faut un arbre qui tombe sur une maison. Pour éviter de se poser la question « Comment mourir sous un arbre à l'intérieur de sa maison ? », l'idée de la véranda m'a paru évidente.

Mais, après réflexion, ce ne serait pas très logique d'attendre une tempête improbable pour planifier un crime... Ce serait donc pour dissimuler un meurtre accidentel qui s'est produit un peu avant cette tempête : le 24 décembre au soir, pourquoi pas... et si le déclencheur était le cadeau de Noël ?

Un cadeau de Noël qui fâche au point de tuer : pas facile. Éventuellement une accumulation...

Mais surtout, pour ménager le suspense, ce serait bien que l'on ne sache pas que la femme était déjà morte avant la chute du sapin ! Allongée sur le canapé, inconsciente ? Une cuite, bien sûr ! Elle est donc alcoolique.

En ce qui concerne la structure narrative, les séquences de flash-back se sont imposées d'elles-mêmes. Mais comment fait-on ça en littérature ? J'aurais pu indiquer la date en haut de chaque chapitre mais j'ai trouvé le procédé un peu lourd. Mettre en italiques ce qui s'est déroulé la veille ? Pourquoi pas ? Gonflé quand même, car je peux tomber sur quelqu'un qui ne comprendra pas. Tant pis, je prends le risque !

[Normalement, c'est maintenant que, certains lecteurs vont se dire : « Ah bon ! C'étaient des flash-back ? Mais alors, je n'ai rien compris ! »]

En deux jours, ou plutôt en deux pauses repas au boulot, j'ai rédigé la trame de l'histoire. Ça se tenait plutôt bien alors je me suis lancé dans l'écriture proprement dite. Trois nuits plus tard, je disposais d'un premier jet intéressant mais j'étais quand même sceptique sur le fait que personne ne puisse deviner qu'elle était déjà morte. Comment en persuader le lecteur ?

Et s'il tentait de la sauver au dernier moment ? C'est sûr qu'on pourrait alors se dire qu'elle est vivante mais la fin devenait idiote (pourquoi sauver une morte ?)... En fait, il faudrait que l'on croie qu'il veut la sauver ! Ah oui, c'est bon ça !

En ajoutant ce coup de théâtre final, j'avais vraiment l'impression de tenir quelque chose de bien construit, avec une chute inattendue qui pourrait laisser le lecteur sur le c...

C'est là que je me suis dit que j'étais sûr de gagner ! Vous imaginez : un petit concours local de rien du tout, qui donc pourrait produire une meilleure nouvelle que celle-ci ? J'étais confiant ! Très confiant ! Beaucoup trop confiant ! D'autant que trois jours avant la révélation du palmarès, j'avais appris la victoire de « Marche funèbre » dans un concours à plus de quatre-vingts participants.

Donc, autant vous dire que lorsque j'ai découvert que je faisais partie des neuf candidats sur vingt-quatre qui n'avaient même pas franchi le cap de la présélection, je me suis retrouvé complètement dégouté. Il est clair que si entre temps je n'avais pas eu un premier succès, cette immense déception aurait stoppé net mes envies d'écriture.

C'est évidemment très difficile d'être subjectif par rapport à ses propres œuvres mais, à part la nouvelle gagnante que j'ai trouvée excellente, je ne me suis pas vraiment senti largué par les autres. Cependant, pour avoir un avis certifié objectif, j'ai quand même envoyé ma nouvelle à Benoît Séverac, écrivain toulousain et président du jury, qui ne l'avait pas lue puisqu'elle n'avait pas passé le premier filtre. C'était sûrement très culotté, voire infiniment présomptueux de ma part, mais il a eu l'extrême gentillesse de me répondre en me rassurant grandement sur la qualité de mon histoire, « mes capacités d'invention et mon sens du rebondissement », tout en me donnant de précieux conseils. Et ceci, sans se mettre en porte-à-faux avec l'organisation du concours… l'exercice n'était pas facile. Encore un immense merci à lui !

Néanmoins, par pur esprit de revanche, j'ai proposé cette même nouvelle, très légèrement retravaillée, à plusieurs autres concours sans thème imposé. Et, comme je l'espérais, elle a fini par être remarquée, qui plus est, dans une compétition plutôt réputée, celle de la médiathèque de Montrouge, où j'ai reçu le troisième prix sur quarante-sept inscrits.

Je le savais !

Ticket gagnant *(août 2017)*

Pour participer à un concours dont le thème était « Chance(s) », j'ai eu tout de suite envie d'écrire une histoire d'arnaque au loto. En faisant des recherches sur le sujet, je suis tombé sur des articles relatant le combat de Robert Riblet, depuis 2006, contre la Française Des Jeux. Il dénonce le fait que les gains des jeux de grattage ne sont pas répartis de façon aléatoire car il a établi qu'il n'y a qu'un seul gros gagnant par carnet de tickets fourni au revendeur.

Je me suis donc focalisé sur les tickets à gratter de façon à pouvoir utiliser cet élément et j'ai continué à réfléchir à un moyen d'arnaquer le système. Je suis arrivé à la conclusion que l'unique solution est de voir à travers la partie à gratter. Une machine spéciale ? Ou peut-être simplement un scanner ?

Scanner, cancer, bureau de tabac… Les pièces commençaient à s'assembler : il y avait un truc à approfondir… à gratter.

En fait, j'aimais beaucoup le principe de mettre les deux addictions en parallèle, la cigarette et le jeu, surtout quand on pense qu'elles sont vendues au même endroit. Et poussé par l'enthousiasme, pour la première fois, j'ai tout rédigé d'une seule traite, en une nuit !

Ce coup-ci, je me suis permis un petit hommage à Stephen King qui a écrit une des nouvelles qui m'ont le plus marqué dans ma jeunesse « L'homme qui aimait les fleurs ». La façon dont elle est construite, le coup de théâtre final qui fait croire au lecteur qu'il est intelligent parce qu'il a tout compris en un instant : c'est ça que je veux faire !

De plus, sans trop savoir pourquoi (peut-être une certaine bonne humeur estivale), j'ai inséré quelques blagues nulles, de ci de là, qui n'avaient pour unique objectif que de me faire rire moi-même... Je me permets ici de vous en dévoiler une qui est probablement passée inaperçue comme toutes les autres :

« Le Docteur s'était montré tranchant : il voulait des améliorations, illico ! ».

Mais oui ! Illiko, c'est l'appellation générique de tous des jeux de la FDJ qui donnent le résultat immédiatement, comme certains jeux sur internet mais aussi et surtout tous les jeux de grattage. Vous voyez ! C'est drôle, très drôle !

Même le titre est un mauvais jeu de mots du quatrième degré que je suis le seul à comprendre !

En dehors de ces petites récréations, j'ai quand même fait beaucoup de recherches supplémentaires pour améliorer la crédibilité à mon récit. Par exemple, les suites de chiffres et de symboles bizarres sont des vraies, que j'ai obtenues sur les tickets de « Solitaire » en grattant la case « Nul si découvert ». J'ai même poussé le réalisme au maximum en grattant un ticket perdant mais également un gagnant qui s'est donc retrouvé nul, car découvert ! Quelle aventure !

De même, il est tout à fait exact que subir plus de cinq cents millisieverts de radiation expose à un risque de cancer très élevé. Par contre, rassurez-vous, si vous passez vous-même un scanner, vous ne recevrez pas plus de dix à vingt millisieverts, la limite généralement admise à ne pas dépasser étant fixée à cent pour une année.

Après ces éléments très scientifiques, je suis quand même retombé dans une sorte de pseudo crédibilité récréative en imaginant cette magnifique réplique : *« Oui effectivement, c'est grâce à ces tests que j'ai compris comment toutes les sources de rayonnement interféraient entre elles et ce qu'il fallait faire pour les désentrelacer sur toute la plage utilisable. »*

C'est beau, n'est-ce pas ? Ça respire la science ? Eh bien, sachez que malgré sa sonorité typique d'une analyse très pointue, cette phrase ne veut strictement rien dire !

La magie de l'écriture…

Le tueur au tournevis *(juin-juillet 2017)*

Cette histoire qui, au début, s'intitulait « Scoop toujours ! » s'est mise en place de façon assez laborieuse puisque le seul ingrédient dont je disposais au départ était la chute : un journaliste qui convoque un policier qui vient d'arrêter un tueur en série pour lui révéler qu'il s'est trompé et qui le trucide car c'est lui le tueur et qu'il en profite pour sortir des scoops de la mort à chaque nouvelle victime.

Puis, pendant plusieurs semaines, elle est restée en plan par manque d'inspiration. Jusqu'à ce que je trouve l'idée qui allait redynamiser ce processus créatif qui demeure si mystérieux. Le retour de Jules Boullu en tant qu'accusé permettait d'introduire un élément que je trouvais plutôt original : le lecteur posséderait une clé supplémentaire s'il avait lu « Marche funèbre » mais pour autant, ce n'était pas obligatoire. Ce caméo prend tout son sens pendant le passage où le lieutenant explique qu'il sent que ce type a quelque chose à se reprocher et que son expérience ne peut pas le tromper.

Le personnage de Boullu m'a permis également de choisir l'arme du crime en réfléchissant à ce qu'il pouvait transporter dans sa caisse à outils. Puis le titre a suivi, avec dans la foulée l'idée d'en faire un piège à duper le lecteur. Le reste est venu ensuite directement au fil du clavier. C'est donc juste cette idée du retour de ce personnage qui a tout déclenché et fait rejaillir l'inspiration. Comme quoi, on ne maîtrise pas grand-chose…

Le 25 juillet, je disposais d'une première version quand je me suis dit que je pourrais peut-être participer au concours de nouvelles organisé par Pierre Léoutre et l'association « Le 122 » dans le cadre du salon « Polars et histoires de polices » d'Auch.

Deux « hic », cependant : il fallait que l'intrigue se déroule dans le Gers et surtout, je devais envoyer mon texte avant le 31 juillet ! Mais bizarrement, ces nouvelles contraintes qui auraient pu me bloquer sont au contraire à l'origine de plusieurs modifications intéressantes.

Comme je n'avais pas mis les pieds à Auch depuis mon service militaire, j'ai fait des recherches sur internet et utilisé Google Maps pour situer le commissariat, la cathédrale et rendre le trajet réaliste. C'est pour meubler le parcours que j'ai eu l'idée des différents SMS, qui avaient également pour objectif d'épaissir un peu le personnage du lieutenant. Apparemment, ce n'était pas encore suffisant car j'ai eu un reproche de la part d'une lectrice (une autre) sur ce personnage et son manque de crédibilité et de profondeur. Je suis tout à fait ouvert aux critiques et je dirais même que je les sollicite. Néanmoins, comme celle-ci est venue après l'obtention de mon deuxième prix, j'ai préféré ne rien toucher pour la publication dans ce recueil. J'ai également eu plusieurs remarques sur le fait que la fin était trop prévisible. La première m'avait été faite avant ma participation au concours, j'ai donc supprimé un (trop ?) gros indice : dans une première version, le journaliste était vêtu d'une combinaison blanche de scientifique de la police « pour que le lieutenant ne puisse pas l'accuser de polluer la scène de crime » et on comprenait à la fin qu'il était surtout habillé comme ça pour ne pas laisser de traces. La seconde m'a été faite beaucoup plus tard et donc, encore une fois, j'ai préféré ne pas en profiter et vous proposer le texte tel qu'il a été récompensé en me fiant aux commentaires de Line Ulian (elle-même auteur de romans policiers et marraine du concours) dans son discours de remise des prix : « *Le récit est clair, net, précis ! Les personnages sont bien campés, l'intrigue menée avec soin avec un final inattendu. La consigne locale est respectée. L'écriture est concise, bien rythmée et maîtrisée.* ». Sympa, non ? D'ailleurs, de votre côté, cher lecteur, chère lectrice, n'hésitez pas à me faire part de vos impressions, positives ou négatives : il n'y a rien qui me fera plus plaisir !

Je finirai par quelques mots à propos du chaleureux patronyme de Fulgence Versailles. Je souhaitais un personnage avec un nom qui claque, facile à retenir, mais néanmoins proche du ridicule, un peu comme Hercule Poirot. Le prénom est venu instantanément, probablement grâce au fameux joueur de rugby. Pour le nom de famille, j'ai cherché quelque chose qui fasse le moins gersois possible et qui puisse faire écho à son envie de « monter à Paris ». Encore une fois, ce fut immédiat.

Quant à l'appellation du journal, « Le Canard du Gers », elle m'a paru tellement évidente que j'étais persuadé que ça existait déjà. Eh bien non ! Je devrais peut-être la déposer…

Et sinon, je tiens à préciser que je n'ai rien touché pour mon placement subtil du Tariquet « Dernières grives »… Dommage, j'aurais bien récupéré quelques bouteilles !

Mozart est là *(décembre 2017)*

Ce récit est le premier que je n'ai pas écrit pour un concours et j'ai donc bénéficié d'une liberté totale, notamment en ce qui concerne sa longueur. J'ai néanmoins tenu à m'imposer une contrainte plutôt singulière.

Pour mes premières nouvelles, j'ai toujours eu beaucoup de difficulté à trouver un titre. Et le résultat m'a rarement pleinement convaincu. Je suis assez content de « Marche funèbre », beaucoup moins de « Ticket gagnant » (d'ailleurs si vous avez une meilleure proposition…).

Donc, cette fois-ci, j'ai pris le problème à l'envers : je suis parti d'un titre que je trouvais rigolo et que je m'étais noté dans un coin de la tête quelques semaines auparavant, puis j'ai cherché une histoire qui pourrait coller. Je ne suis pas certain que ce soit une démarche à conseiller mais, en tout cas, j'ai adoré faire ça. Et au moins, je suis entièrement satisfait de mon titre !

Pour accorder Mozart et mozzarella, l'Italie était bien sûr une obligation et Naples qui conciliait la production de ce fromage et le passage de Mozart à Pompéi s'est avéré être le choix idéal. Une fois que l'on est à Naples et que l'on veut une histoire qui se finisse mal, l'introduction de la mafia va de soi. Restait à trouver des protagonistes et surtout un mobile de crime. Sexe ou argent ? Une affaire de sexe concernant Mozart qui pourrait rejaillir des années plus tard… et alors ? Et pour l'argent : en quoi Mozart pourrait-il permettre d'en rapporter un maximum ?

Une partition originale ? Pourquoi pas, mais rien de bien excitant ? Et si elle était fausse ? Bof…

Et si c'était une partition d'un chef-d'œuvre inconnu ? Je tenais peut-être quelque chose mais comment faire fructifier une telle découverte ? En s'appropriant non seulement le document mais surtout la musique elle-même ! On progresse.

Par contre, comment gagner de l'argent avec de la musique classique ? C'est impossible… à moins de l'intégrer dans un contexte plus large. Le cinéma, c'est évident ! Une musique de film, c'est ça !

Mais pour récolter une fortune, composer la musique ne suffit pas : il faut que ce soit la colonne vertébrale de l'œuvre. On y est : un biopic sur Mozart ! Et en plus on touche à un domaine que j'adore : la musique de film ! Toutes les pièces étaient là. Il manquait juste le contexte de la Saint Antoine que j'ai trouvé sur Wikipedia et qui m'a semblé fascinant.

Je tiens cependant à faire éclater la vérité sur deux points que j'ai un peu arrangés à ma sauce pour l'intérêt du récit.

Tout d'abord, même si la mozzarella di bufala campana (AOP) est une des meilleures du monde, elle n'est absolument pas utilisable dans les pizzas car elle rendrait trop d'eau. Je l'ai appris plus tard mais je me suis dit que ce n'était pas grave étant donné le nombre d'Italiens connaisseurs qui liraient cette histoire.

Ensuite, s'il est bien vrai que Charlie Chaplin composait lui-même ses musiques sans rien maîtriser du solfège, j'ai totalement inventé l'anecdote du langage codé car je trouvais l'idée intéressante et mystérieuse.

Sinon, pour tout le reste, j'ai essayé d'être le plus réaliste possible. J'ai même pu profiter des connaissances de quelques collègues italiens pour apporter des petites retouches culturo-linguistiques : « *Un grande grazie a Mattia e Damiano !* ».

Dérapages *(décembre 2017)*

Cette idée d'abattre un automobiliste m'est venue un soir où je me suis retrouvé encore plus englué que d'habitude dans les bouchons toulousains. Mais comme j'étais vraiment très énervé, je peux vous assurer que la première histoire que j'avais imaginée n'est absolument pas racontable en l'état sans que je risque de passer pour un psychopathe.

Finalement, de bridage en autocensure, le récit s'est métamorphosé en fable plutôt moralisatrice : rien à voir avec mon objectif initial. Si bien que maintenant, je ne sais plus trop quoi en penser.

Je dois donc vous avouer que, jusqu'au dernier moment, j'ai hésité à inclure cette nouvelle dans le recueil. Mais comme j'ai eu au moins un retour positif dans mon petit groupe de lecteurs sur Facebook, j'ai décidé de la laisser.

À vous de juger si j'ai bien fait…

Son petit doigt m'a dit… *(août 2018)*

À l'été 2018, pour fuir la chaleur caniculaire de la région toulousaine, j'ai passé deux semaines en Normandie, plus précisément à Cabourg. Comme espéré, la fraîcheur du climat m'a fait le plus grand bien et par ricochet a déclenché en moi une furieuse envie d'écrire. Après un petit tour dans une librairie avec ma fille, un titre m'est venu à l'esprit et j'ai imaginé retenter l'exercice de « Mozart est là ».

Ce titre était « Martine à la plage » et je voulais l'associer à une histoire morbide où l'on retrouve le corps d'une certaine Martine enterré sous la plage. Je trouvais le contraste très drôle !

De plus, comme j'arpentais presque chaque jour la fameuse promenade Marcel Proust, il m'a semblé intéressant de situer l'intrigue sur la plage de Cabourg. Tous les endroits cités sont donc réels. Que ce soit la maison aux onze panneaux publicitaires qui dénaturent de façon horrible ce magnifique lieu (Monsieur le Maire, faites quelque chose !) mais aussi les deux clubs Mickey avec chacun leur piscine, ainsi que le golf. Sans oublier, bien sûr, le casino et le Grand Hôtel. Même le feu d'artifice du 15 août avec sa flottille de bateaux ancrés juste en face et les lumières éclatantes du port du Havre sont une parfaite description de la réalité. Tout comme les CRS en short et en vélo, les policiers municipaux en gyropode, le commissariat en plein quartier résidentiel de Dives sur Mer, les trente-trois caméras de surveillance et les prix astronomiques des consommations à Cabourg !

Concernant l'intrigue en elle-même, mon cerveau ayant absorbé l'intégralité des douze saisons de la série « Bones », je savais qu'en observant un membre coupé qui n'a pas saigné, on pouvait en conclure que la personne était déjà morte au moment de l'amputation. J'ai alors imaginé cette idée plutôt retorse de doigt sectionné deux fois pour manipuler la police. D'ailleurs, si un lecteur a des connaissances en médecine légale, j'aimerais bien savoir si c'est vraiment réaliste.

Mais très rapidement, en construisant mon histoire, je me suis rendu compte que mon titre initial ne fonctionnait plus du tout. Je l'ai donc changé, parodiant celui d'un roman d'Agatha Christie qui a lui-même été repris dans une très sympathique adaptation au cinéma par Pascal Thomas avec André Dussollier et Catherine Frot dans les rôles de Bélisaire et Prudence Beresford : un régal absolu !

Par conséquent, j'ai également modifié le prénom de la jeune fille assassinée. Malgré tout, je garde dans un coin de ma tête cette idée d'un titre avec Martine !

Un jour, peut-être…

Vous êtes tous témoins ! *(mars-juin 2018)*

D'aussi loin que je me souvienne, j'ai toujours eu envie d'écrire (quel magnifique poncif !). Donc, quand je me suis lancé dans cette aventure qui consistait à raconter des histoires, j'ai exhumé de vieux cahiers datant de mon adolescence, voire de mon enfance. Sur l'un de ceux-ci, j'ai retrouvé une idée que j'avais griffonnée parmi beaucoup d'autres. L'intrigue était décrite ainsi : « 2 gros hommes dans un ascenseur en panne – lorsqu'il s'ouvre : un cadavre de femme et chaque homme accuse l'autre ». Et un peu plus loin, une note : « Effet miroir (Asimov) ».

J'ai recherché dans ma bibliothèque le premier tome du « Grand livre des robots » d'où est extraite cette nouvelle et comme il est sorti en décembre 1990, ça m'a permis de corriger une première impression : j'avais donc au moins vingt ans quand j'ai écrit sur ce cahier, alors que je le pensais beaucoup plus ancien.

Mais finalement, je n'ai pas voulu relire le texte d'Isaac Asimov pour ne pas polluer mon inspiration et j'ai bien fait car la première trame de l'histoire est venue en quelques heures à peine grâce à l'implication du célèbre journaliste Fulgence Versailles que je souhaitais remettre en scène après qu'il ait enfin décroché le boulot de ses rêves dans un grand journal parisien.

Par contre, je me suis retrouvé complètement bloqué sur le mobile du meurtre. Et au même moment, je suis également retrouvé bloqué pour sept semaines sur mon canapé suite à une rupture du tendon d'Achille ! Vous pourriez croire que j'ai mis à profit cette période de long arrêt maladie pour écrire, écrire, et encore écrire ! Eh bien non, rien du tout : pas d'inspiration, pas d'envie, nada, le désert absolu. Ce n'est qu'au bout de trois mois que j'ai décidé d'évoquer à ma façon l'affaire Weinstein et tout ce qui en a suivi. Mon objectif était de relater sous forme de parabole ce qui s'est passé spécifiquement en France : beaucoup de bruit, une couverture médiatique très large mais quasiment aucun résultat, contrairement aux États-Unis où nombre d'hommes importants des mondes du spectacle et de la politique ont dû quitter leurs fonctions, certains étant également poursuivis en justice.

Comme je n'étais pas vraiment certain d'avoir traité ce sujet ultra délicat de la meilleure manière, j'ai encore une fois sollicité les avis de mon groupe de lecteurs en me focalisant sur mon lectorat féminin. Même si l'échantillon est beaucoup trop petit pour prétendre être représentatif, avec trois quarts d'opinions favorables, je me suis senti conforté et je n'ai donc rien retouché.

Je suis plutôt satisfait de la structure narrative avec notamment cette transition tout en douceur entre le présent et le futur à travers cette mise en abîme de l'homme qui lit son journal le lendemain et qui, sans le savoir, reprend exactement là où nous nous étions arrêtés.

Quant à la situation finale où le monde entier sait que l'un d'eux est coupable sans pour autant avoir la moindre possibilité de le poursuivre en justice, on touche au bien glauque comme j'aime…

Généalogie appliquée *(juillet 2018)*

Lorsque j'étais immobilisé, le pied en l'air, j'en ai profité pour me lancer dans une activité qui me trottait dans la tête depuis des années : bâtir mon arbre généalogique.

Les semaines passant, même si l'envie d'écrire me fuyait désespérément, j'ai pensé que ma situation pouvait facilement constituer un sujet pour une histoire basée sur la généalogie. C'est ainsi qu'après avoir enfin mis la touche finale à « Vous êtes tous témoins ! », j'ai entamé un récit autobiographique en partant de ces deux mois très particuliers de ma vie.

Bon nombre d'anecdotes qui parsèment cette histoire sont donc authentiques même si j'ai trouvé plus cohérent pour l'intrigue de les attribuer à une femme. Faire son arbre généalogique avec internet est effectivement d'une facilité déconcertante, moyennant du temps ainsi qu'un petit abonnement payant pour avoir accès aux fonctions avancées les plus utiles. On trouve réellement des arbres contenant une ou deux filiations complètement infondées uniquement pour aboutir à un ancêtre célèbre. Ce n'est pas grave en soi, c'est juste idiot. Mais comme, sur internet, les arbres généalogiques se construisent en grande partie en copiant les branches d'autres membres, on peut vite avoir de faux espoirs : j'ai vraiment cru pendant quelque temps que ma femme, et donc mes enfants, étaient des descendants directs de Clovis ! De même, les lieux dont il est question sont effectivement des berceaux de nos familles respectives : Coupiac,

Martrin dans l'Aveyron du côté de mon grand-père paternel et Réalmont, Montredon-Labessonié du côté du grand-père paternel de ma femme. Et comme il n'y a que cinquante kilomètres entre les deux endroits, il n'est pas non plus étonnant que nous ayons réellement des ancêtres communs à la onzième génération. Quant aux époux avec les mêmes arrière-grands-parents, c'est également un cas avéré dans ma famille (ah, c'est donc ça !).

En ce qui concerne la rupture du tendon d'Achille, j'ai essayé de traduire au mieux ce que l'on ressent lorsque ça nous arrive. Et l'injection d'anticoagulant tous les jours dans le ventre, je vous garantis qu'au bout de sept semaines, ça saoule vraiment, même si l'infirmière est jolie !

Un dernier mot à propos des données personnelles que nous laissons tous traîner sur internet, consciemment ou pas : trouver le nom et l'adresse d'un pseudo avec qui on va discuter sur un forum est souvent l'affaire de cinq minutes, principalement grâce aux réseaux sociaux comme Facebook. Je n'ai absolument rien exagéré avec cet inconnu qui débarque chez Diane et qui est même au courant pour sa jambe dans le plâtre !

J'allais oublier : à la fin, j'ai bien aimé ce petit clin d'œil avec Diane et Apollon qui évoquaient tous deux la mythologie grecque mais également le lien avec Achille et son talon (je sais, celui-ci, il vient de loin !). Malheureusement, j'ai découvert par la suite que Diane est la sœur jumelle d'Apollon : pas de bol pour mes deux amoureux ! J'ai donc pensé changer le prénom de l'héroïne mais comme je souhaitais conserver la dernière phrase avec la référence à Diane chasseresse, je l'ai finalement laissé tel quel, en me disant que, parmi mes lecteurs, j'avais autant de chances de trouver des experts de la mythologie grecque que des spécialistes de la mozzarella...

Et d'ailleurs, en toute rigueur, si j'avais été vraiment tatillon, je n'aurais probablement pas utilisé Apollon, étant donné sa sexualité plutôt... éclectique.

Le spectre de l'autocar *(janvier-février 2018)*

Après avoir écrit « Mozart est là », j'ai eu envie d'une histoire un peu similaire qui évoque ma grande passion, la bande dessinée.

L'affaire (authentique) des planches volées du Sceptre d'Ottokar m'est rapidement apparue comme un prétexte qui pourrait parler à tout le monde. Mais pour le déroulement de l'intrigue, je voulais me raccrocher à une autre aventure de Tintin. Après en avoir parcouru la liste, la seule qui pouvait amener une ambiance plutôt noire était « Tintin et l'Alphart » avec sa fin tragique en points de suspension, l'album étant resté inachevé.

Je tenais donc la chute avec le héros qui est emmené vers une presse hydraulique pour être transformé en César et comme je souhaitais participer encore une fois au concours de nouvelles organisé dans le cadre du Salon « Polars et histoires de police » d'Auch, je devais situer le lieu dans le Gers. Un visionnage du « Bonheur est dans le pré » plus tard, j'avais tout le cadre en tête. Attention, je parle bien du film d'Étienne Chatiliez, et pas de l'émission de télévision quasi homonyme !

Restait à introduire la presse hydraulique d'une façon pas trop alambiquée : un élevage de canards dans une ancienne casse automobile... Tiré par les cheveux ? Pas tant que ça ? Alors, adjugé !

Et le titre : tiré par les cheveux aussi ? Oui, sans aucun doute : je dois avouer que l'autocar n'a été ajouté qu'à la

311

toute fin quand j'ai eu cette idée. Néanmoins, comme je trouve qu'il colle parfaitement à l'histoire, je me suis octroyé un maximum d'indulgence.

J'ai d'ailleurs découvert par la suite que je n'étais pas l'inventeur de ce titre et j'en ai donc tiré la conclusion qui s'imposait : j'ai... eh bien non en fait, je n'ai rien changé. Il ne manquerait plus qu'un parodieur vienne se plaindre d'avoir lui-même été parodié !

Vous l'avez peut-être senti en lisant cette nouvelle : bouquiniste est un métier que j'admire. Quand je vais à Paris, j'ai deux passages obligés : le Musée du Louvre et les bouquinistes des quais de Seine. Rendez-vous compte qu'ils ont été classés au patrimoine mondial de l'UNESCO !

Alors oui, je les admire, mais pour rien au monde je ne voudrais être à leur place car je ne vois pas comment on peut vivre de cette passion ! C'est bien pourquoi je comprends tout à fait que Jacques Monastir *(dont vous retrouverez le nom dans Tintin et l'Alphart si vous êtes curieux)* conçoive cette arnaque même si on sent qu'il adore son métier et que c'est toute sa vie. Pour autant, vous imaginez bien qu'un homme capable de retenir des passages entiers de « Notre-Dame de Paris » ne peut pas être complètement mauvais !

Petite parenthèse sur les verres Duralex : saviez-vous que le modèle « Gigogne » a été créé en 1946 et que le nombre que l'on peut voir au fond de chaque verre correspond au numéro de l'un des cinquante moules de fabrication ? Étonnant, non ? Merci Wikipédia !

Pour finir, une de mes lectrices m'a fait remarquer que cette histoire lui faisait penser à une nouvelle de Roald Dahl, « Un beau dimanche »... Je dois avouer que, tout en étant très demandeur de critiques sur mes écrits, je n'ai rien contre ce genre de compliment ! Car, en effet, comme je ne l'avais jamais lue, je m'y suis vite attelé et il faut bien reconnaitre qu'elle est tout à fait savoureuse !

Généalogie appliquée ... la suite *(octobre 2017 puis septembre 2018)*

J'ai écrit « Les libératueurs » pour participer à un concours dont la principale contrainte était la première phrase qui devait être : « L'homme s'arrêta, incertain. Il lui était difficile de se repérer dans ce décor... ».

L'histoire m'a été inspirée par un documentaire intitulé « 1944, Le Havre sous les bombes alliées » qui m'avait profondément marqué. La trame est donc bâtie sur des faits réels, seuls les personnages sont inventés. Même le titre a été « emprunté » dans des journaux d'époque.

Malgré son manque de succès lors du concours, cette nouvelle me plaisait beaucoup. Néanmoins, dans mon esprit, il était clair qu'elle ne pourrait pas faire partie de mon recueil à cause de son contexte ancien et historique qui ne cadrait pas du tout avec les autres.

Mais pendant ces fameuses vacances en Normandie, nous avons pu nous rendre en famille sur un grand nombre de lieux emblématiques du débarquement et de la bataille de Normandie qui a suivi. La découverte de certains de ces sites s'est avérée extrêmement poignante. J'ai notamment pu visiter, pour la première fois, ce magnifique musée qu'est le Mémorial des civils dans la guerre, à Falaise. Répartis dans toutes les salles qui présentent une foule d'objets authentiques de la vie quotidienne pendant l'occupation, de petits écrans permettent de visionner des entretiens enregistrés il y a quelques années avec des témoins civils de la reconquête de la Normandie. Le parcours se termine dans une salle bâtie sur les ruines d'une maison bombardée dont on voit les restes à travers un plancher transparent. On assiste alors à la projection d'un film sur les pilonnages des grandes villes normandes dont les images et surtout la bande-son magnifiquement reconstituée vous prennent vraiment aux tripes.

Ce film bouleversant m'a convaincu de redonner une chance à mon récit havrais. J'ai alors mené de nouvelles recherches, plus poussées, afin de vérifier que je n'avais pas faussé la réalité. J'ai découvert (sur un célèbre site de vidéos) un reportage très émouvant avec des témoins de l'époque dont notamment un des survivants du tunnel Jenner. Il s'intitule « Le tunnel Jenner au Havre : La tragédie du 6 sept 1944 ».

J'ai donc ensuite réfléchi à la bonne façon d'introduire « Les libératueurs » dans mon recueil. Pour le téléporter dans un contexte contemporain, je devais l'encapsuler dans un autre récit. Rapidement, donner une suite à « Généalogie appliquée » m'a semblé être la meilleure option. Mais pour ceci, il fallait que je fasse des recherches supplémentaires sur la vie des Havrais pendant la guerre. Le livre de Julien Guillemard, « L'enfer du Havre 1940-1944 » publié initialement en 1948 m'est apparu comme la source idéale : je me suis octroyé un plaisir en achetant l'édition augmentée de 1954 pour en extraire quelques anecdotes.

Et finalement, même si cela peut sembler aussi artificiel que le port d'Arromanches, je suis plutôt satisfait de ma petite opération d'encapsulation …

La croûte du siècle *(juillet 2018)*

Même si je l'ai fait de façon totalement inconsciente, le thème de cette histoire est manifestement inspiré des deux premiers épisodes de cette magnifique série qu'est « L'art du crime ». Il va de soi que je ne vous les raconterai pas : je vous laisse apprécier par vous-même.

J'avais en tête le début avec la vente aux enchères ainsi que la terrible scène finale. Il ne restait qu'à trouver comment bâtir l'arnaque. En faisant des recherches, je suis tombé sur cette information véridique relatant des analyses menées sur « La miséreuse accroupie » (musée des beaux-arts de l'Ontario au Canada) qui ont révélé un tableau sous-jacent peint par un inconnu, représentant probablement le parc du labyrinthe d'Horta, à Barcelone. Picasso a non seulement réutilisé cette toile par souci d'économie mais il s'en également inspiré car le dos de la miséreuse suit assez clairement la limite entre le paysage et le ciel. J'ai donc imaginé qu'il pourrait avoir volé la toile à un de ses compatriotes et que celui-ci aurait voulu se venger en lui rendant la pareille. La simple propagation de rumeurs et de « fake news » sur internet suffisait ensuite à attirer les pigeons prêts à gober cette si belle histoire de chef-d'œuvre dissimulé.

Je me suis alors retrouvé avec ces deux scènes : une exposition suivie d'une explication. Le résultat m'a semblé parfaitement concis et efficace, comme j'aime.

Pourtant, après avoir achevé un premier jet, je suis resté sur une impression bizarre de « C'est tout ? ». J'ai cherché une façon d'enrichir l'intrigue, notamment en faisant intervenir la vision de l'arnaqueur, mais sans succès : à chaque nouvelle idée, j'avais le sentiment de casser la structure narrative. Je suis donc passé à autre chose.

Lorsque j'ai enfin voulu m'y replonger, j'ai relu cette première version. Et allez savoir pourquoi, cette fois-ci, je l'ai trouvée parfaite au niveau du rythme. Après deux ou trois ajustements syntaxiques, j'ai finalement décidé de ne plus y toucher.

S'il y a bien une leçon que j'ai retenue durant ces deux années à écrire des nouvelles, c'est que si on peut faire court et efficace, il ne faut surtout pas hésiter !

J'en profite également pour glisser un petit mot à propos des corrections orthographiques. Lorsqu'Alix, qui est une participante très active au sein de mon petit groupe de lecteurs, m'a fait remarquer qu'il manquait quelque part un accent circonflexe sur un i, je me suis demandé pourquoi mon logiciel de correction n'avait pas détecté cette faute. C'est alors que j'ai découvert la quatrième règle de la nouvelle orthographe proposée par l'Académie française en 1990 et rentrée officiellement en vigueur en 2016. Celle-ci stipule qu'à part de rares exceptions afin d'éviter des confusions, on ne doit plus mettre de chapeau sur les i et les u. Donc, comme je ne voulais pas passer pour rétrograde et opposé au changement, je me suis dit que j'allais appliquer cette nouvelle règle. J'ai donc supprimé un à un tous les accents circonflexes inutiles jusqu'au moment où je suis parvenu au titre de cette nouvelle, écrit en gros et gras comme tous les autres. Et lorsque j'ai vu ces mots…

La croute du siècle

… j'ai vraiment senti qu'il manquait quelque chose. Je me sentais coupable comme si j'avais volontairement abîmé mon texte.

J'ai donc fermé mon fichier sans le sauvegarder et rétropédalé sans le moindre scrupule. Tant pis, je passerai peut-être pour un arriéré auprès de certains, mais je garde mes chapeaux sur les i et les u !

Et je ne pense pas agir en traître en faisant réapparaître ces chaînes de caractères que l'on voulait indûment entraîner dans l'oubli. De surcroît, et pour parler crûment, ça m'aurait soûlé de ne pas pouvoir rester maître de mes goûts ! Flûte alors !

Tueurs en parallèle *(août 2018)*

Cette idée de deux tueurs en série rivaux m'a longtemps trotté dans la tête. J'aimais beaucoup ce dénouement où la pauvre victime se révèle finalement être le deuxième tueur, mais j'étais effrayé par la complexité de cette mise en scène en parallèle.

La principale difficulté était de pouvoir conserver la surprise jusqu'à la fin. À aucun moment, le lecteur ne devait pouvoir imaginer que la cible du premier tueur est en fait le second tueur. La solution extrême qui m'est venue a été de faire croire que les deux individus (qui pourtant n'en sont qu'un) n'avaient pas le même sexe.

J'ai tout d'abord songé à introduire un personnage que l'on penserait masculin tout au long du récit avant de se rendre compte lors du final qu'il s'agissait d'une femme. Mais au bout de quelques lignes d'essai, j'ai rapidement jeté l'éponge : mon écriture n'est pas encore suffisamment aiguisée pour parvenir à maîtriser un tel exercice de funambulisme.

C'est donc par confort que j'en suis arrivé à cette idée de changement de sexe par identification à sa petite sœur martyrisée. En plus, je faisais d'une pierre deux coups en donnant un mobile à mon chasseur de tueur. Quant au coup de l'autiste Asperger, je reconnais que c'est un peu facile : toutes les séries TV policières ont déjà dû l'utiliser dans un épisode. Mais il fallait bien le doter d'un don suffisamment exceptionnel pour qu'on le sente capable de débusquer le tueur !

Par contre, le retour de Fulgence Versailles n'était absolument pas nécessaire à l'histoire mais je me suis accordé ce petit plaisir en songeant avec délectation à la future rencontre des deux tueurs dans la dernière nouvelle du recueil.

Je finirai par un point culturel et géographique : les villages de la banlieue toulousaine que je cite sont tous réels mais je dois avouer que mon critère de choix s'est essentiellement porté sur l'aspect totalement improbable de leurs noms. De même, je n'ai pas résisté à l'envie de caser un « Putain, con ! » en souvenir de ces temps lointains où, adolescent débarquant à Toulouse, je me suis retrouvé avec tous mes nouveaux copains de collège qui ne pouvaient pas s'empêcher de dire ça à la fin de chacune de leurs phrases : surréaliste, non ? Heureusement, je crois bien que ce méchant tic linguistique a aujourd'hui quasiment disparu. Ouf !

Désormais, le seul moyen d'en faire ressurgir le souvenir est d'écouter Nougaro : « On se traite de con à peine qu'on se traite » … « Ô Toulllouuuuuuuse ! »

Conquistadors *(août-septembre 2017)*

Je dois admettre que cette histoire fait un peu figure d'OVNI dans ce recueil mais ce n'est pas pour me déplaire. Et puis, vu le nombre de cadavres qui la parsèment, elle n'avait aucune raison de se retrouver hors-jeu.

J'ai proposé cette nouvelle dans un concours dont la contrainte était d'introduire cette phrase dans le récit : « La place était déserte ». Comme je venais de voir un documentaire sur la catastrophe du barrage de Malpasset et l'engloutissement de Fréjus sous les eaux (le 2 décembre 1959), je suis parti sur cette idée de ville engloutie. Mes recherches m'ont alors orienté vers le cas de la ville de Mediano en Espagne avec son fameux clocher qui émerge du lac à la saison sèche. J'ai trouvé cette image fascinante. Et puisque je regarde vraiment beaucoup de documentaires, j'ai également pensé à l'histoire du barrage géant de Belo Monte au Brésil contre lequel se bat Raoni depuis des années. Les deux contextes étant assez semblables, j'ai décidé de les utiliser tous les deux en effet miroir.

Pour les scènes d'évacuation de Mediano, j'ai tenté de respecter au mieux la réalité : je me suis basé sur un autre documentaire, en espagnol celui-ci, diffusé en 2010 sur Aragón TV et intitulé « Mediano – La memoria ahogada ». Mon niveau d'espagnol étant ce qu'il est, j'espère ne pas avoir trahi la vérité … Par contre, pour l'histoire de la tribu indienne, j'ai tout inventé en utilisant le contexte des barrages, de la déforestation, du combat

322

contre les chercheurs d'or illégaux qui gangrènent la jungle avec leur mercure et qui n'hésitent pas à massacrer les ethnies autochtones.

Alors, cette histoire est-elle trop pessimiste ? Trop réaliste ? Je ne saurais vous le dire. Je suis bien conscient qu'elle a dérangé certains des membres de mon groupe de lecture, qui n'ont pas du tout adhéré, mais pour autant il n'était pas question que je la supprime de mon recueil : je veux mon OVNI !

Et puis vous reconnaitrez que, par un hasard très étonnant, cette histoire se retrouve être une parfaite introduction au voyage transatlantique vers le Brésil qui va suivre juste après.

Attachez vos ceintures !

Je vais à Rio... *(août 2017 - novembre 2018)*

L'idée m'est venue très tôt de conclure mon recueil par le crash d'un avion dans lequel auraient embarqué « par hasard » une grande partie des meurtriers dont j'avais précédemment relaté les agissements. Le titre de travail a été pendant très longtemps « Panique à bord ». Je trouvais très intéressant d'en profiter pour ajouter ci et là des éléments susceptibles de prolonger certaines histoires, comme révéler que Vincent l'infirmier avait en fait piqué le « ticket gagnant » ou dévoiler que l'arnaqueur de la « croûte du siècle » était en fait une arnaqueuse. Il me tardait également de confronter ces deux singuliers personnages que sont Fulgence Versailles et Sabrina.

Mais encore une fois, le premier défi était d'en faire un récit palpitant qui devait pouvoir lui aussi se lire de façon indépendante.

Pourquoi un crash d'avion ? Eh bien, surement parce que je bosse au bureau d'études d'un « grand avionneur européen » et que dans le cadre de mon activité, j'ai eu l'occasion de collaborer sur un certain nombre d'enquêtes relatives à des accidents. Il va de soi que mon idée initiale était de faire se crasher un Boeing ! Faut pas déconner quand même...

Et alors, pourquoi ai-je finalement décidé de sauver l'avion ?

Il y a deux raisons à ce revirement. Tout d'abord, comme la majorité des gens, j'étais persuadé que si tous les pilotes étaient morts ou inconscients dans le cockpit, il n'y avait aucun moyen de déverrouiller la porte (ce n'est pas parce qu'on travaille dans la partie que l'on sait tout !). Mon idée de départ était donc de rester sur une fin ouverte ou l'avion continuait seul sa course en attendant la panne sèche. Puis en fouillant un peu, j'ai découvert l'existence de ce code de secours : il fallait donc que je revoie mes plans.

La deuxième raison est plus perverse : lorsque que j'ai mis la première moitié de mon recueil en lecture gratuite sur le site monBestSeller, j'ai fait attention à bien fignoler le résumé qui tient lieu de quatrième de couverture pour le rendre le plus attractif possible : « *Vous aurez probablement du mal à discerner les victimes des coupables. Néanmoins, jusqu'à l'hécatombe finale, je vous garantis un plaisir aussi malsain que jubilatoire en observant les acteurs de ces tranches de vie, ou plutôt devrais-je dire… de ces vies tranchées.* »

J'avais à peine écrit ses mots, que je me suis dit : et s'il n'y avait pas d'hécatombe finale… et si l'avion parvenait à se poser en catastrophe ? Piéger ses lecteurs grâce au résumé, cette idée m'est apparue extraordinairement jouissive !

De plus, comme les atterrissages en conditions dégradées sont une des composantes importantes de mon job, j'avais de la matière pour rendre tout ça non seulement palpitant mais également le plus réel possible. Et puis, maintenant que les passagers allaient s'en sortir, autant prendre un Airbus !

Sachez que toutes les pérégrinations subies par l'avion sont absolument réalistes. Les horaires (le retard de trois heures au départ est calculé pour que le jour se lève exactement au moment de leur arrivée au Cap-Vert), les vitesses, l'augmentation phénoménale de la consommation dans ce contexte totalement anormal, les systèmes perdus lorsque les moteurs sont éteints, la distance d'atterrissage calculée par l'application, la longueur de la piste de São Filipe sur l'île de Fogo (et son splendide volcan, « el Pico do Fogo »), les six cents mètres entre l'aéroport et les premières maisons. J'ai tout vérifié ! Seule l'augmentation de consommation a été exagérée : elle est probablement plutôt multipliée par cinq que par vingt. Mais, d'un autre côté, je ne peux pas maîtriser tout ce que racontent mes personnages…

Pour autant, il existe tellement de logiques et de protections diverses dans tous les systèmes qui gèrent le fonctionnement d'un avion que je ne peux pas vous garantir à cent pour cent que tout se serait strictement déroulé comme ça. Seule une reconstitution complète en simulateur de vol pourrait le valider mais je me vois mal réserver une séance à des fins personnelles étant donné le nombre minimal de gens nécessaires pour la préparation, en plus du pilote.

Pour faire passer plus facilement tous ces aspects techniques qui, je dois le reconnaitre, sont très nombreux, j'ai voulu introduire le personnage de Mathieu Boulanger, l'expert en aéronautique : un monsieur « je sais tout » qui oscille entre très sympathique et absolument insupportable. Dans ce héros malgré lui, on peut retrouver

un peu de moi *(ma femme me rappelle suffisamment souvent à quel point je peux être chiant quand je discute boulot... c'est d'ailleurs pour ça que j'en parle le moins possible)* et bien sûr un peu de mes collègues, Mathieu étant de loin le prénom le plus porté dans mon service pendant des années. Sans oublier un soupçon de Professeur Tournesol, comme vous l'avez sans doute remarqué parmi les quelques nouvelles références à Tintin (Encore ! Serais-je obsédé ?) :
- « Vol 714 pour Sydney » avec le numéro du vol, ainsi que l'atterrissage sur une île volcanique.
- « Le trésor de Rackham le Rouge » et sa fameuse conclusion en « Tout est bien qui finit bien ! »

J'ai même pensé terminer par un petit « On n'est vraiment bien que sur notre bonne vieille terre » mais je me suis dit que ça ferait probablement trop...

Mais j'en ai quand même profité pour glisser un clin d'œil à un autre auteur de BD, André Taymans, le nom de Caroline Leduc étant un simple amalgame patronymique de deux de ses héroïnes : Caroline Baldwin dont je suis l'un des plus grands fans au monde, et Roxane Leduc.

Et que dire de la référence pas très subtile à la fabuleuse série « Lost, les disparus » lors du contact avec le contrôle aérien ? En fait, j'ai longuement hésité entre 714 et 815 pour le numéro du vol... Et d'ailleurs en les écrivant l'un à côté de l'autre, je devine que cet air de famille entre le numéro du vol Qantas (Jakarta - Sydney) dans Tintin et celui du vol Oceanic (Sydney - Los Angeles) dans Lost n'est sans doute pas un hasard.

En passant, je vous propose de terminer l'anecdote de Mathieu Boulanger à propos du « siège Shatner ». Dans cet épisode de la Quatrième Dimension, le passager d'un avion interprété par William Shatner (le futur Capitaine Kirk dans Star Trek) aperçoit par le hublot un monstre qui se promène sur l'aile et qui commence à détruire le moteur mais personne ne veut le croire. Or, dans beaucoup d'avions de ligne, un triangle noir est positionné pour indiquer à l'équipage le hublot qui permet d'avoir la meilleure vue sur l'aile en cas de demande d'inspection visuelle par le commandant de bord. Le fauteuil contigu à ce hublot est parfois appelé siège Shatner en référence à ce fameux épisode (qui a d'ailleurs été repris dans la dernière partie de la version cinéma sortie en 1983 et qui sera de nouveau adapté dans le reboot de la série en 2019).

Pour revenir sur la description de l'enchaînement final, je me suis basé sur mes pauvres compétences d'ingénieur qui n'y connait pas grand-chose en pilotage mais qui a eu la chance de participer à quelques expertises sur des accidents tragiques qui se sont produits à l'atterrissage. Cela m'a notamment permis de nouer des liens avec quelques personnes du BEA (Bureau d'Enquêtes et d'Analyses pour la sécurité de l'aviation civile, anciennement Bureau Enquêtes-Accidents). Grâce à l'un d'eux dont je tairai bien sûr le nom, je sais qu'un policier chargé des investigations sur l'affaire Martine Costa a été convoqué récemment dans leurs bureaux du Bourget, pas très loin du magnifique Musée de l'Air et de l'Espace.

Tel un Fulgence Versailles, j'ai pu ainsi avoir accès en exclusivité à l'enregistrement de l'entretien dont voici un extrait :

« Comme je vous le disais au téléphone, dans le cadre de notre enquête sur les événements du vol EA714, l'analyse du CVR [15] nous a permis de récupérer l'intégralité des discussions entre Claude Hurlier et Ulrich Mayer, pendant que le troisième pilote était parti se reposer. Je pense que le passage suivant devrait vous intéresser tout particulièrement. »

— Ulrich Mayer : Alors c'est quoi encore cette histoire d'agression sexuelle, la semaine dernière à Buenos Aires ?
— Claude Hurlier : C'est rien, fais pas chier, j'avais besoin de me détendre...
— UM : Peut-être, mais la rumeur qui court dit que moi aussi j'y aurais participé !
— CH : Ça ne m'étonne pas, vu que tu étais avec moi la première fois, tout le monde doit être persuadé que nous étions encore tous les deux pour ce coup-ci. Pas de bol, Papa Schultz...
— UM : Mais tu te rends compte que c'est déjà un miracle qu'on ne soit pas en taule et toi tu recommences ! Tu es complètement dingue, bordel !

---

[15] Cockpit Voice Recorder : il s'agit de l'une des deux boîtes noires, celle qui est chargée d'enregistrer tous les sons du cockpit, notamment les voix des pilotes.

— CH : Oh, ça va ! Reconnais qu'on a bien pris notre pied avec cette salope de Costa !

— UM : Mais tu sais bien que c'est toi qui m'as entraîné : moi je n'ai jamais eu besoin de droguer une fille pour pouvoir la sauter !

— CH : Arrête de faire ta chochotte : qui est-ce qui a eu l'idée de la tuer, c'est moi peut-être ?

— UM : Tu n'as pas dit non quand je t'ai tendu l'autre bout de l'écharpe ! N'oublie pas que nous avons tiré tous les deux et que sans ça, nous aurions pris dix ou quinze ans pour viol !

— CH : Ouais, ouais… n'empêche que sans mon inspiration géniale de nous accuser mutuellement, on aurait pris trente ans pour meurtre !

[Très longues secondes de silence…]

« Putain, ça fait froid dans le dos ! Écoutez, je vais voir avec le juge comment faire pour inclure cet enregistrement dans les pièces de notre dossier mais quoiqu'il en soit, je vous remercie infiniment d'avoir contacté la police, votre aide va nous permettre de lever le voile définitivement sur cette sordide affaire. Depuis le premier jour, je n'arrête pas de penser aux parents de la pauvre Martine Costa. Quand ils sauront enfin la vérité, ils pourront vraiment commencer leur deuil, les malheureux… »

— *Par contre, puisque je suis là, j'aurais une autre requête, particulièrement délicate, à vous formuler.*

— *Je vous écoute.*

— *Certains passagers ont déclaré que Fulgence Versailles, le journaliste et Julien Combes, le travelo étaient descendus de l'avion plusieurs minutes après tout le monde et s'étaient auparavant isolés dans le cockpit pour discuter...*

— *C'est possible, mais je ne vois pas...*

— *Ces deux hommes sont dans notre collimateur pour des affaires assez similaires qui doivent rester confidentielles mais je peux vous dire que nous les soupçonnons de crimes extrêmement graves !*

— *Je comprends bien mais...*

— *Je dois absolument écouter les enregistrements de leur conversation dans le poste de pilotage car mes collègues et moi sommes persuadés que les paroles qu'ils ont échangées pourraient nous aider à les confondre.*

— *C'est très simple, je n'aurai même pas besoin de réfléchir à l'aspect fort peu déontologique de votre curieuse demande... car nous n'avons pas ces enregistrements !*

— *Vous vous moquez de moi ?*

— *Pas du tout ! Vous n'êtes pas sans savoir que le vol EA714 s'est retrouvé à sec et a donc fini avec ses deux moteurs en panne.*

— *Oui, je sais tout ça, j'ai lu les journaux.*

— *Il se trouve que, dans ces circonstances, tous les systèmes qui ne sont pas indispensables au contrôle de l'avion s'arrêtent automatiquement pour limiter au maximum les besoins en énergie.*

— Oui, ça aussi, je l'ai lu !

— Donc s'agissant d'un système comme une boîte noire, je ne vais pas vous faire un dessin…

— BORDEL DE MEEEERDE ! Ils vont encore s'en tirer ces enfoirés !

Alors, il vous a plu ce petit bonus ?

J'imagine que vous êtes sans doute déçus de ne pas savoir ce que Fulgence et Sabrina se sont dit mais, au moins, ça laisse toute la place à votre imagination de lecteur.

Par contre, attendez un peu avant de vouloir les marier : je ne m'interdis pas de réutiliser ces personnages un jour... Qui sait ?

FIN

REMERCIEMENTS

En premier lieu, je réitère mes remerciements les plus chaleureux aux membres du jury du concours de nouvelles organisé pour les dix ans de la médiathèque du pays viganais : sans ce premier prix inespéré, j'aurais très certainement tout arrêté et ce recueil n'aurait jamais vu le jour.

Un grand merci également à Benoît Séverac pour ses conseils et ses encouragements.

Un coucou spécial aux membres de mon tout petit groupe de lecteurs sur Facebook, « Vous prendrez bien de mes nouvelles ? », avec une pensée particulière pour André B., le premier d'entre eux, mais également Manon et Alix, pour leur implication.

Merci à André Taymans d'avoir accepté de mettre son immense talent au service de ce modeste ouvrage.

Merci à Christel de tolérer toutes ces nuits que je passe loin d'elle, devant mon ordinateur.

Et pour finir : **un immense merci à mon fils Paul** qui, avec ses remarques bien à lui, reste mon premier lecteur essentiel et indispensable !

Auteur-éditeur :

Cyrille THIERS
31840 SEILH
France

cyrille.thiers@free.fr

Dépôt légal : janvier 2019

www.ingramcontent.com/pod-product-compliance
Lightning Source LLC
Chambersburg PA
CBHW062021170626
46813CB00001B/250